La Llibreria del senyor Penombra, Oberta les 24 Hores

ROBIN SLOAN

La Llibreria del Senyor Penombra, Oberta les 24 Hores

TRADUCCIÓ D'ALEXANDRE GOMBAU I ARNAU

AMS
TER
DAM
LLIBRES

Títol original: *Mr. Penumbra's 24 Hour Bookstore*

Primera edició: març de 2013

Ara Llibres SCCL
Corders, 22-28
08911 Badalona
Tel. 93 389 94 70
www.arallibres.cat

GrupCultura03

Imatge de coberta: Mario Arturo
Disseny de coberta: Pol Millieri

Fotomecànica: Víctor Igual, S. L.

Impressió: Liberdúplex

ISBN: 978-84-92941-93-3
DIPÒSIT LEGAL: B-380-2013

A la Betty Ann i en Jim

LA LLIBRERIA

[illegible] però llavors centellejava una pestanya
de navegació i em distreia seguint l'enllaç fins a un llarg arti-

Es necessita ajudant

PERDUT ENTRE LES OMBRES de les prestatgeries, per poc que caic de l'escala. Exactament sóc a la meitat. El terra de la llibreria és força avall, la superfície d'un planeta que he abandonat. La part superior de les prestatgeries s'alça imponent, i aquí dalt és fosc; els llibres estan atapeïts i no deixen passar gaire llum. L'aire està enrarit, a més. Em sembla que veig un ratpenat.

M'agafo a l'escala de mà com si m'hi anés la vida, una mà a l'escala i l'altra a la vora d'una lleixa, aferrant-m'hi tant amb els dits, que es posen blancs. Els ulls tracen una línia per damunt dels artells, repassant els lloms... i allà el veig. El llibre que cercava.

Però deixeu-me recapitular.

Em dic Clay Jannon i en aquella època rares vegades tocava paper.

Seia a la taula de la cuina i em posava a examinar les ofertes de feina amb el portàtil, però llavors centellejava una pestanya de navegació i em distreia seguint l'enllaç fins a un llarg article de revista sobre la modificació genètica de les vinyes. Massa llarg, ben mirat, de manera que l'havia d'afegir a la meva llista de lectures pendents. Llavors seguia un altre enllaç fins a una ressenya literària. També afegia la ressenya a la meva llista de lectures pendents i tot seguit em descarregava el primer capítol del llibre (el tercer d'una sèrie sobre un policia vampir). Després, oblidades les ofertes de feina, em retirava a la sala d'estar, em col·locava el portàtil sobre la panxa i llegia tot el dia. Tenia molt de temps lliure.

Estava a l'atur de resultes de la gran contracció del mercat de la indústria alimentària que es va estendre pels Estats Units a l'entrada del segle XXI, que va deixar cadenes d'hamburgueseries en fallida i va fer tancar imperis del sushi al seu pas.

La feina que vaig perdre era a la seu comercial de NewBagel, que no es trobava pas a Nova York ni enlloc més amb tradició d'elaboració de *bagels*, sinó aquí, a San Francisco. L'empresa era molt petita i molt nova. La van fundar una parella d'exempleats de Google que van dissenyar un programa per fer el *bagel* platònic: crosta llisa i cruixent, i interior esponjós i suau, tot en un cercle perfecte. Era la meva primera feina en acabar l'escola de belles arts, i vaig començar com a dissenyador fent materials de màrqueting per explicar i promocionar aquest toroide suculent: menús, cupons, il·lustracions, pòsters per a aparadors i, en una ocasió, una parada sencera per a una fira alimentària de productes de forn i pastisseria.

Tenia un munt de feina. Primer, els exempleats de Google em van demanar que em trenqués les banyes redisseyant el logotip de l'empresa. Havia consistit en unes lletres grans i alegres, amb els colors de l'arc de Sant Martí, dins d'un cercle marró clar; quedava força de l'estil del còmic MS Paint. El vaig redissenyar com si emprés una nova tipografia amb gràcies punxegudes i negres que em va semblar que evocaven una mica les caixes i les cues de les lletres hebrees. Vaig donar a NewBagel una mica d'encant, cosa que em va comportar un premi de la secció de l'AIGA de San Francisco, el col·legi oficial de disseny gràfic. Llavors, quan vaig comentar a l'exempleada de Google que sabia programar (una mica), em va proposar ocupar-me de la pàgina web. Així doncs, també la vaig redissenyar, i després vaig aconseguir un petit pressupost de màrqueting per facilitar les cerques a través de termes com ara «bagel», «esmorzar» o «topologia». També era la veu de @NewBagel a Twitter i vaig atreure uns quants centenars de seguidors mitjançant una barreja de trivialitats sobre l'esmorzar i cupons digitals.

Res de tot això va representar cap nou pas en la meravellosa evolució de l'ésser humà, però jo estava aprenent molt. Progressava. Tanmateix, l'economia aleshores va entrar en caiguda i va resultar que, en recessió, la gent vol *bagels* malrodons i flonjos com els de tota la vida, no pas *bagels* futuristes i esponjosos, encara que estiguin esquitxats d'escames de sal amb tota la precisió del món.

Els exempleats de Google estaven acostumats a l'èxit i no es van resignar pas. Van rebatejar la marca ràpidament perquè fos l'Old Jerusalem Bagel Company i van abandonar totalment l'algoritme amb la intenció que els *bagels* tornessin a sortir torradets i irregulars. Em van ordenar que fes semblar antiga la pàgina web, tasca que vaig trobar d'allò més carregosa i que no em va comportar cap premi de l'AIGA. El pressupost de màrqueting es va reduir i finalment va desaparèixer. Cada vegada tenia menys feina. No estava aprenent res i no anava enlloc.

Al capdavall, els exempleats de Google ho van deixar córrer i se'n van anar a viure a Costa Rica. Els forns es van refredar i la pàgina web es va apagar. No vaig rebre cap indemnització, però em vaig poder quedar el MacBook i el compte de Twitter lliurats per l'empresa.

Així doncs, després de menys d'un any treballant, em trobava sense feina. Va resultar que la recessió afectava més coses que les cadenes de menjar. La gent vivia en motels i en poblats de tendes de campanya. De cop i volta tota l'economia era com el joc de les cadires musicals, i jo m'havia ficat al cap que necessitava aconseguir seure, on fos, al més aviat possible.

Era un panorama depriment, tenint en compte la competència. Tenia amics que eren dissenyadors com jo, però que ja havien creat pàgines web famoses arreu del món o interfícies avançades de pantalla tàctil, i no només el logotip d'una botiga de *bagels* oportunista. Tenia amics que treballaven per a Apple. El meu millor amic, en Neel, dirigia la seva pròpia empresa. Un any més a NewBagel i hauria estat en millor posició, però no havia durat prou per fer-me una carpeta o ni tan sols destacar especialment en res. Tenia una tesi de l'escola de belles arts sobre tipografia suïssa (1957-1983) i una pàgina web de tres pàgines.

Tot i això, ho continuava intentant amb les ofertes de feina. Les meves expectatives davallaven ràpidament. Al principi m'havia proposat que només treballaria en una empresa amb una missió en la qual jo cregués. Llavors em va semblar que potser m'hi conformaria mentre aprengués alguna cosa nova. Després, vaig decidir que n'hi hauria prou que no fos immoral. Ara precisava meticulosament la meva definició personal d'«immoral».

I va ser el paper el que em va salvar. Vaig comprendre que em podia centrar en la recerca de feina si em mantenia allunyat d'Internet, de manera que em vaig imprimir una pila d'ofertes de feina, vaig guardar el telèfon dins d'un calaix i vaig sortir a fer un tomb. Feia una bola amb les ofertes que exigien massa experiència i les llençava a les abonyegades papereres de reciclatge que trobava pel camí; així, una vegada esgotat i disposant-me a agafar un autobús per tornar a casa, resulta que duia un parell o tres de perspectives prometedores plegades a la butxaca del darrere, preparades per ser investigades.

Aquesta rutina em va conduir a una feina, tot i que no pas com ho havia previst.

San Francisco és un bon lloc per passejar si tens cames fortes. La ciutat és un petit quadrat, amb uns quants turons costeruts, limitat per aigua en tres bandes; gràcies a això, hi ha vistes sorprenents pertot arreu. Vas caminant, capficat en les teves coses, amb un grapat de fulls impresos, i de sobte el terra s'enfonsa i veus fins a la badia, amb els edificis al lluny il·luminats per una llum ataronjada i rosa. L'estil arquitectònic de San Francisco no va triomfar enlloc més del país, i encara que visquis aquí i hi estiguis acostumat, dóna a les vistes un toc de singularitat, amb totes aquestes cases altes i estretes, les finestres com ulls i dents, i les ornamentacions com sortides d'un pastís de boda. I a manera de colofó final, apuntant darrere de tot plegat, si mires en la direcció correcta, veuràs el fantasma rovellat del pont Golden Gate.

Jo havia seguit una vista desconeguda per una línia de voreres amb escales costerudes i després havia passejat al costat de l'aigua tot agafant el camí més llarg a casa. Havia resseguit la sèrie de molls vells (procurant defugir la bullícia de Fisherman's Wharf) per contemplar com els restaurants de peix i marisc es confonien amb les firmes d'enginyeria nàutica i les cases dels factòtums dels mitjans de comunicació. I finalment, quan la panxa va protestar avisant del seu desig de dinar, havia tornat cap a la ciutat.

Cada vegada que voltava pels carrers de San Francisco, buscava als aparadors rètols en què se sol·licités ajudant (que no solen abundar, oi?). Probablement, n'hauria de recelar més, d'aquests. Els patrons com cal fan servir Craigslist.

Hi podeu pujar de peus, una llibreria oberta les vint-i-quatre hores no feia pinta de pertànyer a un patró com cal:

ES NECESSITA AJUDANT
últim torn
requisits concrets
bona remuneració

Vejam, estava convençut: «llibreria oberta les vint-i-quatre hores» era un eufemisme d'alguna cosa. Era a Broadway, una part eufèmica de la ciutat. El meu tomb en cerca d'ofertes de feina m'havia portat lluny de casa; el local del costat es deia Booty's[1] i tenia un rètol amb unes cames de neó que s'encreuaven i es desencreuaven.

Vaig empènyer la porta de vidre de la llibreria. Això va fer que sonessin unes alegres campanetes al damunt, i vaig entrar amb cautela. Aleshores no em vaig adonar que acabava de creuar un llindar molt important.

A dins, imagineu la forma i el volum d'una llibreria normal però capgirada del revés. Aquest local era absurdament estret i angoixantment alt, amb unes prestatgeries que arribaven fins a dalt de tot (tres pisos de llibres, potser més). Vaig tirar el coll enrere (com és que les llibreries sempre t'obliguen a torçar incòmodament el coll?), i les prestatgeries es perdien difusament en les ombres d'una manera que feia pensar que potser es perllongaven indefinidament.

Les prestatgeries s'atapeïen les unes contra les altres i em feia l'efecte de trobar-me al límit d'un bosc; no pas d'un acollidor bosc californià, tampoc, sinó d'un bosc de Transsilvània, un bosc ple de llops, bruixes i bandits armats amb dagues que sotjaven just enllà d'on arribava la llum de la lluna. Hi havia escales de mà que es fixaven als prestatges i que rodaven a banda i banda. Normalment, aquest tipus d'escales tenen el seu encís, però aquí, que s'encimbellaven en la foscor, resultaven intimidadores. Murmuraven sobre accidents en l'obscuritat.

Bé, doncs, em vaig quedar a la primera meitat de la botiga, on s'escolava la brillant llum de migdia mantenint els llops a ratlla, probablement. Les parets dels costats i la porta eren de vidre,

1. En anglès, *booty*, a més de significar «botí», és un eufemisme per referir-se al cul de les noies. *(N. del t.)*

quadrats de vidre gruixut encastats en muntants de ferro negre, i a sobre, en un arc d'altes lletres daurades, deia (a l'inrevés):

LLIBRERIA DEL SENYOR PENOMBRA, OBERTA LES 24 HORES

A sota, emplaçat a la cavitat de l'arc, hi havia un símbol: dues mans, perfectament planes, que recordaven un llibre obert.

I doncs, qui era el senyor Penombra?

—Que hi ha algú? —va demanar una veu apagada des de les prestatgeries. Va aparèixer una figura: un home, alt i raquític com una de les escales de mà, vestit amb una camisa de color gris clar, cordada fins a dalt, i una jaqueta de punt blava. Caminava amb pas vacil·lant, passant una mà llargaruda pels prestatges per agafar-se. Quan va sortir de les ombres, vaig veure que la jaqueta li feia joc amb els ulls, que també eren blaus, enclotats en nius d'arrugues. Era molt vell.

Em va saludar amb el cap i va indicar lleument amb la mà.

—Què busca en aquestes prestatgeries?

Era una indirecta i, per alguna raó, em va fer sentir còmode. Vaig preguntar:

—Parlo amb el senyor Penombra?

—Sóc en Penombra —va assentir— i el responsable d'aquest establiment.

No em vaig fixar gaire en allò que estava a punt de dir fins que ho vaig deixar anar:

—Busco feina.

En Penombra va parpellejar una vegada, llavors va assentir i va avançar vacil·lant cap al taulell que hi havia al costat de la porta d'entrada. Era un bloc enorme de fusta fosca amb els anells de creixement de la soca original, una fortalesa sòlida al límit del bosc. La podries defensar durant dies en cas que les prestatgeries l'assetgessin.

—Feina. —En Penombra va tornar a assentir. Es va esmunyir a sobre de la cadira, rere el taulell, i em va esguardar des de l'altra banda.— Ha treballat mai en una llibreria?

—Home —vaig dir—, quan estudiava feia de cambrer en un restaurant de peix i marisc, i el propietari venia un llibre de cuina seu. —Es titulava *El rap secret* i descrivia trenta-una maneres diferents de... Ja ho pesqueu.— Probablement, això no compta.

—No, no compta, però tant se val —va replicar en Penombra—. L'experiència anterior en el sector del llibre serveix de poc aquí.

Un moment... potser aquest establiment era de rotllo eròtic. Vaig donar una ullada al voltant, però no vaig veure cossets, ni roba suggeridora de cap mena. De fet, just a la vora, hi havia una pila de novel·les de Dashiell Hammett, plenes de pols, en una tauleta baixa. Era un bon senyal.

—Digui'm —va demanar el senyor Penombra— un llibre que li agradi molt.

Vaig saber la resposta immediatament. No tenia rival. I li vaig respondre:

—Senyor Penombra, no és un sol llibre, sinó una sèrie. No és la millor literatura i probablement és massa llarga i el final és horrorós, però me l'he llegida tres vegades, i vaig conèixer el meu millor amic perquè tots dos hi estàvem obsessionats a sisè de primària. —Vaig respirar fondo.— M'agraden molt *Les cròniques de cançó de drac*.

En Penombra va arquejar una cella i després va somriure.

—Està bé, molt bé —va dir, i el somriure se li va eixamplar, mostrant unes dents blanques i muntades. Llavors em va fer l'ullet i va mirar amunt i avall.— Però pot enfilar-se a una escala?

I per això em trobo en aquesta escala de mà, dalt del tercer pis, comptant la planta baixa, de la Llibreria del Senyor Penombra, Oberta les 24 Hores. El llibre que m'ha demanat que agafi és

AL-ASMARI, i queda aproximadament a un cent cinquanta per cent de la llargada del meu braç a l'esquerra. Evidentment, he de baixar a terra i desplaçar l'escala. Però, allà a baix, en Penombra crida:

—Aboqui-s'hi, jove! Aboqui-s'hi!

I, carai, tu, com necessito aquesta feina!

Botons d'abric

AIXÒ VA SER FA UN MES. Ara sóc el dependent del torn de nit a Penombra, i pujo i baixo aquesta escala de mà com un mico. Cal una veritable tècnica. Poses l'escala al lloc, fixes les rodes, flexiones els genolls i saltes directament al tercer o quart esglaó. T'impulses amb els braços per no perdre empenta i, en un moment, ja ets a metre i mig del terra. Mentre puges, cal mirar al davant, ni amunt ni avall; mantens la mirada concentrada a dos pams de la cara i deixes que els llibres vagin desfilant en una taca confusa de lloms de colors. Comptes els esglaons mentalment i, per fi, quan ets a l'alçària correcta, allargant la mà per agafar el llibre que has vingut a buscar... coi!, doncs, naturalment, t'hi aboques.

Pel que fa a coneixements professionals, potser no fa tanta patxoca com el disseny de webs, però probablement és més divertit, i ara com ara em conformo amb qualsevol cosa que surti.

Només voldria poder aprofitar la meva nova tècnica més sovint. La Llibreria del Senyor Penombra, Oberta les 24 Hores, no tanca mai perquè tingui un nombre aclaparador de clients. Ben mirat, gairebé no en té, i de vegades em sento més aviat com un vigilant nocturn que no pas com un dependent.

En Penombra ven llibres de segona mà, i presenten tots un estat tan excel·lent que podrien passar per nous. Els compra durant el dia (només els pots vendre a l'home que té el nom a l'aparador) i deu ser un negociant dur. No sembla parar gaire atenció a les llistes d'èxits de vendes. El seu inventari és eclèctic; no hi ha cap prova que segueixi cap altre criteri ni norma llevat de, m'imagino, el seu gust personal. Per tant, aquí no trobareu pas bruixots adolescents ni policies vampirs. I és una llàstima, perquè és precisament el tipus de botiga que et fa venir ganes de comprar algun llibre sobre un bruixot adolescent. Sí, just el tipus de botiga que et fa venir ganes de ser un bruixot adolescent.

He parlat als meus amics del local d'en Penombra, i alguns hi han entrat per donar un cop d'ull a les prestatgeries i veure com m'enfilo fins a aquelles alçàries polsoses. Normalment els enredo perquè comprin alguna cosa: una novel·la de Steinbeck, contes de Borges, un gruixut volum de Tolkien; tots aquests autors evidentment interessen en Penombra, perquè té en existències les obres completes de cadascun d'ells. I si no, com a mínim, endosso als meus amics una postal. N'hi ha una pila al taulell de l'entrada. Hi surt la façana de la botiga en tinta i plomí (un disseny polit, tan antiquat i poc enrotllat que torna a tenir la seva gràcia), i en Penombra les ven per un dòlar cadascuna.

Però un bitllet cada poques hores no dóna per al meu sou. No em puc imaginar d'on surt el meu salari. No em puc imaginar com s'ho fa perquè la botiga no hagi de plegar.

Hi ha una clienta que he vist en dues ocasions, una dona que estic segur que treballa aquí al costat, a Booty's. N'estic segur perquè les dues vegades tenia els ulls maquillats com un ós rentador i feia pudor de fum. Té un somriure alegre i els cabells d'un ros fosc. No sabria dir quants anys té (en podria tenir vint-i-tres mal portats o trenta-un d'afavoridors) i no sé com es diu, però sí que sé que li agraden les biografies.

En la primera visita, va repassar les prestatgeries principals en una lenta volta, arrossegant els peus i estirant-se distretament. En acabat va venir al taulell.

—Teniu el de Steve Jobs? —va preguntar. Duia un anorac North Face tofut al damunt d'un top rosa i texans, i la seva veu era una mica nasal.

Vaig arrugar el front i vaig respondre:

—Probablement no. Però comprovem-ho.

En Penombra té una base de dades que porta amb un Mac Plus antediluvià de color beix. Vaig picar el nom de l'autor al teclat i el Mac va fer un campaneig fluix: el soroll de l'èxit. Havia estat afortunada.

Vam decantar el cap per estudiar la secció de BIOGRAFIES i allà el teníem: un únic exemplar, brillant com si fos nou de trinca. Potser havia estat un regal de Nadal per a un pare executiu del sector de les noves tecnologies que en realitat no llegia llibres. O potser el pare del sector de les noves tecnologies preferia llegir-lo amb el Kindle. En tot cas, algú ens l'havia venut i havia passat pel sedàs d'en Penombra. Miraculós.

—Era molt atractiu —va comentar la North Face, mostrant el llibre a la llargada d'un braç. Steve Jobs mirava des de la coberta blanca, amb la mà a la barbeta i unes ulleres rodones que s'assemblaven una mica a les d'en Penombra.

Al cap d'una setmana, va entrar per la porta fent un saltiró, somrient i picant de mans en silenci (cosa que feia que semblés més a prop dels vint-i-tres anys que no pas dels trenta-un), i va dir:

—Era fantàstic! I ara escolta —llavors es va posar seriosa—, en va escriure un altre, sobre Einstein. —Va mostrar el mòbil, on apareixia una pàgina de productes d'Amazon amb la biografia sobre Einstein de Walter Isaacson—. L'he trobat a Internet, però he pensat que potser el podria comprar aquí.

Siguem clars: això era increïble. El somni de tot llibreter! Una *stripper* trencant motlles i cridant: «Prou!»; llavors vam esbrinar, amb el cap decantat il·lusionadament, que la secció de BIOGRAFIES de Penombra no contenia cap *Einstein: His Life and Universe.*[2] Hi havia cinc llibres diferents sobre Richard Feynman, però res en absolut sobre Albert Einstein. Així parlava Penombra.

—De debò? —va dir fent morros la North Face—. En fi, suposo que me l'hauré de comprar per Internet. Gràcies. —Va sortir a la nit i fins ara no ha tornat pas.

Deixeu-me que sigui ingenu. Si hagués de classificar experiències sobre adquisició de llibres segons la comoditat, el bon rotllo i la satisfacció, la llista aniria així:

1. La llibreria independent perfecta, com ara Pygmalion, a Berkeley.
2. Una Barnes & Noble, tan espaiosa i lluminosa. Sé que són una gran corporació, però reconeguem-ho: les botigues són maques. Sobretot les que tenen aquells sofàs enormes.
3. El passadís de llibres de Walmart. (És vora la terra de jardineria.)
4. La biblioteca de préstec a bord de l'*USS West Virginia*, un submarí nuclear a les profunditats del Pacífic.
5. La Llibreria del Senyor Penombra, Oberta les 24 Hores.

Així doncs, em vaig posar a redreçar el rumb del negoci. No, no sé res sobre administració de llibreries. No, no tinc la mà trencada pel que fa a clients procedents de clubs de striptease. I no, mai no he redreçat el rumb de res, llevat que es compti la vegada que vaig salvar de la fallida el club d'esgrima de l'Escola de Disseny de Rhode Island amb l'organització d'una marató de vint-i-quatre hores de pel·lícules d'Errol Flynn. Però sí que sé que hi ha coses que en Penombra no fa bé clarament; coses que no fa ni per casualitat.

2. A l'Estat espanyol, només publicat en castellà amb el títol: *Einstein: su vida y su universo*. Debolsillo, 2009. *(N. del t.)*

Com ara màrqueting.

Tinc un pla: per començar, demostraré la meva vàlua amb petits èxits, després demanaré un pressupost per posar anuncis impresos, col·locar alguns rètols a l'aparador i potser, fins i tot, no estar-nos de res amb un anunci a la parada de l'autobús que hi ha al carrer, una mica més amunt: «ESPERES L'AUTOBÚS? DONCS ESPERA AMB NOSALTRES!» Llavors tindré l'horari d'autobusos obert al meu portàtil per poder avisar els clients amb cinc minuts d'antelació quan arribi el següent. Serà genial.

Així i tot, he de començar amb petites coses i sense que em distreguin els clients, treballant molt. Primer, em connecto al Wi-Fi desprotegit del veí, que es diu *bootynet*. Llavors repasso una per una les pàgines web d'opinió dels consumidors de la zona, redactant informes enlluernadors sobre aquesta joia amagada. Envio correus simpàtics amb emoticones que fan l'ullet als blocs d'aquí. Creo un grup de Facebook amb un membre. Signo al programa de publicitat zonal hiperpersonalitzat de Google (el mateix que fèiem servir a NewBagel), que et permet identificar les teves víctimes amb una precisió increïble. Trio les característiques del llarg formulari de Google:

- viu a San Francisco
- li agraden els llibres
- és un mussol nocturn
- paga en metàl·lic
- no té al·lèrgia a la pols
- li encanten les pel·lícules de Wes Anderson
- *ping* recent a través de GPS en un radi de cinc travessies des d'aquí.

Només tinc deu dòlars per invertir-hi; per tant, he de ser concret.

Tot això, pel que fa a la demanda. També cal pensar en les existències, i les existències de Penombra són capritxoses per no dir-ne més; però això només és part de la història. La Llibreria del Senyor Penombra, Oberta les 24 Hores, és, pel que he vist, dues botigues en una de sola.

Hi ha la llibreria més o menys normal, situada a la part del davant, encabida amb prou feines al voltant del taulell. Amb prestatgeries baixes que responen a HISTÒRIA, BIOGRAFIES i POESIA. L'*Ètica a Nicòmac*, d'Aristòtil, i *Shibumi*, de Trevanian. Aquesta botiga, més o menys normal, és estrambòtica i frustrant, però, com a mínim, no està farcida de títols que es podrien trobar a qualsevol llibreria o a Internet.

L'altra botiga es troba al darrere i a sobre de tot això, a les altures de les prestatgeries amb escales de mà, i consisteix en volums que, segons Google, no existeixen pas. Creieu-me, els he cercat. Molts tenen aspecte de ser antiguitats (cuir esquerdat, títols en estilitzades lletres daurades), però d'altres són d'enquadernacions noves, amb cobertes brillants i acolorides. Per consegüent, no tots són antics. Senzillament és que tots són... excepcionals.

Jo la veig com una mena de Llista-retro.

Quan vaig començar a treballar aquí, vaig donar per fet que tots eren impressions petites. La diminuta amish imprimeix sense gust per a gestió documental digital. O vaig pensar que potser tot era obra autoeditada (una col·lecció sencera de llibres enquadernats a mà que no van arribar mai a la Biblioteca del Congrés ni enlloc més). Potser Penombra era una mena d'orfenat.

Però, ara, després d'un mes de dependent, començo a pensar que és força més enrevessat. Vejam, si agafem la segona botiga, resulta que hi ha un segon mostrari de clients, una petita comunitat de persones que orbiten al voltant de la botiga com llunes estranyes. No s'assemblen gens a la North Face. Són més grans.

S'hi passen amb una regularitat algorítmica. Mai no hi donen una ullada. Vénen perfectament desperts, completament sobris i amb una necessitat urgent. Per exemple:

Sonaran les campanetes de damunt de la porta, i abans que hagin parat, el senyor Tyndall cridarà, sense alè:

—Kingslake! Necessito Kingslake!

Es traurà les mans del cap (no fotis que ha vingut corrent pel carrer amb les mans al cap!) i s'agafarà fort al taulell. Ho repetirà com si ja m'hagués avisat que se m'ha calat foc a la camisa i jo no reaccionés ràpidament:

—Kingslake! De pressa!

La base de dades del Mac Plus comprèn tant els llibres corrents com la Llista-retro. Aquests últims no estan col·locats a les prestatgeries segons el títol ni el tema (és que hi ha temes?), de manera que l'ajuda de l'ordinador és imprescindible. Bé, doncs, picaré K-I-N-G-S-L-A-K-E i el Mac es posarà a pensar lentament (en Tyndall es balancejarà sobre els talons), llavors sonarà el campaneig i mostrarà la seva enigmàtica resposta. Ni BIOGRAFIES, ni HISTÒRIA, ni CIÈNCIA-FICCIÓ I FANTASIA, sinó: 3-13. Això és a la Llista-retro, passadís 3, prestatgeria 13, que només queda a tres metres d'altura.

—Oh, gràcies a Déu, gràcies, sí, gràcies a Déu! —dirà en Tyndall, extasiat—. Aquí té el meu llibre —es traurà un llibre molt gros d'alguna banda, possiblement dels pantalons; serà el que vol tornar, per bescanviar-lo per KINGSLAKE— i aquí té el meu carnet.

Farà lliscar una fina targeta plastificada sobre la taula, amb el mateix símbol que adorna l'aparador principal. Durà un codi secret, estampat a la cartolina, que jo registraré. En Tyndall, com sempre, tindrà el número de la sort 6WNJHY. I m'equivocaré dues vegades en teclejar-lo.

Tot seguit, faré el mico a l'escala de mà, embolicaré KINGSLAKE amb paper marró. I provaré de fer-la petar una mica:

—Com va la nit, senyor Tyndall?

—Doncs molt bé, ara millor —dirà en veu baixa, agafant el paquet amb mans tremoloses—. Fent progressos, a poc a poc i amb bona lletra! *Festina lente*, gràcies, moltes gràcies!

Llavors tornaran a sonar les campanetes mentre surt corrent al carrer. Seran les tres de la matinada.

És un club del llibre? Com s'hi apunten? Paguen mai?

Són preguntes que em faig quan sec aquí tot sol, després que en Tyndall, la Lapin o en Fedorov hagin marxat. En Tyndall probablement és el més estranyot, però tots ho són força: tots de cabells grisos, enèrgics, com arribats d'un altre temps o d'un altre lloc. Sense iPhones. Sense que esmentin esdeveniments actuals, ni coses de la cultura popular ni res, de debò, llevat de llibres. Jo, sens dubte, els considero com d'un club, tot i que no tinc cap prova que es coneguin entre si. Cadascun arriba tot sol i mai no diu res que no respongui a l'objecte de la seva dèria en curs.

No sé què hi ha dins d'aquests llibres (i forma part de la meva feina no saber-ho). Després de la prova de l'escala, novament el dia que em va contractar, en Penombra esperava rere el taulell, observant-me amb els seus brillants ulls blaus, i va dir:

—Aquesta feina comporta tres exigències, cadascuna de les quals és molt estricta. No les accepti a la lleugera. Els dependents d'aquesta botiga han seguit aquestes normes al llarg de gairebé un segle, i no les trencaré pas ara. Una: sempre ha de ser aquí de deu de la nit a sis del matí en punt. No ha de fer tard. No pot marxar abans. Dues: no pot fullejar, ni llegir ni examinar de cap altra manera els volums de les prestatgeries. Els ha d'agafar quan els els demanin i prou.

Sé el que esteu pensant: desenes de nits tot sol, i no has obert mai una tapa? No, mai. Pel que jo sé, en Penombra té una càmera en alguna banda. Si jo hi donés una ullada i ell se n'assabentés, em despatxaria. Els meus amics cauen com mosques aquí fora; indústries completes, parts senceres del país tanquen portes. No vull viure pas en una tenda. Necessito aquesta feina.

I a més, la tercera regla compensa la segona:

—Ha de portar un registre meticulós de totes les transaccions. L'hora. L'aspecte del client. L'estat mental. Com demana el llibre. Com el rep. Si sembla ferit. Si duu un branquilló de romaní al barret. Etcètera.

Em figuro que en circumstàncies normals em semblaria un requisit de feina inquietant. En les circumstàncies actuals (deixar llibres estranys en préstec a erudits encara més estranys en plena nit) em sembla perfectament procedent. Per tant, en comptes de passar el temps tafanejant per les prestatgeries prohibides, el passo escrivint sobre els clients.

La primera nit en Penombra em va mostrar un prestatge baix, encaixat al taulell principal, on, arrenglerats, hi havia un seguit de volums enormes, relligats en cuir, tots idèntics llevats dels brillants números romans dels lloms.

—Els nostres llibres de registre —va explicar, passant el dit per la renglera— es remunten gairebé un segle enrere. —Va agafar el volum que hi havia més a la dreta i el va deixar al taulell amb un fort cop.— Ara, vostè ajudarà a portar-los.

La coberta del llibre de registre duia la paraula NARRATIO gravada profundament, i un símbol; el símbol de l'aparador principal. Dues mans, obertes com un llibre.

—Obri'l —va dir en Penombra.

A dins, les pàgines eren amples i grises, plenes de cal·ligrafia recargolada. També hi havia esbossos: retrats en miniatura d'homes barbuts, complicats gargots geomètrics. En Penombra va fer petar els fulls i va parar cap a la meitat, on un punt d'ivori marcava la fi del text.

—Anotarà noms, hores i títols —va advertir, picant la pàgina amb el dit—, però també, com ja he explicat, comportament i aspecte. Mantingui un seguiment de cada membre, i de cada client que es pugui convertir en membre, per tal de seguir la seva feina. —Va fer una pausa i tot seguit va afegir:— N'hi ha que treballen molt, és clar.

—I què fan?

—Jove —va dir, amb les celles arquejades, com si no hi pogués haver res més obvi—, llegeixen.

Així doncs, a les pàgines del llibre titulat NARRATIO amb el número IX, faig el que puc per portar un registre clar i acurat d'allò que passa durant el meu torn, acompanyant-ho amb alguna floritura literària ocasional. M'imagino que es podria dir que la norma número dos no és del tot terminant. Únicament hi ha un llibre que tinc permès tocar, a Penombra. Aquell en què escric.

Quan veig en Penombra al matí, si ha vingut un client, m'ho pregunta. Jo li llegeixo un fragment del llibre de registre, i ell assenteix davant allò que he apuntat. Però llavors encara vol anar més enllà:

—Una entrada acceptable sobre el senyor Tyndall —diu—. Però, digui'm, vejam si ho recorda, els botons de l'abric eren de nacre? O eren de banya? Algun tipus de metall? Coure?

Sí, entesos: sobta que en Penombra porti un expedient així. No se me n'acut el motiu, ni tan sols un de nefand. Però, quan la gent passa d'una certa edat, un deixa de preguntar-los per què fan el que fan. Sembla perillós. ¿I si dius: «Ostres, senyor Penombra, per què vol saber com són els botons del senyor Tyndall?» i ell calla, es grata la barbeta i té lloc un silenci incòmode... i tots dos ens adonem que no ho recorda?

I si em despatxa en aquell mateix instant?

En Penombra va a la seva, i el missatge és clar: faci la feina i no faci preguntes. Al meu amic Aaron el van plantar al carrer la setmana passada i ara se'n torna a Sacramento per viure amb els pares. En aquest entorn econòmic, m'estimo més no posar a prova la paciència d'en Penombra. Necessito aquesta col·locació.

Els botons de l'abric del senyor Tyndall eren de jade.

Matròpoli

PER GESTIONAR la Llibreria del Senyor Penombra les vint-i-quatre hores del dia, un propietari i dos dependents es divideixen la jornada en tres parts, i a mi em toca la part de foscor. En Penombra fa els matins (suposo que es podria anomenar l'hora punta, llevat que aquesta botiga no en té, d'això). Vull dir que un sol client ja és tot un esdeveniment, i un sol client és tan probable que es presenti a mitjanit com a migdia.

Per tant, passo la batuta a en Penombra, però la rebo de l'Oliver Grone, el bon jan que la porta als vespres.

L'Oliver és alt i cepat, d'extremitats fortes i peus grans. Té els cabells pèl-roigs i enrinxolats, i les orelles li surten perpendicularment al cap. En una altra vida potser va jugar a futbol americà, va ser d'un equip de rem o expulsava senyors de dubtosa reputació del club veí. En aquesta, l'Oliver és alumne de doctorat de Berkeley, estudia Arqueologia. L'Oliver vol ser conservador de museu.

És un bonàs; massa bonàs per la seva mida. Parla amb frases senzilles i curtes, i sempre sembla abstret en alguna altra cosa, una cosa del passat i/o d'un lloc molt remot. L'Oliver somia despert en columnes jòniques.

Els seus coneixements són vastos. Una nit el vaig interrogar fent servir un llibre titulat *El material de les llegendes*, trobat al peu de la reduïda secció d'HISTÒRIA de Penombra. Li vaig tapar els peus de foto amb la mà i únicament li vaig mostrar les il·lustracions:

—Bou de la mitologia minoica, 1700 aC —va recitar. Correcte.

—Gerra de Basse Yutz, 450 aC. Potser 500. —Sí.

—Teula, 600 dC. Deu ser coreana. —També sí.

Al final del test l'Oliver n'havia encertat deu de deu. Estic convençut que el seu cervell simplement funciona en una escala de temps diferent. Jo amb prou feines recordo què vaig dinar ahir; l'Oliver, en canvi, sap tranquil·lament el que passava el 1000 aC i quin aspecte tenia tot aleshores.

Això em posa gelós. Ara mateix, l'Oliver Grone i jo estem igual: tenim exactament la mateixa feina i seiem a la mateixa cadira. Però aviat, molt aviat, ell pujarà a un altre nivell i em passarà al davant. Trobarà un lloc al món real, perquè té facilitat per a una altra cosa... una cosa que no és enfilar-se per les escales d'una llibreria solitària.

Cada nit em presento a les deu i trobo l'Oliver rere el taulell principal, sempre llegint un llibre, sempre amb un títol com ara *Cura i atencions de la terracota* o *Atles de les puntes de fletxa de l'Amèrica precolombina*. Cada nit tamborino amb els dits sobre la fusta fosca. Ell alça la vista i diu:

—Ei, Clay.

Cada nit ocupo el seu lloc, i ens acomiadem amb un gest del cap, com soldats (com homes que entenen perfectament les circumstàncies de l'altre).

Quan acabo el meu torn, són les sis del matí, una hora estranya per plegar i quedar lliure per fer el que vulguis. Normalment, vaig a casa i llegeixo o jugo amb videojocs. Es diria que aniria bé per relaxar-se, si no fos que el torn de nit a Penombra no és que et desassossegui precisament. Així doncs, fet i fet, mato el temps fins que els meus companys de pis es lleven i em troben allà.

En Mathew Mittelbrand és el nostre artista resident. És prim com un fideu, pàl·lid de pell, i fa un horari estrany; encara més estrany que el meu, perquè és menys previsible. Molts matins no he d'esperar en Mat, sinó que arribo a casa i em trobo que ha estat despert tota la nit pencant en el seu darrer projecte.

Durant el dia (si fa no fa) en Mat treballa en efectes especials a Industrial Light & Magic, al Presidio, fent escenaris i muntatges de pel·lícules. Li paguen per dissenyar i construir rifles làser i castells encantats. Però (i ho trobo molt admirable) no fa servir ordinadors. En Mat forma part de la tribu en extinció d'artistes que encara fan les coses amb tallants i cola d'enganxar.

Quan no és a ILM, treballa en algun projecte propi. Treballa amb una intensitat febril, cremant les hores com si fossin esca per al foc, consumint-les com si les regalessin, aprofitant-les exhaustivament. Dorm poc i malament, sovint assegut en una cadira o estirat al sofà en posició de faraó. És com un belluguet, un petit geni o què sé jo, llevat que, en comptes de l'aire o l'aigua, el seu element és la imaginació.

El darrer projecte d'en Mat és el més gran fins ara, i aviat ja no quedarà lloc per a mi o per al sofà. El darrer projecte d'en Mat està envaint la sala d'estar.

Ell l'anomena Matròpoli, i està fet a base de capses i llaunes, paper i escuma. És una maqueta de trens sense trens. La topografia de fons és una serralada escarpada feta amb cacauets d'escuma de poliestirè subjectats amb una xarxa metàl·lica. Va començar sobre una taula de jugar a cartes, però en Mat n'ha afegit dues més, cadascuna a diferent nivell, com plaques tectòniques. I disseminada sobre aquest terreny de la superfície de les taules hi ha una ciutat.

És un paisatge de fantasia a escala, una megaciutat fabulosa i resplendent, feta amb materials de rebuig. Hi ha corbes d'estil Frank Gehry elaborades amb paper d'alumini llis. S'hi veuen merlets i agulles gòtiques fets amb amb macarrons secs. També un Empire State Building fet amb esberles de vidre verd.

Enganxades amb cita adhesiva a la paret, rere les taules de jugar a cartes, hi ha les fotos de referència d'en Mat: imatges d'impressora de museus, catedrals, blocs d'oficines i cases adossades. Algunes són horitzons urbans, però sobretot primers plans: fotos amb zoom de superfícies i textures fetes per ell mateix. Sovint s'hi queda plantat al davant, estudiant-les, fregant-se la barbeta, avaluant la lluïssor i el gra, trencant-ho i tornant-ho a unir tot amb el seu joc de Lego fet a mida. En Mat empra materials quotidians de manera tan enginyosa, que el seu origen queda eclipsat i únicament pots veure els diminuts edificis en què s'han convertit.

Al sofà veig un control remot de plàstic negre, l'agafo i premo un dels botons. Una aeronau de joguina que hi havia prop de la porta cobra vida amb un brunzit i es posa en marxa cap a Matròpoli. Es pot maniobrar amb el control remot perquè es dirigeixi al terrat de l'Empire State Building, però només aconsegueixo que xoqui contra les finestres.

Just enllà de l'ajuntament de Matròpoli queda la meva habitació. Tenim una habitació per a cadascun dels tres companys de pis. La meva és la més petita, un estret cub blanc amb filigrana d'estil eduardià al sostre. L'habitació d'en Mat és la més gran de bon tros, però hi ha corrents d'aire; és a les golfes, dalt d'unes escales estretes i alzinades. I la tercera habitació, un equilibri perfecte entre mida i comoditat, és del tercer company de pis, l'Ashley Adams. Ara dorm, però no trigarà a despertar-se. L'Ashley es lleva exactament a tres quarts de set cada matí.

L'Ashley és bonica. Probablement massa (massa relluent i de formes perfectes, com una figureta de tres dimensions). Té els cabells rossos i llisos, amb una impecable tallada fins a les espatlles. Els braços tornejats d'escalar en paret artificial dos cops per setmana. I la pell permanentment i lleugerament bronzejada.

L'Ashley és directora de comptabilitat en una agència de relacions públiques i, també amb aquest càrrec, feia de relacions públiques per a NewBagel, que és com ens vam conèixer. Li va agradar el meu logotip. Al principi em pensava que m'hi havia penjat, però llavors em vaig adonar que és una androide.

I no ho dic en un sentit pejoratiu! Vull dir que, quan ens els imaginem, els androides són absolutament genials, oi? Llestos, forts, organitzats i sol·lícits. L'Ashley és totes aquestes coses i més. També és la nostra mestressa: el pis és seu. Fa anys que hi viu, i el nostre lloguer baix reflecteix que n'és la propietària des de fa molt de temps.

I jo, per variar, agraeixo tenir una casera androide.

Al cap de nou mesos d'allotjar-me aquí, la nostra companya de pis d'aleshores va marxar al Canadà per fer un màster d'administració d'empreses de reciclatge, i vaig ser jo qui va trobar en Mat per substituir-la. Era un amic d'un amic de l'escola de belles arts; jo havia vist la seva exposició en una petita galeria de parets blanques, tot barris en miniatura construïts a dins d'ampolles de vi i bombetes. Quan vaig esmentar que buscàvem un company de pis i va resultar que ell en buscava, em vaig emocionar molt amb la perspectiva de viure amb un artista, però no estava segur de si a l'Ashley li faria tanta gràcia.

En Mat va venir de visita vestit amb una ajustada americana d'esport blava i uns pantalons pulcrament planxats. Vam seure a la sala d'estar (aleshores dominada per un televisor de pantalla plana, sense ciutats al damunt de taules, ni tan sols somiades) i ens va parlar de la seva feina d'aleshores a ILM: el disseny i la construcció d'un dimoni assedegat de sang amb pell de texans blaus. Formava part d'un escenari de pel·lícula de terror en una botiga d'Abercrombie & Fitch.

—Estic aprenent a cosir —va explicar. Llavors va assenyalar un dels punys de l'Ashley:— Aquestes costures estan molt ben fetes.

Més tard, després que en Mat se n'hagués anat, l'Ashley em va comentar que li havia agradat la seva polidesa.

—Per tant, si creus que hi encaixarà, a mi ja em va bé —va dir.

Aquesta és la clau per a la nostra convivència harmoniosa: tot i que els seus objectius són diferents, en Mat i l'Ashley comparteixen una profunda estima pels detalls. Per a en Mat, es tracta d'una insignificant signatura de grafit en una parada de metro. Per a l'Ashley, és que la roba interior faci joc amb el jersei.

Ara bé, la prova de debò no va trigar a arribar, amb el primer projecte d'en Mat. Que va tenir lloc a la cuina.

La cuina: el santuari més sagrat de l'Ashley. És una gurmet. Una sibarita. I mai no està més maca ni és una androide més perfecta que durant els caps de setmana, quan fa risotto aromàtic amb un davantal de colors ben combinats i els cabells recollits en una trossa rossa a la coroneta.

En Mat podria haver fet el primer projecte a les golfes, o al petit pati ple d'endergues. Però no. Va triar la cuina.

Va ser durant el meu període a l'atur després de NewBagel, de manera que vaig veure com va anar tot. De fet, hi estava pràcticament abocat a sobre, inspeccionant els treballs d'en Mat, quan va aparèixer l'Ashley. Acabava d'arribar de la feina, encara vestida amb un conjunt de J. Crew de color carbó i crema. Es va escurar la veu.

En Mat havia posat al foc un enorme matràs de Pyrex que contenia una barreja d'oli i tint coent-se a foc lent. Era espessa i molt viscosa, i amb l'aplicació gradual de calor per sota, bombollejava i s'agitava pausadament. Els llums de la cuina estaven tots apagats, i en Mat havia instal·lat dues brillants làmpades d'arc rere el matràs; l'il·luminaven tota, projectant ombres vermelles i porpres que es bellugaven sobre el granit i la pedra de travertí.

Jo em vaig incorporar i em vaig quedar quiet, callat. L'última vegada que m'havien enxampat fent una cosa així, tenia nou anys i feia volcans de vinagre i bicarbonat a la taula de la cuina després de l'escola. La mare duia uns pantalons com els de l'Ashley.

En Mat va alçar la vista a poc a poc. Duia les mànigues arromangades fins als colzes. Les sabates de cuir negre li brillaven en la penombra, igual que les puntes dels dits, empastifades d'oli.

—És una simulació de la nebulosa del cap de cavall —va explicar. Saltava a la vista.

L'Ashley s'havia quedat muda, observant. Tenia la boca lleugerament oberta. Les claus li penjaven del dit, detingudes a mig vol cap a l'endreçada clavilla on solia deixar-les, just al damunt de la llista del repartiment de tasques.

En Mat feia tres dies que vivia amb nosaltres.

L'Ashley va avançar dues passes, s'hi va abocar, tal com havia fet jo, i va sotjar les profunditats còsmiques. Una bombolla de color safrà pujava a través d'una capa tèrbola, verdosa i daurada.

—Cagundena, Mat —va dir a mitja veu—. És preciós.

Així doncs, l'estofat astrofísic d'en Mat va continuar bullint a foc lent, i altres projectes seus es van succeir l'un rere l'altre, cada vegada més grossos, més potiners i més desmesurats. L'Ashley es va interessar pels seus progressos; entrava a la sala, es posava una mà al maluc, arrufava el nas i feia un comentari enginyosament constructiu. Es va endur el televisor per iniciativa pròpia.

Aquesta és l'arma secreta d'en Mat, el seu salconduit, la seva targeta per deslliurar-se de la presó: fer coses precioses.

Així doncs, vaig dir a en Mat que hauria de venir a la llibreria, és clar, i l'espero aquesta nit, a dos quarts de tres. Les campanetes de damunt de la porta sonen tot anunciant-ne l'arribada, i abans d'obrir la boca, inclina el coll endarrere per seguir les prestatgeries fins a les ombrívoles altures. Es tomba cap a mi, assenyala directament al sostre amb un braç enfundat en una americana de quadres i diu:

—Vull pujar allà dalt.

Només fa un mes que treballo aquí i no tinc prou confiança per fer entremaliadures, encara; però la curiositat d'en Mat és contagiosa. Es dirigeix amb grans gambades a la Llista-retro i es planta entre les llibreries, arrambant-s'hi, examinant la textura de la fusta, l'aspecte dels lloms.

Cedeixo:

—D'acord, però t'hi has d'agafar fort. I no toquis cap llibre.

—Que no els toqui? —diu, comprovant l'escala de mà—. I si en vull comprar un?

—No els pots comprar... són de préstec. Cal ser membre del club.

—Són llibres rars? Primeres edicions? —Ja és enlaire. Es mou de pressa.

—Més aviat edicions úniques —responc. Res d'ISBN, aquí.

—De què tracten?

—No ho sé —contesto en veu baixa.

—Què?

En dir-ho més fort, m'adono que sona d'allò més patètic:

—No ho sé.

—No n'has fullejat mai cap? —S'ha aturat a mitja escala, mirant cap avall. Incrèdul.

Ara m'estic posant nerviós. Sé on porta tot plegat.

—De debò? Mai? —Allarga la mà cap a les prestatgeries.

Em passa pel cap sacsejar l'escala per mostrar la meva contrarietat, però l'únic que resultaria més problemàtic que el fet que en Mat miri un dels llibres seria que es matés en caure. Probablement. En té un a les mans; un volum gruixut, enquadernat en negre, que amenaça de desequilibrar-lo. Es balanceja a l'escala, i serro les dents.

—Ei, Mat —dic, la veu tot d'una em sona aguda i queixosa—, per què no el deixes...

—Això és l'hòstia!

—Hauries...

—És la rehòstia, Jannon. No ho has vist mai? —Estreny el llibre contra el pit i baixa un esglaó.

—Espera! —Segons com, sembla una transgressió menys greu si es queda a prop del lloc on hauria de ser.— Ara pujo. —Arrossego una altra escala fins a col·locar-la just al davant de la seva i salto els esglaons. En un instant, en Mat i jo som a la mateixa alçada, discutint entre xiuxiueigs a nou metres d'altura.

La veritat, naturalment, és que estic mort de curiositat. Estic empipat amb en Mat, però també agraït perquè faci el paper de dolent per mi. Recolza el gruixut volum contra el pit i s'inclina cap a mi. Aquí dalt tot està fosc, de manera que m'aboco cap a l'espai entre les prestatgeries per veure millor les pàgines.

Per això vénen corrent en Tyndall i la resta en plena nit?

—M'esperava que seria una enciclopèdia de rituals secrets —diu en Mat.

La doble pàgina mostra una matriu de lletres atapeïdes, una capa de jeroglífics sense gairebé ni un sol espai en blanc. Les lletres són grans i en negreta, estampades al paper en gràcies punxegudes. Reconec l'alfabet (és llatí, és a dir, normal), però les paraules no. Fet i fet, no hi ha paraules, en realitat. Les pàgines són simplement llargues tirallongues de lletres... un garbuix inintel·ligible.

—Però —observa en Mat— tampoc no tenim manera de saber que no és una enciclopèdia de rituals secrets...

Trec un altre llibre de la lleixa, aquest alt i prim, amb una brillant coberta verda i un llom marró on diu KRESIMIR. A dins, el mateix.

—Potser és un trencaclosques —apunta en Mat—. Com un sudoku de nivell superavançat.

Els clients de Penombra són, ben mirat, exactament el tipus de persones que veuries en una cafeteria provant de resoldre problemes d'escacs o solucionant els mots encreuats del dissabte mentre premen fort el bolígraf blau sobre el paper de premsa.

Més avall, sonen les campanetes. Una esquellotada de por freda em recorre ràpidament el cos des del cervell fins a les puntes dels dits i a l'inrevés. Des de l'entrada de la botiga crida fort una veu:

—Que hi ha 'gú?

Jo xiuxiuejo a en Mat:

—Torna'l al seu lloc. —Tot seguit m'afanyo a baixar l'escala.

Quan aterro amb un xiulet entre les prestatgeries, en Fedorov és a la porta. De tots els clients que he vist, és el més vell: té la barba blanca com la neu i la pell de les mans fina com el paper; però, probablement, també és el més perspicaç. S'assembla molt a en Penombra, de fet. Ara fa lliscar un llibre sobre el taulell (torna CLOUTIER) i tot seguit tamborina fort amb dos dits i diu:

—Ara necissitaré Murao.

Som-hi, doncs. Trobo MURAO a la base de dades i envio en Mat de nou escala amunt. En Fedorov l'observa encuriosit.

—Un atre 'judant?

—Un amic —dic—. Simplement em dóna un cop de mà.

En Fedorov assenteix. Se m'acut que en Mat podria passar per un membre molt jove d'aquest club. Ell i en Fedorov duen pantalons de pana marró, aquesta nit.

—Quan fa que 'ts aquí, tenta-set dies?

No ho sabria dir, però sí, estic segur que són trenta-set dies exactament. Aquests paios solen ser d'allò més precisos.

—En efecte, senyor Fedorov —contesto alegrement.

—I què 'n pensa?

—M'agrada —responc—. És molt millor que treballar en una oficina.

En Fedorov assenteix en sentir-ho i em passa el seu carnet. És el 6KZVCY, és clar.

—Vaig teballar a HP —diu «hec-pi»— durant tenta anys. Allò sí que 'ra una 'ficina. —Llavors s'atreveix a comentar:— Ha fet sirvir mai una quelculadora HP?

En Mat torna amb MURAO. És un dels grossos, gruixut i ample, relligat en cuir jaspiat.

—Ah, sí, i tant —dic, embolicant el llibre amb paper marró—. Vaig tenir una calculadora gràfica durant tot l'institut. Era una HP-38.

En Fedorov fa un somriure radiant com un avi orgullós.

—Vaig teballar en la vint-i-vit, que en va ser la pecursora!

Això em fa somriure.

—Probablement encara la tinc en alguna banda —li explico, i li passo MURAO per damunt del taulell.

En Fedorov l'agafa d'una revolada amb totes dues mans.

—Gàcies —diu—. Sap?, la tenta-vuit no tinia notació polonesa inversa —fa un copet significatiu al seu llibre (de rituals secrets?)— i l'hi he de dir: l'RPN és molt pàctica per a 'questa mena de feina.

Crec que en Mat l'encerta: sudoku.

—Ho tindré present —dic.

—D'acord, gàcies de nou. —Les campanetes sonen i veiem com en Fedorov desfila parsimoniosament per la vorera cap a la parada de l'autobús.

—He mirat el seu llibre —comenta en Mat—. Igual que els altres.

El que fins ara semblava estrany ara encara ho sembla més.

—Jannon —diu en Mat, tombant-se per esguardar-me de fit a fit—. Hi ha una cosa que t'he de preguntar.

—Deixa'm que ho endevini —replico—. Per què no he mirat mai els...

—Et mola l'Ashley?

Bé, això no és el que esperava.

—Què? No.

—D'acord, bé. Perquè a mi sí.

Parpellejo i miro inexpressivament en Mat Mittelbrand, plantat aquí, amb la seva ajustada americana perfectament tallada. És com Jimmy Olsen confessant que li mola Wonder Woman. El contrast és massa gran. I tanmateix...

—Penso tirar-li la canya —diu amb gravetat—. La cosa es podria posar incòmoda. —Ho diu com un comando que prepara una incursió de mitjanit. Com ara: «I tant, serà d'allò més perillós, però no t'hi amoïnis. Ja ho he fet abans».

La meva visió canvia. Potser en Mat no és Jimmy Olsen sinó Clark Kent, i a sota amaga un Superman. Hauria de ser un Superman de metre seixanta, però així i tot...

—Vejam, en teoria, ja ens hem enrotllat una vegada.

Un moment, què...

—Fa dues setmanes. Tu no eres a casa. Eres aquí. Vam beure força vi.

Em roda una mica el cap, no per la discordança d'en Mat i l'Ashley junts, sinó per la comprensió que el fil d'aquesta atracció s'ha estat cabdellant davant dels meus nassos sense que jo en tingués la més petita idea. No ho suporto, quan passa això.

En Mat assenteix com si ara tot estigués clar.

—Molt bé, Jannon. Aquest lloc és increïble. Però he de marxar.

—Tornes al pis?

—No, a la feina. He de pencar tota la nit. Un monstre de la jungla.

—Un monstre de la jungla.

—Fet amb plantes vives. Hem de mantenir l'estudi molt calent. Potser tornaré en una altra pausa. Aquest lloc és fresc i sec.

En Mat marxa. Més tard, al llibre de registre escric:

Una nit freda i sense núvols. Ha vingut a la llibreria el client més jove que hi ha posat els peus (a parer d'aquest dependent) en molts anys. Duu pantalons de pana, una americana feta a mida i, a sota, una armilla de punt amb petits tigres. El client compra una postal (per obligació) i, en acabat, surt per reprendre la feina sobre un monstre de la jungla.

Tot està molt tranquil. Descanso la barbeta sobre el palmell, compto els meus amics i em pregunto què més amaga a la vista.

Les cròniques de cançó de drac.

Volum I

L'ENDEMÀ A LA NIT un altre amic visita la botiga, i no és un amic qualsevol: és el més antic que tinc.

En Neel Shah i jo som amics íntims des de sisè de primària. En la imprevisible dinàmica de fluids de primària, vés a saber com, em vaig trobar flotant prop de la cúspide, un inofensiu paio qualsevol que era prou bo en bàsquet i que no es cagava de por amb les ties. En Neel, per contra, tocava fons, defugit tant pels catxes com pels pela-colzes. A la cafeteria, els companys de taula remugaven que feia una pinta estranya, que parlava de manera estranya i que feia una olor estranya.

Però aquella primavera vam connectar gràcies a una obsessió compartida pels llibres sobre dracs cantaires, i vam acabar fent-nos amics íntims. Jo el defensava, el protegia, hi invertia capital polític prepubescent. El convidava a festes amb pizza i atreia membres de l'equip de bàsquet al nostre grup de joc de rol de Naus i Bruixots. (No duraven gaire. En Neel sempre era l'amo de la masmorra i enviava invariablement droides resoluts i orcs zombis rere seu.) A setè de primària, vaig insinuar a l'Amy Torgensen, una bonica nena de cabells de color palla a la qual li encantaven els cavalls, que el pare d'en Neel era un príncep exiliat, ric fora mida, i que en Neel, per tant, podria ser una parella excel·lent per al ball d'hivern. Va ser la primera cita d'en Neel.

Per tant, m'imagino que es podria dir que en Neel em deu uns quants favors, si no fos que ara com ara ens hem fet tants favors mútuament, que ja no es poden distingir com a actes individuals sinó com una brillant boirina de lleialtat. La nostra amistat és com una nebulosa.

Ara en Neel Shah apareix emmarcat a la porta, alt i cepat, amb una cenyida jaqueta de xandall de color negre, i fa cas omís de la polsosa Llista-retro. En canvi, es dirigeix directament a la llibreria amb el rètol de CIÈNCIA-FICCIÓ I FANTASIA.

—Tio, teniu en Moffat! —diu, enlairant un gruixut llibre de butxaca. És el *Volum I* de *Les cròniques de cançó de drac*; el llibre que ens va unir a sisè de primària i que encara és el nostre preferit. Jo l'he llegit tres vegades. En Neel, probablement, sis.— Sembla un exemplar vell, a més —comenta, fent petar les pàgines. Té raó. A l'edició més nova de la trilogia, publicada després de la mort de Clark Moffat, consta un únic dibuix continu quan arrengleres els lloms dels tres llibres a la lleixa. En aquest figura una reproducció amb aerògraf d'un enorme drac blau, enroscat en escuma de mar.

Dic a en Neel que l'hauria de comprar, perquè és un col·leccionista d'edicions i, probablement, val més que no pas el que demana en Penombra. I perquè no he venut més que una postal en sis dies. En general, em sentiria malament pressionant un dels meus amics perquè compri un llibre, però en Neel Shah ara és, si no ric fora mida, la competència clara d'alguns prínceps de baix nivell. Cap a la mateixa època que jo lluitava per guanyar el salari mínim a Tallem el Bacallà, a Providence, en Neel posava en marxa la seva pròpia empresa. Passem endavant cinc anys i vegem la màgia de l'esforç combinat: en Neel té, segons els meus càlculs aproximats, uns quants centenars de milers de dòlars al banc i la seva empresa val força milions més. Per contra, jo tinc exactament 2.357 dòlars al banc i l'empresa per a la qual treballo (si se'n pot dir empresa) ocupa un espai extrafinancer de blanquejadors de capital i marginats socials.

De tota manera, m'imagino que en Neel es pot permetre un llibre de butxaca vell, encara que ja no tingui temps per llegir. Mentre busco canvi als foscos calaixos del taulell principal, la seva atenció passa, per fi, a les ombrívoles prestatgeries que dominen l'altra meitat de l'establiment.

—Què és tot això? —pregunta. No està segur de si hi està interessat o no. Per norma general, en Neel s'estima més el que és nou i brillant que no pas el que és vell i polsós.

—Això —responc— és la botiga de debò.

L'eixelebrament d'en Mat m'ha fet ser una mica més agosarat pel que fa a la Llista-retro.

—I si et digués —afegeixo, duent en Neel novament cap a les prestatgeries— que a aquesta llibreria sol venir un grup d'erudits d'allò més rarots?

—No fotis —diu en Neel, fent que sí amb el cap. Ja ensuma bruixots.

—I si et digués —i agafo un llibre relligat en negre d'un prestatge baix— que cadascun d'aquests llibres està xifrat? —L'obro totalment per mostrar un desgavell de lletres.

—Quina passada! —exclama en Neel. Passa un dit per la pàgina, sobre el garbuix de gràcies.— Tinc un paio de Bielorússia que sap desxifrar codis. Protecció de còpia, coses per l'estil.

Implícitament a la frase hi ha la diferència entre la vida d'en Neel, després dels estudis superiors, i la meva: en Neel té paios... paios que fan coses per a ell. Jo no en tinc. I encara gràcies que tinc un portàtil.

—Podria fer que donés una ullada a això —prossegueix en Neel.

—Home, no sé del cert que estiguin xifrats —reconec. Tanco el llibre i el torno a deixar a la lleixa.— I encara que ho estiguessin, no estic segur que valgués la pena desxifrar-ho. El personal que agafa en préstec aquests llibres és d'allò més estrafolari.

—Aquestes coses sempre comencen així! —comenta en Neel, picant-me a l'espatlla—. Pensa en *Les cròniques de cançó de drac*. Coneixes Telèmac Mestís a la primera pàgina? No, tio. Coneixes Fernwen.

El personatge principal de *Les cròniques de cançó de drac* és Fernwen, el nan savi que és petit fins i tot per a estàndards de nanisme. Va ser expulsat del seu clan guerrer quan era molt jovenet i... tant se val, sí, potser en Neel l'encerta.

—Hem d'esbrinar-ho —diu—. Quant val?

Li explico com funciona, que tots els membres tenen carnet; però a hores d'ara les explicacions no serveixen de res. Sigui quin sigui el preu per unir-se al club de préstecs de Penombra, en Neel el pot pagar.

—Investiga quant costa —demana—. Et trobes en un escenari de Naus i Bruixots, aquí, no sé què m'hi jugo. —Somriu amb sornegueria. Fa veu greu d'amo de la masmorra:— Ara no t'arronsis, Claymore Mans-Vermelles.

Àpali! Em refrega pels nassos el meu nom de Naus i Bruixots. És un encanteri de poder antiquíssim. Cedeixo. Ho preguntaré a en Penombra.

Tornem a les prestatgeries baixes i a les cobertes d'aerògraf. En Neel fulleja un altre dels nostres llibres preferits d'aleshores, un relat sobre una enorme nau cilíndrica que s'acostava lentament a la Terra. Li explico el pla d'en Mat de lligar-se l'Ashley. I aleshores li pregunto com li va l'empresa. S'obre la cremallera de la jaqueta de xandall i s'assenyala amb orgull la samarreta d'un gris metàl·lic que duu a sota.

—Hem fet aquestes samarretes —diu—. Hem llogat un escàner corporal 3D per fer cada samarreta a mida del client. S'ajusta perfectament. I dic: «perfectament».

En Neel està en molt bona forma física. Cada vegada que el

veig, no puc evitar que em vingui al cap aquell alumne de sisè de primària grassonet, perquè ara, no sé com, ha aconseguit la increïble forma de con invertit d'un superheroi de còmic.

—La marca ho és tot, saps? —observa.

La samarreta ajustada duu el logotip de l'empresa d'en Neel estampat al pit. En grans lletres d'un blau elèctric diu: ANATOMIX.

Al matí, quan arriba en Penombra, abordo el tema que un amic vol saber quant costa apuntar-se als préstecs de la Llista-retro. Es retorça per treure's el gec mariner (és un gec de mariner sensacional, de molt bona qualitat, fet amb la llana de les ovelles més negres) i el penja a la cadira, rere el taulell.

—Ep, no es tracta de diners —contesta, enlairant un dit—, sinó de ganes.

—Home, el meu amic sent curiositat —explico—. És un bibliòfil rematat. —Això en realitat no és cert. En Neel prefereix les adaptacions de llibres al cine. I sempre l'ha indignat que ningú no hagi dut mai a la pantalla cap llibre de *Les cròniques de cançó de drac*.

—Bé —diu en Penombra, rumiant—, trobarà el contingut d'aquests llibres... un repte. I per aconseguir-ne l'accés, ha d'acceptar un contracte.

—A veure, un moment... costa diners?

—No, no. El seu amic simplement ha de prometre que llegirà intensament. Són llibres especials, aquests —i escombra amb una mà llargaruda la Llista-retro—, amb continguts especials que compensen la bona atenció. El seu amic veurà que li revelaran coses extraordinàries, però només si està disposat a esforçar-se de debò.

—Com ara filosofia? —dic—. Mates?

—Res de tan abstracte —apunta en Penombra, negant amb el cap—. Els llibres presenten un trencaclosques —decanta el cap en la meva direcció—, però vostè ja ho sap, això, jove, oi?

Faig una ganyota i ho admeto:

—Sí. Hi he donat una ullada.

—Bé. —En Penombra assenteix bruscament.— No hi ha res pitjor que un dependent mancat de curiositat. —Els ulls li brillen quan ho diu.— El trencaclosques es pot solucionar amb temps i cura. No puc revelar què porta la solució, però n'hi ha prou dient que molts hi han dedicat tota la vida. En fi, si es tracta d'alguna cosa que el seu... amic trobarà que valgui la pena, no ho sé dir. Però m'imagino que podria ser el cas.

Fa un somriure torçat. M'adono que en Penombra es pensa que fem servir allò de l'amic hipotètic; és a dir, que es pensa que parlem de mi. Bé, potser sí, com a mínim una mica.

—Naturalment, la relació entre llibre i lector és confidencial —afegeix—, de manera que ens basem en la confiança. Si em diu que el seu amic llegirà aquests llibres amb intensitat, com honora els autors, el creuré.

Sé que en Neel no els llegirà pas d'aquesta manera, i no estic segur que jo em vulgui apuntar a una cosa així, tampoc. Encara no. Estic intrigat i horripilat de la mateixa manera. Per tant, simplement dic:

—D'acord. L'hi diré.

En Penombra assenteix.

—No hi ha res de què avergonyir-se si el seu amic encara no està preparat per a la tasca. Potser ho trobarà més interessant amb el temps.

Estrany en terra estranya

Les nits se succeeixen les unes a les altres, i a la llibreria cada vegada hi ha menys moviment. Passa una setmana sense que entri ni un sol client. Al portàtil, consulto el control de la meva campanya publicitària hiperpersonalitzada i descobreixo que, fins ara, no ha rebut ni un sol comentari. Hi ha un missatge de Google, en color groc brillant, al racó de la pantalla, que indica que els meus criteris potser són massa restringits i que potser he determinat una carpeta de clients que no existeix.

Em pregunto com va tot aquí durant el dia, durant el torn assolellat d'en Penombra. Em pregunto si l'Oliver té una allau de clients a les tardes, després que tothom surti de la feina. Em pregunto si aquest silenci i aquesta solitud m'estan afectant el cervell. No m'interpreteu malament: estic agraït per tenir una feina, per seure en aquesta cadira, per guanyar uns calerons (no gaires) que puc emprar per pagar el lloguer, comprar talls de pizza i aplicacions de l'iPhone. Però estava acostumat a treballar en una oficina; estava acostumat a treballar en equip. I aquí només hi sóc jo i els ratpenats. (Ah, ara ja sé que n'hi ha, allà dalt.)

D'un temps ençà, fins i tot els usuaris de la Llista-retro semblen haver desaparegut. Els ha atret algun altre club del llibre de l'altra banda de la ciutat? Tots s'han comprat el Kindle?

Jo en tinc un i el faig servir la majoria de nits. Sempre m'imagino els llibres observant-me i xiuxiuejant: «Traïdor!», però, vejam, tinc un munt de primers capítols gratis per llegir. El meu Kindle és un que m'ha passat el pare, un dels primers models, una placa asimètrica i inclinada, amb una diminuta pantalla grisa i un teclat torçat. Sembla un artefacte sortit de *2001: una odissea de l'espai*. Hi ha nous models Kindle amb pantalles més grans i disseny més fi, però aquest és com les postals de Penombra: tan poc guai que torna a ser guai.

A mig primer capítol de *Cannery Row*, la pantalla pampallugueja, es penja i llavors s'apaga. Això passa la majoria de nits. La bateria del Kindle figura que ha de durar, si fa no fa, dos mesos, però me'l vaig oblidar a la platja massa estona i ara només dura prop d'una hora sense estar endollat.

Així doncs, endollo el MacBook i faig les consultes habituals: noves pàgines web, blocs, piulades. Tiro enrere per revisar les converses que han tingut lloc durant el dia mentre jo no hi era connectat. Quan fins a l'última aplicació de la xarxa que consumeixes té l'horari capgirat, significa que qui té l'horari capgirat ets tu?

Finalment, clico damunt del meu preferit ara com ara: Grumble.

En Grumble és una persona, probablement un home, un programador secret que actua en el punt de trobada de la literatura i el llenguatge de programació (meitat *Hacker News* i meitat *Paris Review*). En Mat, després de venir a la botiga, em va enviar un correu amb un enllaç en què insinuava que la feina d'en Grumble podria ser útil en aquest cas. Tenia raó.

En Grumble gestiona una biblioteca pirata amb molt de moviment. Desxifra codis complicats per infringir la gestió de drets digitals dels llibres electrònics; construeix ginys enrevessats per copiar textos de llibres de paper. Si treballés per a Amazon, probablement seria ric. En canvi, va piratejar la sèrie de Harry

Potter, que se suposava que era impossible de piratejar, i va penjar els set volums electrònics a la seva pàgina web, de descàrrega gratuïta (amb uns quants canvis). Ara, si vols llegir Harry Potter sense pagar, has d'assumir breus referències a un jove bruixot que es diu Grumblegrits[3] i que estudia a Hogwarts amb en Harry. No està malament; en Grumblegrits té uns quants diàlegs força bons.

Però és el projecte més recent d'en Grumble el que m'ha fascinat. Es tracta d'un mapa de localitzacions de cada relat de ciència-ficció publicat en el segle xx. Els ha descodificat i els ha posat en un espai 3D, de manera que pots veure com, any rere any, la imaginació col·lectiva de la humanitat va arribant cada vegada més lluny: a la Lluna, a Mart, Júpiter, Plutó, Alfa del Centaure i més enllà. Pots fer un zoom i girar tot l'univers, i també pots pujar a una petita nau espacial poligonal i voltar per la cabina. Pots citar-te amb Rama o trobar els mons de La Fundació.

Per tant, dues coses:

1. A en Neel li encantarà això.
2. Vull ser com en Grumble. Vejam, si jo pogués fer una cosa tan guai, això sí que seria demostrar que ets la pera. I podria entrar a una empresa de nova creació. Podria treballar a Apple. Podria veure altres persones i relacionar-m'hi a l'escalfor de l'astre diürn.

Afortunadament per a mi, en Grumble ha fet públic, a l'estil habitual d'un heroi pirata, el codi font que activa el mapa. És una targeta gràfica 3D, programada en un llenguatge anomenat Ruby (el mateix que empràvem per gestionar la pàgina web de NewBagel) i totalment gratuïta.

3. *Grumble* vol dir «rondinaire»; *Grumblegrits* voldria dir «rondinaire valent». *(N. del t.)*

Així doncs, ara penso fer servir el codi d'en Grumble per fer alguna cosa pel meu compte. En investigar, m'adono que tinc el meu projecte davant dels nassos: aprendré gràfics 3D fent una maqueta de la Llibreria del Senyor Penombra, Oberta les 24 Hores. A veure, es tracta d'una capsa estreta i alta, plena de capses més petites... això no pot ser gaire difícil.

Per començar, vaig haver de copiar la base de dades del vell Mac Plus d'en Penombra al meu portàtil, que, ben mirat, no era bufar i fer ampolles, ja que el Mac Plus té disquetera i no es pot ficar un disquet en un MacBook. Per tant, vaig haver de comprar una disquetera amb USB a eBay. Va costar tres dòlars, a més dels cinc de transport, i se'm va fer estrany connectar-la al portàtil.

Però ara, amb les dades a mà, construeixo la maqueta de la botiga. És força tosca (un munt de blocs grisos engalzats com un LEGO virtual), però comença a resultar familiar. L'espai, per sort, té forma de capsa de sabates i hi són totes les prestatgeries. Les he col·locat amb un sistema de coordenades, de manera que el meu programa pot trobar el passadís 3 i el prestatge 13 tot sol. La llum simulada que entra per unes finestres simulades projecta ombres de perfils marcats a la botiga simulada. Si això us impressiona, deveu tenir més de trenta anys.

M'ha costat tres nits de prova i error, però ara estic tibant del fil del programa, aprenent sobre la marxa. M'agrada la sensació d'estar enfeinat: una aproximació poligonal força convincent de l'establiment d'en Penombra va apareixent de mica en mica a la pantalla, i estic més content que mai des que NewBagel va tancar. Tinc el nou àlbum d'un potent grup de la zona que es diu Moon Suicide sonant pels altaveus del portàtil i tot just acabo de carregar la base de dades al...

Sonen les campanetes i premo la tecla de silenci del portàtil. Moon Suicide calla, i quan alço la vista, veig una cara desconeguda. Normalment sé detectar a l'instant si em trobo davant d'un membre del club del llibre més estrany del món o d'un curiós normal d'altes hores de la nit. Però ara la meva intuïció d'aranya s'ha encallat.

El client és baix però robust, dels que crien greix en els llimbs de la mitjana edat. Duu un vestit gris pissarra i una camisa blanca amb el coll descordat. Tot plegat indicaria normalitat si no fos pel rostre: d'una pal·lidesa fantasmal, amb una barba negra de tres o quatre dies, i uns ulls foscos com puntes de llapis. A més, porta un paquet sota el braç, pulcrament embolicat amb paper marró.

La seva mirada s'adreça immediatament als prestatges baixos de la part davantera de la botiga, no pas a la Llista-retro; per tant, potser es tracta d'un client normal. Potser ve del Booty's del costat. Pregunto:

—El puc ajudar?

—Què és tot això? Què significa això? —balbuceja, mirant les prestatgeries baixes.

—Sí, sé que no sembla gran cosa —dic. Amb l'alenada següent, provo de destacar algunes de les sorprenents joies del minúscul inventari d'en Penombra, però ell em talla:

—Fa broma? No gran cosa? —Llança el paquet damunt del taulell (*paf!*) i s'abalança sobre la prestatgeria de CIÈNCIA-FICCIÓ I FANTASIA:— Què hi fa això, aquí? —Mostra un exemplar únic d'en Penombra de *La guia galàctica per a autoestopistes.*— I això? Prova d'enredar-me? —Enlaira *Estrany en terra estranya.*

No estic segur de què he de dir, perquè no estic segur de què està passant.

Torna al taulell, encara amb els dos llibres a la mà. Els fa picar sobre la fusta.

—Qui és vostè, per cert? —Els ulls foscos li centellegen en actitud desafiant.

—Sóc l'encarregat de la botiga —contesto, amb tanta calma com puc—. Vol comprar aquests dos o què?

Infla els narius.

—Vostè no és pas l'encarregat d'aquesta botiga. Ni tan sols és un aprenent.

Ah. És clar, només fa poc més d'un mes que treballo aquí, però, així i tot, no té gaire secret...

—I no té ni idea de qui és l'encarregat de debò d'aquesta botiga, oi? —prossegueix—. L'hi ha dit, en Penombra?

Guardo silenci. Aquest no és un client normal, sens dubte.

—No. —Es tira els mocs amunt.— M'imagino que no. Bé, fa més d'un any, vam dir al seu cap que es desempallegués de tota aquesta porqueria. —Pica *La guia galàctica per a autoestopistes* amb cada paraula que diu per donar-hi èmfasi. Els punys de l'americana estan oberts per l'últim botó.— I no per primera vegada.

—Escolti, li asseguro que no sé de què em parla. —Conservaré la calma. Conservaré l'educació.— Per tant, de debò, els vol comprar, aquests dos?

Em sorprèn traient un arrugat bitllet de vint dòlars de la butxaca dels pantalons.

—Ah, és clar —diu, i llança els diners al taulell. No ho suporto, quan la gent fa això.— Vull proves de la desobediència d'en Penombra. —Pausa. Treu espurnes pels foscos ulls.— El seu cap té problemes.

Com? Per vendre ciència-ficció? Per què odia tant Douglas Adams, aquest paio?

—I això, què? —diu amb esquerperia, assenyalant el MacBook. La maqueta de la botiga surt a la pantalla, girant lentament.

—Res que li importi —contesto, plegant la pantalla.

—Res que m'importi? —etziba—. Vostè no s'ho imagina... No. —Fa girar els ulls com si estigués aguantant la pitjor atenció al client de la història de l'univers. Llavors fa que no i es capté.— Escolti'm atentament. És important. —Empeny el paquet sobre el taulell amb dos dits. És ample, pla i d'allò més corrent. Em mira de fit a fit i diu:— Aquest establiment és una tapadora, però necessito saber que puc confiar en vostè perquè doni això a en Penombra. Posi-l'hi a les mans. No el deixi a un prestatge. No l'hi deixi preparat perquè l'agafi més tard. Posi-l'hi a les mans.

—D'acord —dic—. Molt bé. Cap problema.

Assenteix.

—Bé. Gràcies. —Agafa d'una revolada el que ha comprat i empeny la porta principal. Llavors, quan ja sortia, es tomba:— I digui al seu cap que en Corvina li dóna records.

Al matí, quan en Penombra tot just entra per la porta principal, li explico el que passat parlant, massa de pressa i desordenadament, a veure, quin problema tenia aquell paio?, i qui és en Corvina?, i què és aquest paquet?, i de debò, quin problema tenia ell...?

—Tranquil·litzi's, jove —diu en Penombra, alçant la veu i les mans llargarudes per calmar-me—. Tranquil·litzi's. A poc a poc.

—Tingui —replico. I assenyalo el paquet com si fos un animal mort. Pel que sé, ho podria ser, o potser només els ossos, disposats en un bonic pentagrama.

—Aaah —diu en Penombra en un sospir. Cargola els llargs dits sobre el paquet i l'aixeca lleugerament del taulell.— Quina meravella!

Però no és cap capsa d'ossos, per descomptat. Sé exactament què és, ho he sabut des que el visitant de la cara pàl·lida va entrar a la botiga, i, segons com, la veritat encara m'esglaia més, perquè significa que, sigui el que sigui que passa aquí, va molt més enllà de les simples excentricitats d'un vell.

En Penombra treu l'embolcall de paper marró. A dins hi ha un llibre.

—Una nova adquisició per a les prestatgeries —diu—. *Festina lente.*

El llibre és molt prim però també molt bonic. Està enquadernat en un gris brillant, una mena de material jaspiat que fa uns reflexos argentats a la llum. El llom és negre, i en lletres nacrades diu ERDOS. Així doncs, la Llista-retro augmenta en un nou volum.

—Feia temps que no n'arribava un d'aquests —comenta en Penombra—. Això demana una celebració. Esperi's aquí, jove, esperi's aquí.

Marxa entre les llibreries fins a la rebotiga. Sento les seves sabates als esglaons que pugen al seu despatx, a l'altra banda de la porta on posa «PRIVAT» i que no he creuat mai. Quan torna, duu dos gots de poliestirè ficats l'un dins l'altre i una ampolla de whisky escocès mig buida. L'etiqueta diu «FITZGERALD'S» i sembla tan vella com en Penombra. Serveix un dit de líquid daurat a cada got i me n'ofereix un.

—Bé —diu—, descrigui-me'l. El visitant. Llegeixi del llibre de registre.

—No hi he apuntat res —confesso. En realitat, no he fet res en absolut. Simplement he voltat amunt i avall per la botiga tota la nit, mantenint-me allunyat del taulell principal, atemorit de tocar el paquet o de mirar-lo, fins i tot de pensar-hi massa.

—Ah, però s'ha de passar al registre, jove. Tingui, escrigui-ho mentre ho explica. Endavant.

L'hi explico i ho anoto tot alhora. Fa que em senti millor, com si tota aquesta inversemblança sortís de la meva sang i s'aboqués al full a través de la punta del bolígraf:

—Ha vingut a la botiga un imbècil presumptuós...

—Eeh... potser seria més assenyat no escriure-ho, això —observa en Penombra de seguida—. Digui, potser, que feia pinta de... de missatger d'urgència.

Entesos, doncs:

—Ha vingut a la botiga un missatger d'urgència que es deia Corvina i que...

—No, no —interromp en Penombra. Tanca els ulls i es pessiga el pont del nas.— Pari. Abans que ho escrigui, el descriuré. Era extraordinàriament pàl·lid, amb ulls de mostela, de quaranta-un anys d'edat, constitució robusta i barbeta poc afavoridora, vestit de llana llisa sense creuar, amb botons que no eren d'adorn als punys i sabates negres de cuir acabades en punta... correcte?

Exactament. No m'he fixat en les sabates, però en Penombra l'ha encertada, aquesta.

—Sí, és clar. Es diu Eric i el seu regal és un tresor. —Fa giravoltar el whisky.— Tot i que s'entusiasma massa fent la seva part. I l'ha aconseguit d'en Corvina.

—I doncs, qui és en Corvina? —Em sento estrany dient-ho, però:— Li dóna records.

—És clar que sí —diu en Penombra, fent girar els ulls—. L'Eric l'admira. Com fan molts dels joves. —Defuig la pregunta. Es queda callat un moment i llavors alça els ulls per trobar la meva mirada.— Això és més que una simple llibreria, com sens dubte deu haver endevinat vostè. També és una mena de biblioteca, una de les moltes que hi ha al món. N'hi ha una altra a Londres, una altra a París... una dotzena, en total. No n'hi ha dues d'iguals, però funcionen de la mateixa manera, i en Corvina les supervisa totes.

—Així doncs, és el seu cap.

La cara d'en Penombra s'enfosqueix en sentir-ho.

—M'estimo més considerar-lo «el nostre patrocinador» —replica, fent una petita pausa després de cada paraula. Allò de «nostre» no em passa per alt i em fa somriure.— Però m'imagino que en Corvina estaria encantat amb el seu encasellament.

Explico el que ha dit l'Eric sobre els llibres de les prestatgeries baixes... sobre la desobediència d'en Penombra.

—Sí, sí —admet amb un sospir—. Ja he passat per això. Són ximpleries. La genialitat de les biblioteques és que totes són diferents. Koster, a Berlín, amb la seva música; Griboyedov, a Sant Petersburg, amb el seu enorme samovar. I aquí, a San Francisco, hi ha la diferència més sorprenent de totes.

—Quina és?

—Home, que tenim llibres que la gent pot voler llegir realment! —En Penombra deixa anar una riallada en dir-ho i fa un somriure dentut. Jo també ric.

—I doncs, no n'hi ha per a tant?

En Penombra fa un arronsament d'espatlles.

—Això depèn —respon—. Depèn de la seriositat amb què un es prengui un amo vell i estricte que creu que tot ha de ser exactament igual, sempre, a tot arreu. —Calla.— Però resulta que jo no me'l prenc gens seriosament.

—I ve mai?

—Mai —contesta en Penombra esquerpament, negant amb el cap—. Fa molts anys que no ve a San Francisco... més d'una dècada. No, està ocupat amb les seves altres obligacions. I encara sort, d'això.

En Penombra mostra les mans i les belluga, fent-me fora del taulell.

—Ara vagi-se'n a casa. Ha estat testimoni d'un fet molt poc freqüent i més significatiu del que es pensa. Ja en pot estar agraït. I begui's el whisky, jove! Begui!

Em penjo la bossa a l'espatlla i buido el meu got amb dos incòmodes glops.

—Això —diu en Penombra— és un brindis per l'Evelyn Erdos. —Enlaira el llibre d'un gris brillant i parla com si s'hi adrecés:— Benvinguda, amiga meva, i ben fet. Ben fet!

El prototip

L'ENDEMÀ A LA NIT, entro com sempre i saludo l'Oliver Grone. Li vull preguntar per l'Eric, però no sé ben bé com abordar-ho. L'Oliver i jo mai no hem parlat directament sobre els aspectes estranys de la botiga. Per tant, començo així:

—Oliver, tinc una pregunta. Saps que hi ha clients normals, oi?

—No gaires.

—Cert. I hi ha membres que s'emporten llibres en préstec.

—Com en Maurice Tyndall.

—Cert. —No sabia que es deia Maurice de nom.— Has vist mai que algú lliurés un llibre nou?

S'atura i rumia. Llavors, simplement diu:

—No.

Tan aviat com marxa, m'he fet un embolic amb noves teories. Potser l'Oliver també hi està ficat. Potser és un espia d'en Corvina. L'observador discret. Perfecte. O potser forma part d'una conspiració més obscura. Potser només he esgarrapat la superfície de tot plegat. Sé que hi ha més llibreries (biblioteques?) com aquesta, però encara no sé què significa «com aquesta». No sé per a què és la Llista-retro.

Fullejo el registre des del principi fins al final buscant alguna pista, qualsevol. Un missatge del passat, potser: «Compte, benvolgut dependent, amb la ira d'en Corvina». Però no. Els meus predecessors jugaven tan net com jo.

Els textos que van escriure són planers i objectius, simples descripcions dels membres quan arribaven i se n'anaven. Alguns els reconec: en Tyndall, la Lapin i la resta. Els altres són un misteri per a mi: membres que vénen únicament durant el dia, o membres que fa temps que van deixar de venir. Si s'ha de jutjar per les dates apuntades a les pàgines, el llibre cobreix poc més de cinc anys. Només està escrit fins a la meitat. Jo l'ompliré durant cinc anys més? L'anotaré meticulosament durant anys sense tenir la més petita idea de què faig?

Se'm fondrà el cervell, si continuo així tota la nit. Em cal una distracció (una distracció potent que suposi un repte). Per tant, aixeco la tapa del portàtil i reprenc la feina amb la llibreria en 3D.

Cada pocs minuts miro cap a l'aparador, al carrer. Escruto les ombres, cercant el reflex d'un vestit gris o el centelleig d'un ull fosc. Però no hi veig res. La feina esvaeix la sensació d'estranyesa, i finalment aconsegueixo abstreure'm.

Si una maqueta en 3D d'aquesta botiga ha de resultar útil, probablement ha de mostrar no només on són els llibres, sinó també quins es presten i a qui. Per tant, he traspassat a grans trets les darreres setmanes d'entrades al llibre de registre i he fet que la maqueta digués l'hora de cada transacció.

Ara els llibres s'il·luminen com llums a les prestatgeries en forma de bloc 3D, classificats per colors de manera que els llibres prestats a en Tyndall brillin en blau, els de la Lapin en verd, els d'en Fedorov en groc, i així la resta. Està molt bé. Però la meva nova funció també conté un error, ja que les prestatgeries s'apaguen totes quan giro massa la botiga. Sec tot encorbat sobre el programa, tractant debades d'esbrinar quin és el problema, quan sonen les campanetes alegrement.

Faig un bot involuntari de sorpresa. És l'Eric, que ha tornat per escridassar-me una altra vegada? O és en Corvina, el director general en persona, que finalment ha vingut a descarregar la seva ira sobre...?

És una noia. Ha entrat mig cos a la botiga, em mira i diu:

—És obert?

Ostres, i tant!, noia dels cabells castanys arran del mentó i de la samarreta vermella amb la paraula BAM! impresa en groc mostassa... sí, precisament sí que és obert.

—És clar —contesto—. Pots entrar. Sempre és obert.

—És que estava esperant l'autobús i m'ha sonat el mòbil... em sembla que tinc un cupó?

S'acosta directament al taulell, empeny el mòbil cap a mi i allà, a la petita pantalla, hi ha el meu anunci de Google. La campanya de publicitat zonal hiperpersonalitzada; me n'havia oblidat, però encara funciona i ha trobat algú. El cupó digital que vaig dissenyar és allà mateix, fent l'ullet des del seu telèfon intel·ligent tot ple de rascades. Té les ungles brillants.

—Sí! —exclamo—. És un cupó fantàstic. El millor! —Parlo massa alt. Farà mitja volta i se n'anirà. Els impressionants algoritmes publicitaris de Google m'han portat una noia supermaca, i no tinc ni idea de què fer-hi. Gira el cap per observar la botiga. Sembla dubitativa.

La història depèn de detalls tan nimis... Una diferència de trenta graus i aquesta aventura s'acabaria aquí. Però el meu portàtil està orientat així mateix, i a la pantalla, la llibreria en 3D gira esbojarradament sobre dos eixos, com una nau espacial fent tombarelles en un cosmos buit, i la noia abaixa la mirada i...

—Què és això? —pregunta amb una cella enarcada. Una cella fosca preciosa.

D'acord, he de jugar bé les meves cartes. Que no soni massa saberut:

—Daixò... és una maqueta d'aquesta botiga, només que pots veure quins llibres hi ha disponibles...

A la noia se li il·luminen els ulls:

—Visualització de dades! —Ja no sembla dubitativa. De sobte està encantada.

—Això mateix —dic—. Exactament. Té, dóna-hi una ullada.

Ens aturem a mig camí, a l'extrem del taulell, i li mostro la llibreria 3D, que encara desapareix quan gira massa ràpid. S'hi atansa més.

—Puc veure el codi font?

Si l'antipatia de l'Eric era sorprenent, la curiositat d'aquesta noia és desconcertant.

—I tant, és clar —responc, recorrent finestres fosques fins que el Ruby omple la pantalla, tot codificat en color vermell, daurat i verd.

—Em dedico a això, a la feina —explica, encorbant-se molt i examinant el programa—. Visualització de dades. Et fa res? —Indica el teclat. Ah, no, bonica pirata informàtica d'altes hores de la nit, no em fa res.

El meu sistema límbic s'ha acostumat a un cert nivell (molt baix) de contacte humà (femení). Mentre la tinc just al meu costat, gairebé fregant-me amb el colze, flipo una mica. Provo d'imaginar els meus següents moviments. Li recomanaré Edward Tufte, *The Visual Display of Quantitative Information*. En Penombra en té un exemplar; l'he vist al prestatge. És enorme.

Repassa ràpidament el meu programa, la qual cosa resulta una mica violenta, perquè és ple de comentaris com ara: «Collonut!» i «Ara, ordinador, et toca pencar a tu».

—Això és genial —diu, somrient—. I tu deus ser en Clay.

Surt al programa; hi ha una rutina que es diu: «en_clay_és_increïble». Sempre he donat per fet que tots els programadors n'escriuen alguna així.

—Jo em dic Kat —diu—. Em sembla que he trobat el problema. El vols veure?

Fa hores que m'hi barallo, però aquesta noia (la Kat) ha trobat el defecte de la meva llibreria en menys de cinc minuts. És un geni. Em parla del procés de depuració i explica els seus raonaments amb rapidesa i seguretat. I llavors, *tiquitic-tacatac*, i arregla el problema.

—Em sap greu, l'estic potinejant —es disculpa, tornant a girar el portàtil cap a mi. Es fica un floc de cabells rere l'orella, s'incorpora i afegeix, amb posat sorneguer:— En fi, Clay, per què fas una maqueta d'aquesta botiga? —I mentre ho diu, recorre les prestatgeries amb la mirada fins al sostre.

No estic segur de si vull ser totalment sincer sobre les peculiaritats d'aquest establiment. «Hola, encantat de coneixe't, venc llibres illegibles a vells estranyots... Vols quedar per sopar?». (I de sobte tinc la certesa que un d'aquests personatges rarots entrarà atabaladament per la porta. Si us plau, Tyndall, Fedorov, tots vostès: quedin-se a casa, aquesta nit. Continuïn llegint.)

Ho abordo des d'un angle diferent:

—Té la seva història —responc—. La botiga fa gairebé un segle que es va obrir. Em penso que és la llibreria més antiga de la ciutat... potser de tota la costa oest.

—És extraordinari —diu—. Google és com una criatura, al seu costat per comparació. —Això ho explica: aquesta noia és una empleada de Google. I, per tant, és un geni de debò. A més, té una dent trencada d'una manera graciosa.— M'encanten aquesta mena de dades —comenta, fent que sí amb el mentó cap al meu portàtil—. Dades del món real. Dades antigues.

Aquesta noia és graciosa. És el meu filtre bàsic per fer nous amics (i amigues) i el millor compliment que em podien fer. He provat moltes vegades d'esbrinar exactament què ho fa, això; quina combinació de característiques s'ajunten en el cosmos fred i fosc per formar una estrella. Sé que sobretot es tracta de la cara; no només els ulls, sinó el front, les galtes, la boca i els micromúsculs que els connecten.

Els micromúsculs de la Kat són molt atractius.

—Has provat de fer una visualització seqüencial? —pregunta.

—Encara no, no ben bé... no. —És clar que no; fet i fet, ni tan sols sé què és.

—A Google, les fem per cercar en registres —explica—. Mola molt... Veuràs una nova idea estenent-se arreu del món, com una petita epidèmia. I llavors s'extingeix en una setmana.

Això em sembla molt interessant, però sobretot perquè aquesta noia m'interessa molt.

El mòbil de la Kat fa un alegre *ping* i ella abaixa la vista.

—Oh —diu—, és el meu autobús. —Maleeixo el sistema de transport públic de la ciutat per la seva puntualitat circumstancial—. Et puc ensenyar a què em refereixo amb això de les visualitzacions seqüencials —proposa—. Vols que quedem algun dia?

Ostres, i tant, és clar. Potser tiraré pel dret i li compraré el llibre de Tufte. L'hi portaré embolicat en paper marró. Un moment... no quedaria estrany? És un llibre car. Potser hi ha una edició senzilla en rústica. La podria comprar a Amazon. Quina bestiesa, treballo en una llibreria. (Podria Amazon enviar-ho prou de pressa?)

La Kat encara espera que li respongui.

—I tant —dic amb un gall.

M'apunta la seva adreça electrònica en una de les postals de Penombra: *katpotente*@(i naturalment)*gmail.com.*

—Em guardo el cupó per a una altra ocasió —diu, bellugant el mòbil—. Ja ens veurem.

Tan aviat com marxa, inicio la sessió per comprovar la meva campanya publicitària hiperpersonalitzada. Vaig marcar sense fixar-me la casella que deia «bonica»? (I «soltera»?) Puc permetre'm aquest inici? Des del punt de vista del màrqueting més rigorós, ha estat un fracàs: no he venut llibres, ni cars ni de cap altra mena. De fet, he perdut un dòlar gràcies a la postal escrita. Però no tinc cap motiu per amoïnar-me: del pressupost original d'onze dòlars, Google n'ha restat tan sols disset cèntims. I, a canvi, he rebut un sol resultat publicitari (un únic i perfecte resultat publicitari) obtingut fa exactament vint-i-tres minuts.

Més tard, al cap d'una hora d'aïllament nocturn i d'inhalació de lignina que m'ha fet tocar de peus a terra, faig dues coses.

Primera: envio un correu a la Kat preguntant-li si vol dinar demà, que és dissabte. De vegades puc ser pusil·lànime, però crec en picar fort mentre el ferro estigui calent.

Segona: cerco a Google «visualització seqüencial» i començo a treballar en una nova versió de la meva maqueta, pensant que potser puc impressionar-la amb un prototip. M'he penjat del tipus de noia que pots impressionar amb un prototip.

La idea és crear una animació mitjançant els llibres prestats al llarg del temps, en comptes de veure'ls tots de cop. En primer lloc, traspasso més noms, títols i dates del llibre de registre al meu portàtil. Seguidament començo a polir el programa.

Programar no és sempre igual. Els llenguatges escrits normals tenen diferents cadències i modismes, oi? Doncs els llenguatges de programació també. El llenguatge C són tot imperatius durs, pràcticament llenguatge màquina en estat pur. El llenguatge Lisp és com una frase llarga i en bucle, farcida de subordinades, tan llarga, de fet, que normalment oblides fins i tot de què tractava al principi. El llenguatge Erlang és el que sembla: excèntric i escandinau. Jo no sé programar en cap d'aquests programes perquè són massa difícils.

Però el Ruby, el llenguatge que vaig triar quan era a NewBagel, el va inventar un programador japonès eixelebrat i es llegeix fàcilment, fins i tot resulta poètic. Billy Collins en comptes de Bill Gates.

Ara bé, naturalment, la gràcia d'un llenguatge de programació és que no només el sàpigues llegir, sinó també escriure'l. Fas que faci coses per tu. I aquí és, em penso, on el Ruby destaca.

Imagina't que estàs cuinant. Però que, en comptes de seguir la recepta pas a pas i esperar que surti bé, pots afegir i treure ingredients de l'olla quan vulguis. Hi pots afegir sal, tastar-ho, negar amb el cap i tornar a treure'n. Pots obtenir una crosta perfectament cruixent, separar-la i llavors ficar-hi el que vulguis a dins. Ja no és un procés lineal d'èxit o (principalment, per a mi) fracàs frustrant. Sinó un bucle, una floritura o un petit garguirot. És un joc.

Així doncs, afegeixo sal i una mica de mantega, i aconsegueixo un prototip de la nova visualització enllestit cap a les dues de la nit. Immediatament m'adono d'una cosa estranya: les llums se succeeixen entre si.

A la pantalla, en Tyndall agafa en préstec un llibre de la part de dalt del segon passadís. Després, al cap d'un mes, la Lapin te'n demana un del mateix prestatge. Cinc setmanes més tard, l'Imbert fa el mateix (exactament del mateix prestatge), però mentrestant en Tyndall ja ha tornat i n'ha demanat un altre del fons del primer passadís. Va un pas endavant.

No m'havia fixat en aquesta pauta perquè s'allarga molt en l'espai i el temps, com una peça musical de tres hores entre cada nota, totes tocades en diferents octaves. Però, aquí, condensades i accelerades a la pantalla, resulta evident. Tots toquen la mateixa cançó, o ballen la mateixa dansa, o... sí... solucionen el mateix trencaclosques.

Sonen les campanetes. És l'Imbert: baixet i corpulent, amb la seva eriçada barba negra i la seva gorra decantada de repartidor de diaris. Enlaira el seu llibre actual (un volum monstruós enquadernat en vermell) i l'empeny per sobre del taulell. Dono una ullada ràpida a la visualització per trobar el seu lloc en la pauta. Una llum taronja pampallugueja a la pantalla, i abans que l'home digui res, sé que demanarà un llibre que es troba just a la meitat del segon passadís. Serà...

—Prokhorov —diu l'Imbert entre panteixos—. El següent ha de ser Prokhorov.

A mitja escala, em sento marejat. Què passa? Aquesta vegada res d'acrobàcies; amb prou feines aconsegueixo mantenir l'equilibri mentre agafo el PROKHOROV prim i relligat en negre del prestatge.

L'Imbert mostra el seu carnet (6MXH2I) i agafa el llibre. Sonen les campanetes i torno a estar sol.

Al llibre de registre apunto la transacció, descrivint la gorra de l'Imbert i l'olor d'all que li feia l'alè. I en acabat escric, per a un possible dependent futur, i potser per demostrar-me a mi mateix que tot això passa de debò:

Es couen coses estranyes a la Llibreria del Senyor Penombra, Oberta les 24 Hores.

Bones Pensades al Màxim

... QUE ES DIU SOLTERIA de la Singularitat —està explicant la Kat Potente. Duu la mateixa samarreta vermella amb el BAM! groc d'ahir, la qual cosa vol dir (*a*) que no se l'ha treta per dormir, (*b*) que té diverses samarretes idèntiques o (*c*) que és un personatge de dibuixos animats; totes, alternatives força creïbles.

Solteria de la Singularitat. Vejam. Sé (gràcies a Internet) que la Singularitat és l'hipotètic cop d'efecte del futur en què la corba de creixement de la tecnologia serà vertical i la civilització farà una mena de reinicialització. Els ordinadors seran més intel·ligents que les persones, per això deixarem que s'encarreguin de tot. O potser seran ells els que deixaran...

La Kat assenteix.

—Més o menys.

—Però Solteria de la Singularitat...?

—Cites ràpides per a setciències —apunta—. En tenen una al mes a Google. La proporció d'homes i dones és molt bona, o molt dolenta. Depèn de qui...

—Ho vas provar.

—Sí. Vaig conèixer un paio que programava aranyes web per a un fons d'inversió lliure. Vam sortir un temps. Li agradava molt l'escalada. Tenia bones espatlles.

Hum.

—Però un cor cruel.

Som a la Cava del Gurmet, part del resplendent centre comercial de sis plantes de San Francisco. És al centre, just al costat del peu del telefèric, però no crec que els turistes s'adonin que és un centre comercial; no hi ha aparcament. La Cava del Gurmet és una galeria de restaurants, probablement la millor del món: tot amanides d'espinacs cultivats a la contrada, *tacos* de cansalada i sushi sense mercuri. A més, està sota terra i connecta directament amb l'estació del tren, de manera que no cal sortir al carrer. Cada vegada que vinc, faig com si visqués al futur i l'aire contingués radiacions, i bandes de mòtars salvatges amb combustible biodièsel fossin els amos de la superfície. Ei, com això de la Singularitat, oi?

La Kat arruga el front.

—Això és el futur del segle XX. Després de la Singularitat, podrem solucionar aquests problemes. —Parteix un falàfel per la meitat i me n'ofereix mig.— I viurem eternament.

—Apa aquí! —replico—. Això és el clàssic somni de la immortalitat...

—És el somni de la immortalitat. I què? —Calla, mastega.— Deixa'm que t'ho expliqui d'una altra manera. Et semblarà estrany, sobretot perquè ens acabem de conèixer. Però sé que sóc intel·ligent.

I és refotudament cert.

—I crec que tu també ho ets. Per tant, per què ha d'acabar aquí? Podríem fer moltes coses, si tinguéssim més temps. Saps?

Mastego el meu falàfel i faig que sí amb el cap. És una noia interessant. La franquesa total de la Kat indica educació a casa; tot i això, és veritablement encisadora. També hi ajuda, em figuro, que sigui bonica. Abaixo la vista cap a la seva samarreta. Sabeu?, em sembla que en té un munt d'iguals.

—Cal ser optimista per creure en la Singularitat —diu—, i

això és més dur del que sembla. Has jugat mai a Bones Pensades al Màxim?

—Em sona a programa de jocs de la televisió japonesa.

La Kat dreça les espatlles.

—Entesos, hi jugarem. Per començar, imagina el futur. Un futur collonut. Sense bombes atòmiques. Fes veure que ets un escriptor de ciència-ficció.

D'acord:

—Govern mundial... sense càncer... monopatins sense rodes.

—Vés més endavant. Què és un futur collonut, al cap i a la fi?

—Naus espacials. Festes a Mart.

—Més endavant.

—*Star Trek*. Teletransportació. Es pot anar on un vulgui.

—Més endavant.

Rumio un instant i llavors hi caic:

—No puc.

La Kat fa que no amb el cap.

—És molt difícil. I això quant és, un miler d'anys? I després, què? Què pot venir després? La imaginació no hi arriba. Però té sentit, oi? Probablement imaginem coses que es basen en allò que ja sabem, i se'ns esgoten les analogies al segle XXXI.

M'esforço per imaginar un dia normal de l'any 3012. Ni tan sols se m'acut una escena mitjanament passable. Viurà la gent en edificis? Durà roba? La meva imaginació gairebé es cansa físicament. Els dits de la ment graten l'espai rere els coixins, buscant idees vagues sense trobar res.

—Personalment, crec que el gran canvi tindrà lloc al nostre cervell —comenta la Kat, picant-se just per sobre de l'orella, que és rosada i preciosa—. Em sembla que trobarem noves maneres de pensar, gràcies als ordinadors. Esperes que m'expliqui —sí—, però això ja ha passat abans. Perquè no és que tinguem el mateix cervell que la gent de fa un miler d'anys.

Un moment:

—I tant que sí.

—Tenim el mateix maquinari, però no el mateix programari. Sabies que el concepte d'intimitat és totalment recent? I també la idea d'aventura sentimental, per descomptat.

Sí, en realitat em penso que la idea d'aventura sentimental se'm va acudir precisament anit. (Això, no ho dic en veu alta.)

—Cada gran idea com aquesta és una actualització del sistema operatiu —etziba, somrient. Terreny còmode.— Els escriptors en són responsables en part. Diuen que Shakespeare va inventar el monòleg interior. —Ah, doncs els monòlegs interiors els conec a fons.— Però diria que els escriptors van tenir la seva oportunitat —afegeix—, i ara els toca als programadors actualitzar el sistema operatiu humà.

No hi ha dubte que estic parlant amb una noia de Google.

—I doncs, quina és la següent actualització?

—Ja està tenint lloc —contesta—. Hi ha totes aquestes coses que pots fer, i és com si fossis en més d'un lloc alhora i resulta completament normal. Vejam, mira al teu voltant.

Giro el cap i veig què vol que vegi: desenes de persones assegudes en taules petites, totes abocades sobre uns mòbils que els mostren llocs que no existeixen i que, tanmateix, segons com, són més interessants que la Cava del Gurmet.

—I no sobta, no és ciència-ficció en absolut, és... —Afluixa una mica i afua els ulls. Em sembla que es pensa que s'ha posat pesada. (Com ho sé? És que el meu cervell té una aplicació en aquest sentit?) Se li encenen les galtes i em sembla una monada amb tota la sang just allà, a la superfície de la pell.— Bé —diu finalment—, simplement és que em penso que la Singularitat és perfectament raonable d'imaginar.

La seva sinceritat em fa somriure, i em sento afortunat per tenir aquesta noia optimista i brillant asseguda amb mi aquí, al futur amb radiacions, molt per sota de la superfície terrestre.

Decideixo que ha arribat el moment de mostrar-li la maqueta de la llibreria en 3D, ara amb una nova i sorprenent funció seqüencial. Ja sabeu: simplement un prototip.

—Ho vas fer anit, això? —diu, i aixeca les celles—. Impressionant.

No li explico que he trigat tota la nit i part d'aquest matí. La Kat probablement ho hauria enllestit en quinze minuts.

Observem les llums de colors cargolant-se les unes al voltant de les altres. Tiro enrere i ho observem de nou. Explico què va passar amb l'Imbert (el poder de predicció del prototip).

—Podria haver estat sort —diu la Kay, fent que no amb el cap—. Hem de tenir més dades per veure si de debò segueix una pauta. Vejam, podria tractar-se simplement d'imaginacions. Com la cara de Mart.

O com quan estàs completament segur que li agrades a una noia i resulta que no és així. (Això, tampoc no ho dic en veu alta.)

—Hi ha més dades que puguem afegir a la visualització? Això només cobreix uns quants mesos, oi?

—Dona, hi ha altres entrades —explico—. Però no són ben bé dades... només descripcions. I es trigaria una eternitat a picar-les a l'ordinador. Tot està escrit a mà, i jo amb prou feines puc llegir la meva lletra...

A la Kat se li il·luminen els ulls:

—Un corpus de llenguatge natural! He estat buscant una excusa per fer servir l'escàner de llibres. —Fa un somriure forçat i pica la taula.— Porta'l a Google. Tenim una màquina per a aquesta tasca. L'has de portar a Google.

Fa un petit bot a la cadira i els seus llavis adopten una bonica forma quan diu la paraula «corpus».

L'olor dels llibres

El meu repte: treure un llibre d'una llibreria. Si me'n surto, potser aprendré alguna cosa interessant sobre aquest establiment i la seva finalitat. I més important encara: potser impressionaré la Kat.

No em puc emportar el llibre de registre i prou, perquè en Penombra i l'Oliver també el fan servir. El llibre de registre forma part de la botiga. Si demano permís per emportar-me'l a casa, em caldrà un bon motiu, i no se me n'acut cap. «Ei, senyor Penombra, puc fer un esbós d'en Tyndall amb aquarel·les?». Sí, home!

Hi ha una altra possibilitat. Podria agafar un llibre de registre diferent, un de més antic; no pas el IX sinó el VIII o fins i tot el II o l'I. Sembla arriscat. Alguns d'aquests llibres de registre són més vells que en Penombra en persona, i em fa por que es puguin esmicolar si els toco. Per tant, el llibre de registre acabat més recentment, el VIII, és el més lògic i l'aposta més segura... però també és el queda més a la vista. Veus el VIII cada vegada que tornes el llibre de registre actual al prestatge, i estic segur que en Penombra s'adonaria que no hi seria. Però, potser que el VII o el VI...

M'ajupo rere el taulell, burxant els lloms amb un dit per comprovar-ne la consistència, quan sonen les campanetes de damunt de la porta. M'incorporo d'un bot; és en Penombra.

Es descargola la fina bufanda grisa que duu al coll i fa una estranya volta per la part davantera de la botiga, picant el taulell amb els artells, fixant la mirada a les prestatgeries baixes i tot seguit alçant-la cap a la Llista-retro. Deixa escapar un suau sospir. En porta alguna de cap.

—Avui és el dia, jove —diu finalment—, que em vaig fer càrrec d'aquesta llibreria, ara fa trenta-un anys.

Trenta-un anys. En Penombra ha segut rere aquest taulell més temps del que porto viu. Fa que m'adoni de com de nou sóc en aquest lloc... quina incorporació més recent.

—Però no va ser fins al cap d'onze anys —afegeix— que vaig canviar el nom de l'entrada.

—Quin nom hi havia abans?

—Al-Asmari. Va ser el meu mentor i, durant molts anys, el meu patró. En Mohammad Al-Asmari. Sempre he pensat que el seu nom quedava millor al vidre. I encara ho penso.

—Penombra queda bé —dic—. Li dóna un toc misteriós.

Somriu en sentir-ho.

—Quan vaig canviar el nom, vaig pensar que també canviaria la botiga. Però no ha canviat tant.

—Per què no?

—Oh, per moltes raons. Algunes de bones i altres de dolentes. Té una mica a veure amb el nostre finançament... i he estat mandrós. Al principi llegia més. Buscava llibres nous. Però, ara, pel que sembla, m'he conformat amb els meus preferits.

Home, ara que ho esmenta...

—Potser hauria de pensar d'adquirir coses més de moda —el temptejo—. Hi ha mercat per a les llibreries independents, i molta gent ni tan sols coneix aquest local, però quan el descobreixen, no tenen gaire on triar. Vull dir que han vingut alguns amics a donar-hi un cop d'ull i... no tenim res que vulguin comprar.

—No sabia que la gent de la teva edat encara llegís llibres

—replica en Penombra. Aixeca una cella.— Tenia la impressió que ho llegien tot al mòbil.

—No tothom. Hi ha un munt de gent que, sap?... gent a la qual encara li agrada l'olor dels llibres.

—L'olor! —repeteix en Penombra—. Saps que estàs acabat quan la gent comença a parlar de l'olor. —Somriu en dir-ho; llavors se li acut una cosa i afua els ulls.— Suposo que no deus tenir un... Kindle?

Com? És com si el director de l'escola em demanés si tinc herba a la motxilla. Però en to enrotllat, com si la volgués compartir. I resulta que sí que tinc un Kindle. El trec de la meva bossa de missatger. Està una mica malmès, amb amples rascades al dors i marques de retolador prop del peu de la pantalla.

En Penombra l'enlaira i arruga el front. Està apagat. Allargo la mà, premo la cantonada i s'encén. Agafa una brusca alenada, i el rectangle d'un gris clar reflecteix els seus brillants ulls blaus.

—Fantàstic —observa—. I pensar que encara em deixava impressionar per aquesta mena —indica el Mac Plus— de mirall màgic!

Obro les opcions del Kindle i li faig el text una mica més gran.

—La tipografia és maca —comenta en Penombra, examinant-la de prop, sostenint les ulleres sobre la pantalla del Kindle—. Conec aquesta tipografia.

—Sí —dic—, és la que hi ha per defecte.

A mi també m'agrada.

—És un clàssic. Gerritszoon. —Calla després de dir-ho.— L'emprem a l'aparador de la botiga. Aquest aparell es queda mai sense electricitat? —Clava al Kindle una petita sacsejada.

—Figura que la bateria ha de durar un parell de mesos. La meva no.

—M'imagino que és un consol. —En Penombra sospira i me'l torna.— Els nostres llibres encara no necessiten bateries.

Però no sóc ximple. És un avantatge poc convincent. Per tant, m'imagino que és bo que tinguem —i ara em fa l'ullet— un patró tan generós.

Em torno a guardar el Kindle a la bossa. No em tranquil·litza pas.

—Sincerament, senyor Penombra, si adquiríssim llibres més de moda, a la gent li encantaria aquest establiment. Seria... —Se m'apaga la veu i llavors decideixo dir la veritat:— Seria més divertit.

Es frega la barbeta i els ulls mostren una mirada perduda.

—Potser —diu per fi—. Potser ha arribat el moment de reunir part de l'energia que tenia fa trenta-un anys. Hi rumiaré, jove.

No he renunciat a portar un d'aquells llibres de registre antics a Google. De nou a l'apartament, a l'ombra de Matròpoli, escarxofat al sofà, bevent una Anchor Steam encara que siguin les set del matí, explico la meva història a en Mat, que fa minúsculs forats de bala a la façana d'un edifici que sembla una fortalesa amb la superfície de marbre clar. Immediatament s'empesca un pla. Jo ja hi comptava.

—Puc fer-ne una còpia exacta —diu—. Cap problema, Jannon. Només cal que em portis imatges de referència.

—Però no vols copiar cada pàgina, oi?

—Només l'exterior. Les tapes, el llom.

—I què passarà quan en Penombra obri la còpia perfecta?

—No ho farà. Has dit que això és com... dels arxius, oi?

—Sí...

—Per tant, és la superfície el que importa. La gent vol que les coses siguin de debò. Si els dónes una excusa, et creuran. —Com que ho diu el mag dels efectes especials, resulta força creïble.

—Molt bé. Així doncs, l'únic que et cal són fotos?

—Bones fotos. —En Mat assenteix.— Moltes. Des de tots els angles. Brillants, amb bona llum. Saps què vull dir quan dic brillants i amb bona llum?

—Sense ombres?

—Sense ombres —confirma—, cosa que, naturalment, serà impossible en aquell lloc. Bàsicament és una botiga on regnen les ombres les vint-i-quatre hores.

—Sí. Ombres i olor de llibres, ho tenim tot.

—Podria portar llums.

—Em sembla que això em delataria.

—D'acord. Potser unes quantes ombres no hi faran res.

Per tant, el pla està traçat.

—I parlant de maniobres fosques —dic—, com va amb l'Ashley?

En Mat es tira els mocs amunt.

—Me l'estic lligant a la manera tradicional —explica—. A més, no en puc parlar a l'apartament. Però soparà amb mi divendres.

—Una compartimentació impressionant.

—La nostra companya de pis no fa altra cosa que no siguin compartiments.

—I ella... vull dir... de què parleu?

—Parlem de tot, Jannon. I t'hi has fixat? —Assenyala la fortalesa de marbre clar.— Va trobar aquesta capsa. La va treure de la paperera del seu despatx.

Sorprenent. L'Ashley Adams, relacions públiques de professió, aficionada a l'escalada, i cuinera de risottos, contribuint a la construcció de Matròpoli. Potser no és tan androide, al cap i a la fi.

—Són progressos —dic, enlairant l'ampolla de cervesa.

En Mat assenteix.

—Són progressos.

La ploma de paó

Jo també estic fent progressos: la Kat em convida a una festa a casa seva. Malauradament, no hi puc anar. No puc anar mai a cap festa, perquè el meu torn a la botiga comença precisament a l'hora de les festes. La decepció m'oprimeix el cor; la pilota és al seu camp, em fa una bonica passada i tinc les mans lligades.

`llàstima`, tecleja. Xerrem al Gmail.

Sí, llàstima. Tot i que, un moment: `kat, creus que els éssers humans un dia ens desempallegarem d'aquests cossos i existirem en una mena de sublimitat digital adimensional, oi?`

`sí!!`

`no sé què m'hi jugo que no posaries això al test.`

`què vols dir?`

Això és el que vull dir: `vindré a la teva festa, però ho faré a través del portàtil` (per videoconferència). `Hauràs de ser la meva acompanyant: portar-me amb tu, presentar-me la gent.` No ho voldrà fer mai de la vida.

`os3 wai! sí fem-ho! has d'anar mudat, però. i has de beure.`

Hi està d'acord. Però: `un moment, seré a la feina, no puc beure...`

`has de beure, o no semblarà una festa oi?`

Intueixo una incompatibilitat entre el fet que la Kat cregui en el futur incorpori de la raça humana i la seva insistència en el consum d'alcohol, però ho deixo passar, perquè me'n vaig de festa.

Són les deu de la nit i sóc rere el taulell de Penombra, vestit amb un pul·lòver gris fi sobre una camisa blanca de ratlles blaves i, de broma, espero poder revelar triomfalment més tard, en algun moment de la nit, uns pantalons de caixmir d'un agosarat color porpra. Ho pesqueu? Perquè ningú em podrà veure per sota de la cintura (d'acord, sí, ho pesqueu).

La Kat es connecta a les 10.13 h i premo la tecla verda amb la forma d'una càmera. Apareix a la meva pantalla amb una samarreta vermella on posa BAM!, com sempre.

—Estàs molt macot! —diu.

—Tu no t'has mudat —contesto. Ningú més va mudat.

—Sí, però tu només ets un cap flotant —replica—. Has de fer encara més patxoca que nosaltres.

La botiga es difumina i em capbusso en una vista del pis de la Kat; un lloc, us recordo, on no he estat mai en persona. És un *loft* espaiós, i la Kat orienta el portàtil tot al voltant, com si fos una càmera, per ensenyar-me què és cada cosa.

—Això és la cuina —explica. Armaris de vidre resplendent; uns fogons industrials; una figureta del còmic *xkcd* enganxada a la nevera.— La sala d'estar —diu, fent una escombrada. La imatge s'omple de fosques ratlles pixelades i tot seguit es torna a recompondre en un espai molt còmode amb un televisor gran i sofàs baixos i llargs. Hi ha pòsters de pel·lícules en marcs prims i polits: *Blade Runner*, *El planeta dels simis*, *WALL·E*. La gent en una rotllana (la meitat als sofàs, i l'altra meitat a la catifa) juga a alguna cosa.

—Qui és aquest? —demana una veu en una cantarella. La meva vista gira i veig una noia de cara rodona, rínxols foscos i grans ulleres negres.

—Aquest és un experiment d'intel·ligència artificial —explica la Kat—, dissenyat per animar les festes. Té, prova-ho. —Deixa el portàtil sobre el taulell de granit.

La Rínxols Foscos s'atansa (ui, molt i molt) i fa una ganyota.

—Espera. No fotis. Ets de debò?

La Kat no m'abandona. Seria fàcil fer-ho: deixar el portàtil, fer que algú la cridi, no tornar. Però no: durant una hora sencera em porta per la festa, presentant-me els seus companys de pis (la Rínxols Foscos n'és una) i els seus amics de Google.

Em porta a la sala d'estar i juguem al joc de la rotllana. S'anomena El Traïdor, i un paio escanyolit de bigoti esclarissat s'aboca per explicar que el van inventar al KGB i que tots els agents secrets solien jugar-hi als anys seixanta. Es tracta de mentir. T'assignen un personatge, però has de convèncer el grup que ets una altra persona. Els personatges es distribueixen mitjançant unes cartes, i la Kat m'ensenya la meva davant la càmera.

—No és just —protesta una noia de l'altra banda del cercle. Té els cabells tan clars que gairebé són bancs.— Ell té avantatge. Nosaltres no podem veure cap de les seves pistes.

—Tens tota la raó —admet la Kat, arrugant el front—. I sé del cert que duu pantalons de caixmir quan menteix.

Dit i fet, inclino el meu portàtil per oferir-los-en una vista, i les riallades són tan fortes que fan espetegar i crepitar els altaveus. Jo també ric i em serveixo una altra birra. Bec d'un got de festa vermell aquí, a la botiga. Cada pocs minuts miro cap a la porta i una esgarrifança em balla prop del cor, però la pujada d'adrenalina i l'alcohol rebaixen els remordiments. No hi ha clients. No n'hi ha mai.

Encetem una conversa amb l'amic de la Kat, en Trevor, que també treballa a Google, i un tipus d'esgarrifança diferent em recorre les defenses, llavors. En Trevor desgrana una llarga història sobre un viatge a l'Antàrtida (qui va a l'Antàrtida?) i la Kat se li arramba. Sembla gairebé per efecte de la gravetat, però potser el seu portàtil queda orientat en un angle... De mica en mica, les altres persones se'n van i en Trevor se centra únicament en la Kat. A ella li brillen els ulls i fa que sí amb el cap.

No, vinga, home. No hi ha res més. Simplement és una bona història. Ha begut i està una mica alegre. Jo també. Tot i això, no sé si en Trevor va pet o...

Sonen les campanetes. Alço la vista. Merda. No és un curiós solitari d'altes hores de la nit ni ningú que pugui ignorar sense que passi res. És un del club: la senyora Lapin. És l'única dona (que jo sàpiga) que demana llibres en préstec de la Llista-retro, i ara entra a la botiga com si es desplacés sobre rodes, aferrant la feixuga bossa de mà com si fos un escut. Duu una ploma de paó encastada al barret. Això és nou.

Provo de centrar els globus oculars de manera independent: un al portàtil i l'altre en la Lapin. No funciona.

—Hola, bona nit —diu. La Lapin té una veu que sona com una casset vella que s'ha deformat, sempre vacil·lant i canviant de to. Enlaira una mà enguantada de negre per arreglar-se la ploma de paó o, potser, simplement per comprovar que encara hi és. Tot seguit treu un llibre de la bossa de mà. Torna BURNES.

—Hola, senyora Lapin! —dic massa alt i massa de pressa—. Què li puc portar? —Em passa pel cap fer servir el meu misteriós prototip per predir el títol del pròxim llibre sense esperar la seva resposta, però ara mateix tinc la meva pantalla ocupada per...

—Què deies? —xiuxiueja la veu de la Kat. Poso el portàtil en silenci.

La Lapin no se n'adona.

—Bé —diu, apropant-se al taulell—, no estic segura de com pronunciar-ho, però em sembla que podria ser Par-zi-bi o potser... potser Pra-zinky-blink...

Es deu fotre de mi. Provo de traduir el que està dient, però a la base de dades no apareix res. Ho torno a provar amb un seguit de supòsits fonètics diferents. No, res.

—Senyora Lapin —dic—, com es lletreja?

—Ah, és P, B, vejam, és B, Z, B, no, perdó, Y...

Es deu... fotre... de mi.

—Començo de nou, B, és una B, Y, no, vull dir sí, Y...

La base de dades diu: Przybylowicz. Això és absurd.

Corro a l'escala de mà, trec PRZYBYLOWICZ tan bruscament del prestatge que gairebé faig que el seu veí, PRYOR, surti i caigui a terra, i torno amb la Lapin, amb una dura ganyota de contrarietat a la cara. La Kat es mou en silenci a la pantalla indicant no sé què a algú.

Embolico el llibre, i la Lapin treu el carnet (6YTP5T), però llavors s'aparta en un suau lliscament cap a una de les prestatgeries baixes de la part davantera de la botiga, les que contenen els llibres normals. Ostres, no!

Passen llargs segons. Avança lentament cap a la prestatgeria amb el rètol ROMÀNTICA, la ploma de paó se li sacseja quan inclina el cap per llegir els lloms.

—Bé, em sembla que també m'enduré això —diu finalment, tornant amb un Danielle Steel de tapa dura en un vermell brillant. A continuació triga gairebé tres dies a trobar el talonari de xecs.

—Vejam —diu amb veu vacil·lant—, són tretze, doncs tretze dòlars i quants cèntims?

—Trenta-set.

—Tretze... dòlars... —Escriu amb una parsimònia desesperant, però ho he d'admetre, la seva lletra és preciosa. És fosca i cargolada, gairebé de cal·ligrafia. Allisa el xec i el signa lentament: *Rosemary Lapin.*

Me'l lliura, llestos, i just a sota de tot figura una línia de lletra diminuta que m'informa que ha estat clienta de la Credit Union de Telegraph Hill des de... (carai!) des de 1951.

Collonsis. Per què dono tanta pressa a aquesta vella per les meves històries? Alguna cosa dins meu s'estova. La ganyota s'esvaeix i li faig un somriure (un de debò).

—Que passi una bona nit, senyora Lapin —dic—. Torni aviat.

—Ai, treballo tan ràpid com puc —replica, i em dedica un tendre somriure que fa que les galtes se li inflin com prunes descolorides—. *Festina lente.* —Es guarda el tresor de la Llista-retro i el seu plaer culpable a la bossa. Li apunten per dalt: una cosa marró mat i una altra vermella brillant. La porta fa un campaneig i tant ella com la ploma de paó han desaparegut.

Els clients de vegades ho diuen, això. *Festina lente.*

M'abalanço de nou cap a la pantalla. Quan desactivo el silenci de l'altaveu, la Kat i en Trevor encara xerren engrescadament. Ell li està explicant una altra història, aquesta sobre una expedició per animar uns pingüins deprimits, i pel que sembla és per trencar-se de riure. La Kat riu. Se senten riallades efervescents pels altaveus del meu portàtil. En Trevor, pel que es veu, és l'home més intel·ligent i interessant de la tota ciutat de San Francisco. Cap d'ells no surt per la càmera, de manera que dono per fet que ella li toca el braç.

—Ei, nois —dic—. Ei, nois!

M'adono que ells també m'han posat en silenci.

De cop i volta em sento com un babau, i estic segur que tot plegat ha estat una idea penosa. La gràcia d'una festa a l'apartament de la Kat és que sigui jo qui expliqui una història divertida i que la Kat em toqui el braç. Aquest exercici de telepresència, per altra banda, no té cap gràcia, i probablement tothom se'n fot de mi i fa ganyotes cap al portàtil quan no l'enfoca la càmera. Se m'encén la cara. Ho veuen? M'estic tornant d'un vermell estrany a la pantalla?

M'aixeco i surto de davant de la càmera. L'esgotament s'apodera del meu cervell. He estat actuant forçadament durant les dues darreres hores, m'adono; un titella somrient en un proscenni d'alumini. Quin greu error.

Poso els palmells sobre l'ampli aparador de la botiga i miro a través de la gàbia de tipografia daurada i allargada. És Gerritszoon, molt bé, i un bocí d'encant familiar en aquest solitari local. La corba de la P és preciosa. El meu alè entela el vidre. Sigues normal, em dic a mi mateix. Torna i sigues normal.

—Hola? —refila una veu al meu portàtil. La Kat.

M'esmunyo de nou al meu lloc rere el taulell.

—Hola.

En Trevor no hi és. La Kat està sola. De fet, ara és en un lloc completament diferent.

—Aquesta és la meva habitació —diu en veu baixa—. T'agrada?

És espartana, amb prou feines hi ha un llit, un escriptori i un feixuc bagul negre. Sembla una cabina d'un transatlàntic. No: un tanc d'una nau espacial. Al racó hi ha un cistell de plàstic blanc per a la roba bruta i escampada tot al voltant (sense encertar-hi per poc) veig una dotzena de samarretes vermelles idèntiques.

—Aquesta era la meva teoria —observo.

—Sí —confirma la Kat—, vaig decidir que no volia perdre el temps donant-hi voltes i més voltes —badalla—, pensant què posar-me cada matí.

El portàtil es balanceja, tot es torna borrós i llavors som al llit; descansa el cap sobre la mà i puc veure-li la corba del pit. De sobte el cor em batega molt de pressa, com si fos allà amb ella, estirat i expectant (com si no estigués aquí, assegut tot sol, a la llum precària d'aquesta botiga, encara amb els pantalons de caixmir posats).

—Ha estat força divertit —comenta calladament—, però tant de bo haguessis vingut de veres.

S'estira i clou els ulls, afuant-los com una gata. No se m'acut què dir, de manera que poso la barbeta sobre el palmell i miro la càmera.

—Seria maco que fossis aquí —xiuxiueja. I llavors s'adorm. Estic tot sol a la llibreria, contemplant des de l'altra banda de la ciutat la seva forma adormida, il·luminada únicament per la llum grisa del seu portàtil. Al cap d'una estona, l'aparell també s'adorm i la pantalla s'enfosqueix.

Sol a la botiga, després de la festa, faig els deures. He triat: agafo suaument el registre VII (antic però tampoc no gaire) del prestatge i trec les imatges de referència per a en Mat; panoràmiques i primers plans, disparats amb el mòbil des d'una desena d'angles, mostrant tots el mateix rectangle ample i pla d'un marró gastat. Faig fotos detallades del punt de llegir, de l'enquadernació, dels fulls d'un gris clar i del NARRATIO profundament gravat a la tapa, sobre el símbol de la botiga; i quan en Penombra arriba al matí, el meu mòbil torna a ser a la meva butxaca i les imatges ja van de camí a la bústia d'entrada d'en Mat. Se sent un petit *flop* a mesura que van sortint.

He deixat el llibre de registre actual sobre el taulell. A partir d'ara faré això. Vejam, per què deixar-lo al prestatge constantment? Sembla la fórmula per aconseguir un mal d'esquena, si m'ho pregunteu. Amb sort, aquesta elecció quallarà i projectarà una nova ombra de normalitat, gràcies a la qual em podré ajupir i amagar. És el que fan els espies, oi? Caminen fins al forn de pa i compren una barra cada dia (perfectament normal) fins que un dia compren una barra d'urani, per variar.

Marca i model

Els dies següents passo més temps amb la Kat. Veig el seu apartament sense la mediació de pantalles. Juguem a videojocs. Ens ho muntem.

Una nit provem de fer el sopar als seus fogons industrials, però a mitja feina considerem que el revoltim fumejant de col és un fracàs; per tant, treu un envàs de plàstic de la nevera, ple d'amanida amb cuscús i espècies. La Kat no troba culleres, de manera que ho serveix amb una espàtula de gelat.

—Ho has fet tu? —pregunto, perquè no m'ho sembla pas. És perfecta.

Nega amb el cap.

—És de la feina. M'emporto el menjar a casa la majoria de dies. És gratis.

La Kat passa bona part del temps a Google. Bona part dels seus amics treballen a Google. Bona part de les seves converses giren al voltant de Google. I ara m'assabento que bona part de les seves calories surten de Google. Ho trobo impressionant: és llesta i l'entusiasma la seva feina. Però també resulta intimidador, perquè el meu lloc de feina no és cap castell de vidre resplendent, ple de savis somrients. (Així és com m'imagino Google. A més d'un munt de barrets curiosos.)

Hi ha un límit real, pel que fa a la relació que puc construir amb la Kat fora de les seves hores a Google, per la senzilla raó que no tenim gaires hores, i em penso que en vull més. Vull poder accedir al món de la Kat. Vull veure la princesa al seu castell.

I el meu tiquet d'entrada a Google és el registre VII.

Al llarg de les tres setmanes següents, en Mat i jo construïm laboriosament el duplicat del llibre de registre. La superfície és l'especialitat d'en Mat. Comença amb una capa de cuir nou i la taca amb cafè. Seguidament porta un parell de sabates de golf antigues del seu niu d'àligues de les golfes; me les fico als peus i volto amunt i avall sobre el cuir durant dues hores.

Els budells del llibre de registre requereixen més recerca. A la sala d'estar, tard a la nit, en Mat treballa en la seva ciutat de miniatura mentre sec al sofà amb el meu portàtil, cercant a Google i llegint en veu alta instruccions detallades sobre com fer llibres. Aprenem sobre enquadernació. Repassem majoristes de paper de vitel·la. Trobem tela de color ivori fosc i fil negre gruixut. Comprem un estri de xilografia a eBay.

—Tens traça amb això, Jannon —em diu en Mat quan posem la cola als fulls en blanc.

—Amb què, l'enquadernació? —(Ho fem a la taula de la cuina.)

—No, amb aprendre coses sobre la marxa —respon—. És el que fem a la feina. No com els informàtics, saps? Ells es limiten a fer el mateix contínuament. Sempre es tracta de píxels. Per a nosaltres, cada projecte és diferent. Noves eines, nous materials. Tot és nou sempre.

—Com el monstre de la jungla.

—Justa la fusta. Vaig tenir quaranta-vuit hores per convertir-me en un mestre del bonsai.

En Mat Mittelbrand no coneix la Kat Potente, però em penso que s'entendrien força: la Kat, que creu profundament en el potencial del cervell humà, i en Mat, que pot aprendre de tot en un sol dia. I ara que hi penso, tot d'una comprenc el punt de vista de la Kat. Si poguéssim fer que en Mat continués treballant un miler d'anys, probablement ens podria construir un nou món sencer.

El detall puntillista del llibre de registre fals, i el repte més gran, és el gravat de la tapa. L'original té la paraula NARRATIO impresa profundament al cuir, i després d'estudiar amb zoom les imatges de referència, esbrino que aquest text també està fet amb la clàssica Gerritszoon. Mala notícia.

—Per què? —pregunta en Mat—. Diria que tinc aquest tipus de lletra a l'ordinador.

—Tens la Gerritszoon —replico fent petar la llengua— adient per a correus electrònics, comentaris de text i resums. Aquesta —i assenyalo el NARRATIO ampliat a la pantalla del portàtil— és la Gerritszoon Display, adient per a cartells, titulars de revista i, pel que sembla, cobertes de llibres d'ocultisme. Guaita, té gràcies més punxegudes.

En Mat assenteix amb gravetat.

—Les gràcies són força punxegudes, en efecte.

A NewBagel, quan dissenyava menús, pòsters i (permeteume que us ho recordi) un logotip guardonat amb un premi, ho vaig aprendre tot sobre el mercat de les fonts tipogràfiques digitals. Enlloc més la proporció bitllets/bytes és tan dura. I aquí és on volia anar a parar: un llibre electrònic costa prop de deu dòlars, oi? I normalment val prop d'un megabyte de text. (Que consti, descarregues més quantitat de dades cada vegada que consultes el Facebook.) Amb un llibre electrònic, pots veure el que has pagat: les paraules, els paràgrafs, les possibles explicacions avorrides del mercat digital. En fi, que resulta que una font tipogràfica digital també ocupa prop d'un megabyte, però una font tipogràfica digital no costa desenes de dòlars, sinó centenars, de vegades milers, i és abstracta, bàsicament invisible (un sobre prim de matemàtiques que descriu petites formes de lletres). Tot plegat ofèn l'instint consumista de la majoria de la gent.

Així doncs, la gent prova de piratejar els tipus de lletra. Jo no en sóc pas, d'aquests. Vaig fer un curs de tipografia a l'escola i, per al nostre treball final, tothom va haver de dissenyar la seva pròpia tipografia. La meva picava molt alt (s'anomenava Telèmac), però s'havien de dibuixar massa lletres. No la vaig poder acabar a temps. Només vaig fer les majúscules, adients per a pòsters cridaners i làpides. Per tant, creieu-me, sé quanta suor costen aquestes lletres. Els tipògrafs són dissenyadors; i els dissenyadors són dels meus; estic compromès a donar-los suport. Però ara FontShop.com em diu que la Gerritszoon Display, distribuïda per la foneria tipogràfica FLC de la ciutat de Nova York, costa 3.989 dòlars.

És a dir, que miraré de piratejar aquesta tipografia, per descomptat.

Una associació d'idees em creua el cervell com un llamp. Tanco l'etiqueta de FontShop i, en canvi, vaig a la biblioteca d'en Grumble. No conté únicament llibres electrònics. També hi ha fonts tipogràfiques; lletres il·legals de totes les formes i mides. N'examino les llistes: Metro, Gotham, Soho, totes de franc. Myriad, Minion i Mrs Eaves. I també, Gerritszoon Display.

Noto una fiblada de remordiments quan la descarrego, però no va més enllà d'una petita fiblada. La foneria tipogràfica FLC probablement és una filial de Time Warner. La Gerritszoon és una tipografia antiga, el seu epònim creador fa temps que és mort. Què li importa com s'empra la seva tipografia i qui ho fa?

En Mat col·loca la paraula sobre una plantilla curosament elaborada del símbol de la llibreria (dues mans obertes com un llibre), i amb això, tenim el nostre disseny. L'endemà, a ILM, treu un motlle metàl·lic de tot fent servir un tall per plasma (al món d'en Mat, un tall per plasma és tan habitual com unes tisores), i finalment el premem sobre el cuir envellit artificialment amb un serjant gruixut. Roman gravant silenciosament a la taula de la cuina durant tres dies i tres nits, i quan en Mat allibera el serjant, la coberta és perfecta.

Així doncs, al capdavall, arriba el moment. Es fa de nit, rellevo l'Oliver Grone al taulell i començo el meu torn. Aquesta nit obtindré el meu tiquet d'entrada al món de la Kat. Aquesta nit faré el canvi.

Però resulta que seria un espia d'allò més patètic (no aconsegueixo tranquil·litzar-me). Ho he provat tot: llegir llargues obres de periodisme d'investigació; jugar a la versió per a ordinador de Naus i Bruixots; voltar per la Llista-retro. No em puc concentrar en res durant més de tres minuts.

Ara m'he resignat a seure rere el taulell, però no puc parar de bellugar-me. Si els nervis fossin tecleigs a la Viquipèdia, ara com ara hauria refet totalment l'entrada de culpa i l'hauria traduïda a cinc nous idiomes.

Finalment, són tres quarts de sis. Les primeres llums de l'alba despunten per l'est. La gent de Nova York comença a piular suaument. Estic completament esgotat, perquè m'he passat tota la nit fet un manat de nervis.

El llibre de registre VII autèntic està dins de la meva bossa de missatger, però és massa gros i l'infla, amb la qual cosa, al meu parer, sembla la prova més escandalosament incriminadora del món. És com quan una d'aquelles serps africanes s'empassa una bestiola sencera i la pots veure bellugant-se allà dins, coll avall.

El llibre de registre fals és amb els seus germanastres. Quan l'he posat al seu lloc, m'he adonat que ha deixat una marca delatora a la pols del caire de la lleixa. Primer m'ha agafat pànic.

Després m'he endinsat a les profunditats de la Llista-retro, he agafat pols de les prestatgeries i l'he escampada al davant del llibre de registre fals fins que l'espessor i la densitat de la pols han lligat amb la resta perfectament.

Tinc una dotzena d'explicacions (amb diverses subtrames) si en Penombra es fixa en la diferència. Però ho he d'admetre: el llibre de registre fals enganya fantàsticament. El meu toc de pols està a l'altura d'ILM. Sembla autèntic i no crec que m'hi fixés; a més, ostres!, sonen les campanetes de damunt de la porta d'entrada...

—Bon dia —saluda en Penombra—. Com ha anat la nit?

—Bé molt bé genial —responc. Massa de pressa. Freno. Recorda: el punt de normalitat. M'ajupo.

—Sap? —diu en Penombra, traient-se el gec mariner—, he estat rumiant. Hauríem de jubilar aquest amic —pica sobre el cap del Mac Plus amb dos dits, un suau *toc-toc*— i comprar alguna cosa més actualitzada. Res que sigui excessivament car. Potser em podria recomanar una vostè una marca i model?

Marca i model. Mai no he sentit parlar ningú d'aquesta manera sobre ordinadors. Pots tenir un MacBook en qualsevol color que vulguis, sempre que sigui de carcassa metàl·lica.

—Sí fantàstic —dic—. I tant faré recerca senyor Penombra potser un iMac renovat em penso que són tan bons com els nous. —Ho dic d'una tirada, ja enfilant cap a la porta. Em sento marejat.

—I —afegeix alegrement— potser el podria fer servir vostè per crear una pàgina web. —Tinc el cor a punt d'esclatar.— La botiga n'hauria de tenir una. Ja passa de l'hora.

Fet, el cor m'ha esclatat, i uns quants òrgans secundaris potser han rebentat, també, però estic decidit a tirar-ho endavant (estic decidit a portar el corpus a la Kat Potente):

—Ostres és increïble ho hem de fer sigui com sigui m'encanten les pàgines web però me n'he d'anar senyor Penombra a reveure.

Queda parat i llavors fa un somriure torçat.

—Molt bé. Que tingui un bon dia.

Vint minuts després sóc al tren en direcció a Mountain View, aferrant la meva voluminosa bossa contra el pit. És curiós; la meva transgressió és ben insignificant. A qui li importa on para un vell llibre de registre, d'una llibreria perduda, durant setze miserables hores? Però no sembla pas això. Sembla que jo sigui una de les dues persones del món amb qui en Penombra figura que pot comptar i, ves per on, resulta que no es pot fiar de mi.

I tot plegat, simplement per impressionar una noia. La remor i el balanceig del tren em fan venir son.

L'aranya

El rètol de l'arc de Sant Martí, prop de l'estació del tren, que indica el camí al campus de Google s'ha descolorit una mica al sol de Silicon Valley. Segueixo la fletxa esblanqueïda per una vorera corba flanquejada per eucaliptus i ancoratges de bicicletes. Al final de la corba veig àmplies zones de gespa i edificis baixos, i entre els arbres flaixos de la marca: vermell, verd, groc, blau.

Darrerament, els rumors sobre Google són que la companyia és com els Estats Units: encara la bomba, però inevitablement i irrevocablement en declivi. Totes dues, superpotències amb recursos sense parió, però totes dues enfrontant-se amb rivals que creixen de pressa, i a la llarga totes dues es veuran eclipsades. Per als Estats Units, aquest rival és la Xina. Per a Google, és Facebook. (Tot això surt als blocs de xafarderies del sector de les noves tecnologies; per tant, cal prendre-s'ho amb prudència. També diuen que una empresa de nova creació anomenada MonkeyMoney serà enorme l'any vinent.) Però aquí hi ha la diferència: en contemplar l'inevitable, els Estats Units lloguen contractistes de defensa perquè construeixin portaavions. I Google contracta programadors brillants per fer el que calgui.

La Kat es reuneix amb mi en un punt de control blau, demana una targeta de visitant i l'hi lliuren amb el meu nom i relació amb la companyia impresos en vermell, i llavors em porta als seus dominis. Tallem camí per un aparcament espaiós, amb l'asfalt escalfant-se al sol. No hi ha cotxes; el pàrquing és ple de contenidors blancs instal·lats sobre puntals curts.

—Són peces de la Caixa Gran —explica la Kat, assenyalant. Entra un camió amb remolc per l'altre extrem del solar, rugint i esbufegant. El remolc està pintat de vermell, verd i blau brillants, i arrossega un dels contenidors blancs.— Són com peces de LEGO —prossegueix—, només que cadascun conté espai de disc... tones, i processadors i tota la resta, a més d'instal·lacions per a l'aigua, l'electricitat i Internet. Els construïm al Vietnam i els enviem on sigui. Tots s'acoblen automàticament, tant se val on siguin. I tots junts conformen la Caixa Gran.

—Què fa...?

—De tot —respon—. A Google tot ho dirigeix la Caixa Gran. —Assenyala amb un braç morè cap a un contenidor on es llegeix www amb grans lletres verdes de plantilla en un costat.— Allà hi ha una còpia de la xarxa. —YT:— Tots els vídeos de YouTube. —MX:— Tots els teus correus electrònics. Tots els correus electrònics de tothom.

Les prestatgeries de Penombra ja no semblen tan altes.

Àmplies voreres recorren el campus principal. Hi ha un carril bici, i els empleats de Google passen com un llamp en bicicletes de fibra de carboni i pinyó fix amb bateries. Hi ha un parell de barbes grises en models reclinats i un paio alt amb restes de color blau pedalejant en un monocicle.

—He reservat una estona l'escàner de llibres a dos quarts d'una —explica la Kat—. Dinem primer?

La sala d'esbarjo de Google apareix a la vista, espaiosa i baixa, un pavelló blanc muntat com si fos per a una festa al jardí. La part del davant és oberta, la lona s'ha enretirat sobre les entrades i curtes cues d'empleats de Google xerren a la gespa.

La Kat s'atura, afuant els ulls. Calculant.

—Aquesta —diu finalment, i m'estira cap a la cua de més a l'esquerra—. Sóc una estratega força bona fent cues. Però aquí no és fàcil...

—Perquè a Google tothom és bon estratega fent cues —apunto.

—Exactament. I per tant, de vegades, t'enduus un desengany. Com amb aquest paio —diu, assenyalant amb el colze l'empleat de Google que tenim just al davant a la cua. És alt i de cabells pèl-roigs, i sembla un surfista.

—Ei, sóc en Finn —diu, alçant una mà enorme i de dits llargaruts.— La teva primera visita a Google? —Pronuncia «guiu-guel», amb una petita pausa al mig.

Ho és, en efecte, incert amic europeu. La faig petar una mica:

—Què, com és el menjar?

—Oh, fantàstic. El xef és famós... —S'interromp. Recorda alguna cosa.— Kat, ha de posar-se a l'altra cua.

—Cert. Sempre me n'oblido —contesta la Kat. S'explica:— El nostre menjar està personalitzat. Conté vitamines, alguns estimulants naturals.

En Finn assenteix vigorosament.

—Jo estic fent provatures amb els meus nivells de potassi. Ara prenc onze plàtans al dia. Donant canya al cos! —Un ample somriure li divideix el rostre. Un moment, l'amanida de cuscús contenia estimulants?

—Em sap greu —es disculpa la Kat, corrugant les celles—. La cua dels visitants és allà. —Assenyala a l'altra banda de la gespa, i la deixo amb l'eurosurfista de la canya per al cos.

Així doncs, ara espero vora un rètol que diu «DEPENDÈNCIES EXTERNES», juntament amb tres paios amb *khakis* i camisa blava amb funda de cuir per al mòbil. A l'altra banda de la gespa, tots els empleats de Google duen texans ajustats i samarretes de colors brillants.

La Kat ara parla amb algú altre, un noi prim i de pell morena que s'ha afegit a la cua just rere seu. Va vestit com un *skater*, de manera que dono per fet que té un doctorat en intel·ligència artificial. Una punxada de gelosia em burxa rere els ulls, però hi estic preparat; sabia que aniria així, aquí, al castell de cristall on la Kat coneix tothom i tothom la coneix. Per tant, ho deixo passar i em recordo a mi mateix que ha estat ella qui m'hi ha portat. Aquest és l'as a la màniga en aquest tipus de situacions: sí, tots els altres són llestos, tots els altres són guais, tots els altres són rics i atractius... però ella t'ha triat a tu. I has de dur aquesta idea com una xapeta, com una targeta.

Abaixo la vista i em fixo que la meva targeta de visitant en realitat diu...

NOM: Clay Jannon
EMPRESA: Llibreria del Senyor Penombra, Oberta les 24 Hores
AMFITRIÓ/ONA: Kat Potente

... de manera que me la trec i me l'enganxo una mica més amunt de la camisa.

El menjar és, com m'han promès, fantàstic. Agafo dues cullerades d'amanida de llenties i un tall gruixut de peix rosat, set ratlles verdes i gruixudes d'espàrrecs i una galeta de bocinets de xocolata que s'ha millorat perquè resulti més cruixent.

La Kat m'indica amb gestos que m'acosti a una taula prop del límit del pavelló, on una lleu brisa provoca una remor a la lona blanca. Estrets feixos de llum ballen sobre la taula, que està coberta amb un paper estampat amb una quadrícula de color blau clar. A Google, dinen sobre paper mil·limetrat.

—Aquest és en Raj —explica la Kat, indicant amb una forquilla plena d'amanida de llenties (que sembla igual que la meva) el doctor *skater*—. Vam estudiar junts. —La Kat va estudiar sistemes simbòlics a Stanford. És que aquí tothom ha anat a Stanford? Et donen una feina a Google tan bon punt et llicencies?

Quan en Raj parla, de sobte sembla deu anys més gran. La seva veu és directa i seca:

—Bé, i tu què fas?

Esperava que aquesta pregunta estaria prohibida aquí, substituïda per algun equivalent rebuscat, com ara: «Quin és el teu nombre primer preferit?». M'assenyalo la targeta de visita i reconec que treballo en el contrari de Google.

—Ah, llibres. —En Raj fa una petita pausa, mastegant. Llavors el cervell troba el solc de reproducció de la pista:— Saps?, els llibres vells són un gran problema per a nosaltres. El saber antic en general. En diem SA. Saber Antic, SA. Sabies que el noranta-nou per cent d'Internet tan sols s'ha creat en els darrers cinc anys? Però sabem que, quan es tracta de tot el saber humà, la proporció és just la contrària... De fet, l'SA correspon a gran part de coses que la majoria de la gent sap i que ha sabut sempre.

En Raj no parpelleja i, probablement, no respira.

—Llavors, on es troba, oi? On és l'SA? Bé, als llibres vells, per començar —treu el tap d'un retolador de punta fina (d'on la tret?) i es posa a dibuixar a les tovalles de paper mil·limetrat—, i també al cap de la gent, un munt de saber tradicional, és el que anomenem ST. SA i ST. —Dibuixa petites bombolles superposades i les etiqueta amb acrònims.— Imagina que poguéssim fer que l'SA i l'ST estiguessin a l'abast sempre per a tothom. A la xarxa, al mòbil. Cap pregunta tornaria a quedar sense resposta mai.

Em pregunto què ha pres en Raj per dinar.

—Vitamina D, omega-3, fulles de te fermentades —explica, encara escrivint. Fa un únic punt al costat de les bombolles i aixafa el retolador fent-ne sortir la tinta negra.— És el que tenim emmagatzemat a la Caixa Gran ara mateix —diu, assenyalant el punt—, i pensa quant de valor té. Si hi poguéssim afegir tot això —passa la mà per damunt de les bombolles SA i ST com un general planejant una conquesta—, ens podríem posar seriosos de debò.

—En Raj fa molt de temps que és a Google —explica la Kat. Estem sortint de la sala d'esbarjo. He agafat una galeta extra pel camí i ara me la menjo.— És pre-OPI i va ser a DP durant segles.

Quants acrònims en aquest lloc! Però em penso que aquest el conec.

—Un moment —estic fet un embolic—, Google té districte postal propi?

—Ha, no —respon—. Direcció de Producte. És un comitè. Abans el formaven dues persones, després en van ser quatre, ara és més gran. Seixanta-quatre. La DP dirigeix la companyia. Aproven nous projectes, adjudiquen enginyers, distribueixen els recursos.

—Per tant, són els alts directius.

—No, aquí hi ha la gràcia. És una loteria. Surt el teu nom i treballes a DP durant dotze mesos. Qualsevol podria ser escollit. En Raj, en Finn, jo. En Cuinetes.

—En Cuinetes?

—El xef.

Carai! És tan igualitari que va més enllà de la democràcia. Ara hi caic:

—És com prestar servei de jurat.

—No et poden escollir fins que no has treballat aquí un any —explica la Kat—. I pots renunciar-hi si estàs treballant en alguna cosa superimportant. Però la gent s'ho pren molt seriosament.

Em pregunto si han cridat mai la Kat Potente.

Fa que no amb el cap.

—No encara —diu—. Però m'encantaria. Vejam, no hi ha gaires probabilitats. Aquí treballen trenta mil persones i a DP en són seixanta-quatre. Fes els càlculs. Però no para de créixer. Corre el rumor que es poden expandir de nou.

Ara em pregunto com ens aniria si dirigíssim així el país.

—Això és precisament el que en Raj vol fer! —etziba la Kat tot rient—. Després que trobi tot l'SA i l'ST, és clar. —Nega amb el cap en dir-ho; se'n fot d'ell una mica.— Té un pla exhaustiu per presentar una esmena constitucional. Si algú ho fes... —Torna a prémer els llavis.— En realitat, probablement no serà en Raj. —Riu, i jo també. Sí, en Raj va una mica massa fort per als habitants del centre dels Estats Units.

Per tant, pregunto:

—Qui ho podria fer?

—Potser jo —diu la Kat, inflant el pit.

Potser sí.

Passem de llarg els dominis de la Kat: visualització de dades. Està situat al damunt d'un turonet, un grup de barracots prefabricats, instal·lats al voltant d'un petit amfiteatre, on les grades de pedra baixen fins a un seguit de pantalles gegants. Ens hi aboquem. Hi ha un parell d'enginyers asseguts a la grada de l'amfiteatre, amb portàtils sobre els genolls, observant com un munt de bombolles reboten per una pantalla, totes connectades per línies ondulants. Cada pocs segons les bombolles s'aturen i les línies es posen rectes, com quan se t'ericen els cabells del clatell. De sobte la pantalla s'encén d'un vermell intens. Una enginyera mussita un renec en veu baixa i s'aboca sobre el portàtil.

La Kat fa un arronsament d'espatlles.

—La feina avança.

—De què es tracta?

—No n'estic segura. Probablement és alguna cosa interna.

La majoria de les coses que fem són de consum intern. —Sospira.— Google és tan gran, que al seu torn fa de destinatari propi. Jo sobretot faig visualitzacions que fan servir altres enginyers, o el departament de vendes i publicitat, o la DP... —Se li apaga la veu.— Si vols que et digui la veritat, m'encantaria fer alguna cosa que pogués veure tothom! —I riu com si l'alleugés dir-ho en veu alta.

Travessem una clariana d'alts xiprers fins al límit del campus (que forma una bonica clapa daurada a la vorera) i arribem a un edifici baix, d'obra vista, sense cap més marca que un rètol escrit a mà enganxat amb cinta adhesiva a la porta de vidre fosc:

ESCÀNER DE LLIBRES

A dins, l'edifici sembla un hospital de campanya. És fosc i fa una mica de calor. Uns focus de llum dura il·luminen una taula d'operacions envoltada de llargs braços de metall amb moltes articulacions. L'aire fa pudor de lleixiu. La taula també està rodejada de llibres: piles i piles, en carretons metàl·lics. N'hi ha de grossos i de petits; alguns són èxits de vendes i llibres vells que podrien encaixar a Penombra. Veig un Dashiell Hammett.

Un empleat de Google alt que es diu Jad és l'encarregat de l'escàner. Té un nas perfectament triangular a sobre d'una espessa barba marró. Sembla un filòsof grec. Potser ho és, perquè duu sandàlies.

—Ei, benvinguts —saluda, somrient i donant la mà a la Kat i després a mi—. És agradable tenir aquí algú de visualització de dades. I tu...? —Em mira amb les celles aixecades.

—No sóc empleat de Google —confesso—. Treballo en una llibreria de vell.

—Vaja, que guai! —diu en Jad. Llavors me la clava:— Llevat que... vull dir... Ho sento.

—Que ho sents? Per què?

—Home. Per deixar-vos sense negoci. —Ho deixa anar amb tota naturalitat.

—Espera, qui és vosaltres?

—Les... llibreries?

Entesos. En realitat no em considero part del negoci del llibre; la botiga d'en Penombra sembla una cosa completament diferent. Però... sí, venc llibres. Sóc el director d'una campanya publicitària de Google pensada per arribar a compradors potencials de llibres. D'alguna manera això em deu delatar: sóc llibreter.

En Jad prossegueix:

—El que vull dir és que, així que ho tinguem tot escanejat, i es trobin aparells de lectura barats a tot arreu... ningú no necessitarà llibreries, oi?

—Aquest és el model de negoci per a això? —dic, indicant amb el cap l'escàner.— Vendre llibres electrònics?

—En realitat no tenim cap model de negoci. —En Jad s'arronsa d'espatlles.— No ens en cal cap. Amb la publicitat es fan molts calés, i pràcticament ho fa tot. —Es tomba cap a la Kat.— No trobes que és cert? Encara que féssim cinc... milions... de dòlars? —(No està segur de si semblen molts diners o no. Que consti: ho són.)— Sí, ni es notaria. Per allà —indica vagament amb un braç llarg cap al centre del campus— guanyen més o menys això cada vint minuts.

Això és superdepriment. Si jo guanyés cinc milions de dòlars venent llibres, voldria que la gent em portés en un palanquí construït amb les primeres edicions de *Les cròniques de cançó de drac*.

—Sí, si fa no fa és cert —afirma la Kat—, però això és bo. Ens dóna llibertat. Podem pensar a llarg termini. Podem invertir en aquesta mena de coses. —S'apropa a la brillant taula de l'escàner amb llargs braços de metall. Té els ulls molt oberts i li brillen a la llum.— Tu mira-te'l.

—De tota manera, ho sento —em diu en Jad en veu baixa.

—Ens en sortirem —replico—. A la gent encara li agrada l'olor dels llibres. —I a més, l'escàner de llibres d'en Jad no és l'únic projecte amb recursos il·limitats. En Penombra té patrocinador propi.

Trec el llibre de registre de la bossa i l'hi lliuro.

—Té, el pacient.

En Jad l'enlaira sota els focus.

—És un llibre molt bonic —comenta. Passa els dits llargaruts per damunt del relleu de la tapa.— Què és?

—Un simple diari personal. —Callo.— Molt personal.

Obre amb cura el llibre de registre i col·loca les cobertes frontal i posterior en un marc metàl·lic d'angles rectes. Aquí, res de lloms trencats. Seguidament posa el marc sobre la taula i el fixa amb quatre abraçadores. Finalment, comprova si es pot moure; el marc i el seu passatger estan ben subjectats. El llibre de registre està lligat com un pilot de proves o com un maniquí de proves de xoc.

En Jad ens aparta de l'escàner.

—Quedeu-vos al darrere —adverteix, assenyalant una línia groga del terra—. Els braços són esmolats.

Els seus dits llargaruts teclegen rere un seguit de pantalles planes. Se sent un soroll greu de budells, tot seguit un estrident campaneig d'alarma i llavors l'escàner de llibres es posa en marxa. Els focus comencen a donar una llum estroboscòpica i a la cambra tot sembla una pel·lícula de *stop motion*. Foto a foto, els braços d'aràcnid de l'escàner baixen, subjecten les cantonades de la pàgina i la giren. És hipnotitzant. No he vist mai res que fos tan ràpid i delicat alhora. Els braços acaricien les pàgines, fregant-les, allisant-les. Aquest artefacte s'estima els llibres.

Amb cada flaix de llum, dues càmeres gegants instal·lades sobre la taula giren i disparen imatges en tàndem. M'acosto a en Jad i puc veure les pàgines del llibre de registre apilant-se a les pantalles. Les dues càmeres són com dos ulls, així les imatges estan en 3D, i observo com l'ordinador extreu les paraules dels fulls d'un gris clar. Sembla un exorcisme.

Torno amb la Kat. Les puntes dels seus peus són a sobre de la línia groga i s'aboca cap a l'escàner de llibres. Em fa por que li pugui treure un ull.

—És impressionant —diu entre panteixos.

Ja ho crec. Sento un punt de llàstima pel llibre de registre, al qual aquest remolí de llum i metall ha arrencat tots els seus secrets en qüestió de minuts. Els llibres solien ser tecnologia punta, antigament. Però ja no.

El Trencaclosques del Fundador

És tard, prop de les vuit, i som al dormitori-tanc de nau espacial de la Kat, al seu escriptori-consola de nau espacial. Ella està asseguda a la meva falda, inclinada sobre el seu MacBook. M'explica què és un OCR, el procés mitjançant el qual un ordinador transforma taques de tinta i traços de grafit en caràcters que es poden comprendre, com ara una K, una A i una T.

—No és cap trivialitat —diu—. Era un llibre molt gros. —A més, els meus predecessors tenien una lletra gairebé tan dolenta com la meva. Però la Kat té un pla.— El meu ordinador trigarà tota la nit a processar aquestes pàgines —observa—. Però estem impacients, oi? —Tecleja a velocitat d'hiperespai, formant llargues ordres que no entenc. Sí, estem molt impacients.— Per tant, farem que centenars de màquines treballin alhora. Emprarem el Hadoop.

—Hadoop.

—Tothom l'empra. Google, Facebook, l'Agència de Seguretat Nacional dels Estats Units. És un programa... divideix una feina molt gran en múltiples parts i les reparteix entre un munt d'ordinadors diferents alhora.

Hadoop! M'encanta com sona. Kat Potente, tu i jo tindrem un fill i li direm Hadoop, i serà un gran guerrer, un rei!

S'aboca sobre l'ordinador amb els palmells sobre la taula.

—M'encanta, això. —Té la vista clavada a la pantalla, on està apareixent un diagrama: una flor esquelètica amb un centre que pampallugueja i desenes (no, centenars) de pètals. Creix veloçment, passant de margarida a lletsó i tot seguit a gira-sol gegant.— Un miler d'ordinadors estan fent exactament el que vull, ara mateix. No tinc el cap aquí —diu, donant-se copets al cap—, és allà fora. M'encanta... aquesta sensació.

Es reclina contra mi. De sobte sento totes les olors intensament; els seus cabells, rentats amb xampú recentment, es premen contra la meva cara. Li sobresurten una mica els lòbuls de les orelles, rodons i rosats, i té l'esquena forta de grimpar pel rocòdrom de Google. Li ressegueixo els omòplats amb els polzes, passant per damunt dels bonys dels tirants dels sostenidors. Es torna a moure, gronxant-se. Li aixeco la samarreta i les lletres, arrugades, es reflecteixen a la pantalla del portàtil: BAM!

Més tard, al portàtil de la Kat sona una campaneta dèbilment. Se separa de mi, salta del llit i s'enfila a la butaca negra d'oficina. Asseguda sobre els peus, amb l'espinada corbada cap a la pantalla, sembla una gàrgola. Una bonica noia nua amb forma de gàrgola.

—Ha funcionat —diu. Es tomba cap a mi, enrojolada, amb els foscos cabells esbullats. Somrient.— Ha funcionat!

Passa de mitjanit i torno a ser a la llibreria. El llibre de registre autèntic és sa i estalvi al prestatge. El llibre de registre fals és a dins de la meva bossa. Tot ha anat exactament segons el pla. Estic alerta, em sento bé i preparat per visualitzar. Trec les dades escanejades de la Caixa Gran; costa menys d'un minut amb *bootynet*. Totes les petites explicacions que s'han anotat en aquell llibre de registre es descarreguen al meu portàtil, perfectament processades.

Ara, ordinador, ha arribat el moment que facis el que t'ordeno.

Aquest tipus de coses no surten mai a la primera. Poso el text tal qual en visualització i sembla que Jackson Pollock m'hagi potinejat el prototip. Hi ha esquitxos de dades pertot arreu, bombolles de color rosa, verd i groc, tot de tonalitats cridaneres de videojocs recreatius.

El primer que faig és canviar la paleta. Tons terrosos, si us plau.

I ara: m'enfronto amb massa informació, aquí. Només vull veure qui ha demanat en préstec què. L'anàlisi de la Kat va ser prou refinada per identificar noms, títols i dates del text, i la visualització sap com tractar-les, de manera que estableixo relacions entre les dades exposades i veig una cosa que resulta coneguda: un eixam de punts de colors que pampalluguegen a les prestatgeries, cadascun dels quals representa un client. Aquests, però, són clients de fa anys.

No sembla gaire cosa; només un poti-poti de colors migrant entre la Llista-retro. Llavors, per una intuïció, connecto els punts, de manera que no siguin un eixam sinó un conjunt de constel·lacions. Cada client deixa un rastre, una ziga-zaga de borratxo entre les prestatgeries. La constel·lació més curta, representada en vermell argila, forma una petita Z, només quatre punts de dades. La més llarga, en molsa fosc, es cargola al voltant de tota l'amplada de la botiga en un oval allargat i oscat.

Encara no sembla gran cosa. Dono una empenta a la llibreria en 3D amb un toc al dispositiu tàctil del portàtil i la faig giravoltar sobre els seus eixos. M'aixeco per estirar les cames. A l'altra banda del taulell, agafo una de les novel·les de Dashiell Hammett, que no ha tocat ningú des que m'hi vaig fixar aquell primer dia a la botiga. Que trist. Vejam, de debò: les prestatgeries plenes de poca-soltades s'enduen tota l'atenció mentre *El falcó maltès* s'omple de pols? És més que trist. És patètic.

Hauria de començar a buscar una feina diferent. Aquest lloc m'està trastocant.

Quan torno al taulell, la llibreria encara rota, giravoltant com uns cavallets... i està passant una cosa estranya. Amb cada rotació, la constel·lació d'un molsa fosc queda enfocada. Tan sols per un instant, forma un dibuix i... no pot ser. Fico la mà sobre el dispositiu tàctil, aturo la maqueta i la faig retrocedir. La constel·lació d'un molsa fosc forma un dibuix clar. Les altres constel·lacions també. Cap d'elles no és tan completa com la de color molsa fosc, però ressegueixen el pendent d'una barbeta, la corba d'un ull. Quan la maqueta queda alineada en una vista frontal, com si la veiés des de la porta d'entrada (molt a prop d'on ara sóc assegut), les constel·lacions cobren vida. Formen una cara.

És en Penombra.

Sonen les campanetes i entra a la botiga seguit per un llarg retall de boira. Se'm trava la llengua, no tinc ni idea de com començar. Veig dos Penumbres alhora: l'un, de mirada fixa i callat, amb el contorn de la cara a la pantalla del meu ordinador, i l'altre, un vell a l'entrada que tot just comença a somriure.

—Bon dia, jove —saluda alegrement—. Ha tingut lloc alguna cosa digna d'esment durant la nit?

Per un instant, contemplo seriosament la possibilitat de tancar la tapa del meu portàtil i no tornar a parlar mai més d'això. Però no: sóc massa curiós. No puc quedar-me assegut rere el taulell i deixar-me embolicar per aquesta enigmàtica xarxa. (Podria dir-se això mateix d'un munt de feines, m'adono, però potencialment és un tipus de màgia amb majúscula misteriosa i especial.)

—Què té aquí? —pregunta—. Ha començat a treballar en la nostra pàgina web?

Giro el portàtil per mostrar-l'hi.

—No ben bé.

Mig somrient, sosté les ulleres en un cert angle i estudia la pantalla. Queda bocabadat i llavors diu, en veu baixa:

—El Fundador. —Es tomba cap a mi.— Ho ha resolt, jove. —Es pica el front amb la mà i se li dibuixa un somriure de desconcert a la cara.— Ja ho ha resolt! És ell! Aquí mateix, a la pantalla!

«És ell»? No és... Ah. Ara m'adono, amb en Penombra atansant-se tant, que he comès el clàssic error de donar per fet que tots els vells semblen iguals. El retrat fet de contorns de la pantalla té el nas d'en Penombra, però la boca és un petit arc corbat. La d'en Penombra és plana i ampla, feta per somriure.

—Com ho ha fet? —prossegueix. Està d'allò més orgullós, com si fos el seu nét i hagués fet un *home run* o trobat una cura del càncer.— He de veure les seves notes! Ha fet servir el mètode d'Euler? O la inversió Brito? No és cap vergonya, esclareix bona part de la confusió al principi...

—Senyor Penombra —dic, amb un punt de triomf a la veu—, vaig escanejar un llibre de registre antic... —Llavors m'adono que això implica coses més greus, de manera que quequejo i confesso:— Bé, em vaig emportar un llibre de registre antic. En préstec. Temporalment.

En Penombra arruga els ulls.

—Però si ja ho sé, això, jove —replica, no pas amb duresa. Calla.— El seu simulacre feia molta pudor de cafè.

Molt bé:

—Em vaig endur el llibre de registre vell i el vam escanejar —la cara li canvia i, tot d'una, està amoïnat, com si jo, en comptes d'haver curat el càncer, en tingués— perquè Google té una màquina que és superàpida, i amb el Hadoop, va d'allò més... vull dir que, amb un miler d'ordinadors, és més ràpid! —Faig petar els dits per donar-hi èmfasi. No crec que tingui la més petita idea de què parlo.— De tota manera, el que importa és que vam extreure'n les dades. Automàticament.

Es percep una tremolor als micromúsculs d'en Penombra. Així de prop, em fa caure en el fet que, ben mirat, és molt vell.

—Google —diu panteixant. Té lloc una llarga pausa.— Que curiós. —Es redreça. Té una expressió d'allò més estranya a la cara; l'equivalent emotiu d'ERROR 404 PÀGINA NO TROBADA. I gairebé parlant per a si mateix, afegeix:— Hauré de fer un informe.

Un moment, quina mena d'informe? Estem parlant d'un informe a la policia? Grand Theft Codex?

—Senyor Penombra, hi ha cap problema? No entenc per què...

—Ah, sí, ja ho sé —diu secament, i em fulmina amb la mirada—. Ara ho veig. Ha fet trampa... l'encerto? I resulta que no té ni idea de què ha aconseguit.

Abaixo els ulls cap al taulell. L'encerta.

Quan torno a mirar en Penombra, la seva mirada s'ha estovat.

—I així i tot... ho ha fet, igualment. —Fa mitja volta i s'allunya cap a la Llista-retro.— Que curiós.

—Qui és? —pregunto de cop i volta—. De qui és aquesta cara?

—És el Fundador —contesta en Penombra, passant una mà llargaruda per una de les prestatgeries—. El que espera, amagat. Fa sortir de polleguera els novells durant anys. Anys! I, tot i això, vostè l'ha descobert en... quant? Un sol mes?

No ben bé:

—Només un dia.

En Penombra agafa una brusca alenada. Els ulls li centellegen de nou. Els té molt oberts i, reflectint la llum de les finestres, agafen un to blau elèctric que espurneja d'una manera que no havia vist mai. Esbufega.

—Increïble. —Respira, fondo. Sembla desconcertat i content; de fet, sembla una mica guillat.— Tinc feina que m'espera —explica—. He de fer plans. Vagi-se'n a casa, jove.

—Però...

—Vagi-se'n a casa. Tant si ho entén com si no, avui ha fet una cosa important.

Fa mitja volta i s'endinsa més en la foscor de les prestatgeries polsoses, parlant en veu baixa tot sol. Agafo el meu portàtil i la bossa de missatger, i m'esquitllo per la porta principal. Les campanetes amb prou feines sonen. Miro enrere a través del gran aparador i, rere les lletres daurades i cargolades, en Penombra s'ha fet fonedís.

Com és que li agraden tant els llibres?

QUAN TORNO L'ENDEMÀ A LA NIT, veig una cosa que no havia vist abans, una cosa que em fa esbufegar i aturar-me de cop: la Llibreria del Senyor Penombra, Oberta les 24 Hores és a les fosques.

Sembla que en passa alguna de molt grossa. La botiga sempre és oberta, sempre funciona, com un petit far en aquest tram sòrdid de Broadway. Però ara els llums estan apagats i hi ha un polit quadrat de paper enganxat per dins a la porta d'entrada. Amb la lletra de pota de mosca d'en Penombra, diu:

TANCAT (*AD LIBRIS*)

No tinc clau de la botiga perquè mai no me n'ha calgut cap. Sempre s'ha traspassat el torn: en Penombra a l'Oliver, l'Oliver a mi, jo a en Penombra. Per un instant em poso furiós, m'omplo d'una ràbia egoista. Què carai passa? Quan tornarà a obrir? No figurava que m'havien d'avisar per correu electrònic o alguna cosa? És molt irresponsable que el patró faci això.

Però llavors m'amoïno. La topada d'aquest matí passava de mida. I si en Penombra s'ha quedat tan fet pols que ha tingut un petit atac de cor? Un de gros? I si és mort? O, i si plora desconsoladament en un pis solitari en alguna banda, on la seva família no va mai a veure'l perquè el iaio Penombra és estrany i fa olor de llibres? Una onada de vergonya em recorre la sang i es barreja amb la ràbia per arremolinar-se en un líquid espès que em mareja.

M'acosto a la botiga de licors de la cantonada per comprar alguna cosa per picar.

Durant els vint minuts següents, espero a la vorera, mastegant Fritos i netejant-me la mà als pantalons, sense estar gaire segur de què fer a continuació. Hauria d'anar a casa i tornar demà? Hauria de buscar en Penombra a la guia telefònica i intentar trucar-li? Esborreu això. Sé, sense que em calgui comprovar-ho, que en Penombra no sortirà a la guia telefònica, i, a més, en realitat no sé on trobar-ne cap.

Allà em teniu, provant d'imaginar alguna iniciativa assenyada, quan veig una figura familiar pujant pel carrer com si llisqués. No és en Penombra; ell no llisca pas. És... és la senyora Lapin. M'amago rere un cubell d'escombraries (per què m'he amagat rere un cubell d'escombraries?) i observo com s'acosta a la botiga, esbufega quan arriba a una distància des de la qual pot veure que no compleix l'horari, i llavors es precipita cap a la porta, on s'estira de puntetes per examinar el rètol de «TANCAT (*AD LIBRIS*)», amb el nas premut contra el vidre, sens dubte intuint un significat més profund en aquelles tres paraules.

En acabat, mira furtivament amunt i avall del carrer, i quan l'oval pàl·lid del seu rostre es tomba en aquesta direcció, li veig una tensa mirada de por. Fa mitja volta i se'n va lliscant pel camí per on ha vingut.

Llenço els Fritos al cubell d'escombraries i la segueixo.

La Lapin abandona Broadway i tira cap a Telegraph Hill. La seva velocitat és uniforme, constant a mesura que el paisatge s'alzina als seus peus; és així d'estranya. Perquè jo estic panteixant i esbufegant, acuitant el pas a una travessia de distància, maldant per no perdre-la. La punta de boca de la Coit Tower sobresurt al turó per damunt nostre, un perfil gris i prim retallant-se sobre la foscor més intensa del cel. A la meitat d'un carrer estret que es torça seguint el contorn del turó, la Lapin desapareix.

Corro fins al punt on l'he vista per darrera vegada i trobo unes estretes escales de pedra, encaixades al vessant del turó, que s'allarguen com un passatge entre les cases, tallant camí profundament cap amunt, sota una pantalla de branques. La Lapin, vés a saber com, ja és a mitja pujada.

Provo de cridar-la rere seu («Senyora Lapin!»), però em falta completament l'alè i em surt un so sibilant. Estossego, grunyo i em precipito turó amunt per seguir-la.

A les escales regna el silenci. L'única llum prové de les petites finestres situades ben amunt a les cases de banda i banda, que es filtra a través de les branques, carregades de prunes fosques. Més amunt se sent una forta remor i un cor de xerics. Un instant més i una bandada de cotorres salvatges, espantades als seus nius, baixen esvalotadament pel tub d'arbres cap a l'aire lliure nocturn. Puntes d'ala em freguen la coroneta.

Més amunt se sent un fort *clec* i un *cric*, i tot seguit una escletxa de llum s'eixampla per formar un quadrat. L'ombra de la meva presa travessa la llum i llavors es tanca de cop. La Rosemary Lapin és a casa.

Arribo al replà i m'assec per recuperar l'alè. Aquesta senyora té aguant per donar i vendre. Potser és lleugera, amb ossos com els dels ocells. Potser sap levitar una mica. Miro enrere cap al camí per on hem vingut i, a través del dosser de branques negres, puc veure les llums de la ciutat molt més avall.

A dins se sent dringadissa de plats. Pico a la porta de la senyora Lapin.

Té lloc un llarg i marcat silenci.

—Senyora Lapin? —crido—. Sóc en Clay, de... eeh... de la llibreria. El dependent. Només volia preguntar-li una cosa. —O potser tot.

El silenci s'allarga.

—Senyora Lapin?

Veig com una ombra trenca la franja de llum de sota la porta. Resta allà immòbil... llavors el pany fa soroll i la senyora Lapin treu el nas.

—Hola —diu amablement.

Casa seva és el cau d'un hòbbit bibliòfil: sostre baix, parets estretes i plenes de llibres. És petita però no incòmoda; l'ambient fa una forta olor de canyella i subtilment de marihuana. Hi ha una butaca de respatller alt de cara a una llar de foc endreçada.

La Lapin no seu a la butaca. Gira l'esquena al racó de la cuina de galera, tan lluny de mi com pot però sense sortir de la mateixa cambra. Em penso que s'enfilaria a la finestra, si pogués.

—Senyora Lapin —dic—, he de posar-me en contacte amb el senyor Penombra.

—Li ve de gust un te? —pregunta—. Sí, un te i llavors se'n podrà anar. —Potineja amb una feixuga tetera metàl·lica.— Una nit ocupada per a un jove, m'imagino, amb molts llocs on anar, gent per veure...

—De fet, figura que hauria d'estar treballant.

Les mans se li estremeixen sobre el fogó.

—És clar, bé, una pila de feines a fer, no s'hi amoïni...

—No necessito cap feina! —I més suaument, afegeixo:— Senyora Lapin, de debò, només necessito posar-me en contacte amb el senyor Penombra.

La Lapin calla, però només un instant.

—Hi ha moltes professions. Podria fer-se forner, taxidermista, capità de transbordador... —Llavors es tomba, i em penso que és la primera vegada que em mira directament als ulls. Els seus ulls són d'un verd grisós.— El senyor Penombra se n'ha anat.

—I quan tornarà?

La Lapin no diu res, es limita a mirar-me, llavors es tomba a poc a poc per atendre la tetera, que ha començat a vibrar i a xiular a sobre del petit fogó. Una sorprenent barreja de por i curiositat m'inunda el cervell. Hora de jugar-s'hi el tot pel tot.

Trec el portàtil, que probablement és la mostra de tecnologia més avançada que ha travessat mai el llindar del cau de la Lapin, i el col·loco al damunt d'una pila de llibres gruixuts, tots de la Llista-retro. El brillant MacBook sembla un extraterrestre provant de passar desapercebut entre els reservats incondicionals de la civilització humana. L'obro (els budells lluents de l'extraterrestre queden al descobert!) i, en el moment que apareix la visualització, la Lapin creua la cambra amb dues tasses sobre dos platets.

Quan es fixa en la pantalla i reconeix la llibreria en 3D, aterra els platets a la taula amb un estrèpit. Enllaça les mans sota la barbeta, s'hi aboca i observa com el contorn de la cara va prenent forma.

—L'ha trobat! —exclama amb un xisclet.

La Lapin estén un ample rotlle de paper fi, gairebé transparent, sobre la taula, ara neta de llibres. I em toca a mi quedar bocabadat: és una vista de la llibreria, feta a llapis, i també mostra una xarxa de línies que connecten espais als prestatges. Però està incompleta; ben mirat, amb prou feines està començada. Es pot veure la corba d'una barbeta i el ganxo d'un nas, però res més. Aquestes línies, fosques i segures, estan envoltades per marques de goma d'esborrar; un historial de capes de línies fantasmes que s'han dibuixat i esborrat moltes vegades.

Quant de temps, em pregunto, hi ha estat treballant, la Lapin?

El seu rostre és prou eloqüent. Les galtes li tremolen com si estigués a punt de plorar.

—Vet aquí la raó —diu, tornant a contemplar el meu portàtil—. Vet aquí la raó que el senyor Penombra se n'hagi anat. Què ha fet? Com ho ha fet?

—Ordinadors —li contesto—. Dels grossos.

La Lapin deixa escapar un sospir i finalment es lliura a la butaca.

—Això és terrible —es lamenta—. Després de tota aquesta feinada!

—Senyora Lapin —dic—, en què estava treballant? De què va tot això?

La Lapin tanca els ulls i diu:

—Tinc prohibit parlar-ne. —Em mira de reüll. Jo guardo silenci, amb cara franca, provant de semblar el més inofensiu possible. Torna a sospirar.— Però al senyor Penombra li queia bé, vostè. Li queia molt bé.

No m'agrada l'ús del temps verbal en passat. La Lapin s'estira cap al te, però no hi acaba d'arribar, de manera que aixeco la tassa i el platet, i els hi ofereixo.

—I em prova força parlar-ne —prossesgueix—, després de tants anys llegint, llegint i llegint. —Calla i fa un glopet de te.— No en parlarà amb ningú?

Faig que no amb el cap. Amb ningú.

—Molt bé —diu. Respira fondo.— Sóc una novella d'una fraternitat coneguda com el Llom Intacte. Té més de cinc-cents anys d'antiguitat. —I afegeix melindrosament:— Tan antiga com els llibres.

Carai! La Lapin, una novella? Però si deu tenir vuitanta anys!

—I com hi va ingressar? —m'arrisco a preguntar.

—Era una de les seves clientes —explica—. Feia que anava a

la botiga prop de... sis o set anys. Un dia estava pagant un llibre... ho recordo tan clarament... quan el senyor Penombra em va mirar als ulls i va dir: «Rosemary» —imita força bé en Penombra—, «Rosemary, com és que li agraden tant els llibres?».

»I vaig respondre: "Home, no ho sé". —Ara se la veu animada, gairebé juvenil:— "M'imagino que m'agraden perquè són silenciosos, i me'ls puc emportar al parc". —Afua els ulls.— Em va mirar i no va dir ni xut. Llavors vaig dir: "Bé, en realitat, m'agraden perquè són els meus millors amics". Llavors va somriure... té un somriure meravellós... i es va allunyar i va pujar a aquella escala de mà, i s'hi va enfilar més amunt del que s'hi havia enfilat mai.

És clar. Ja ho entenc:

—Li va donar un llibre de la Llista-retro.

—Com l'ha anomenada?

—Ah, la... ja sap, les prestatgeries del fons. Els llibres xifrats.

—Són *codices vitae* —diu, pronunciant-ho curosament—. Sí, el senyor Penombra me'n va donar un, i també em va donar la clau per desxifrar-lo. Però va advertir que era l'única clau que em donaria. Que jo hauria de trobar-ne la següent tota sola, i la subsegüent. —La Lapin arruga una mica el front.— Va dir que no trigaria a convertir-me en una dels lligalls, però m'ha resultat molt difícil.

Un moment...

—Els lligalls?

—Hi ha tres categories —explica la Lapin, i les compta amb dits prims—: Novells, lligalls i enquadernats. Per ser dels lligalls, cal resoldre el Trencaclosques del Fundador. És la botiga, ja m'entén. Cal anar d'un llibre a un altre, desxifrant-los un per un, trobant la clau del text. Tots estan desats d'una manera determinada. És com una troca de fil.

Ja ho veig:

—És el trencaclosques que vaig solucionar.

Assenteix una vegada, corruga les celles i fa un glopet de te. Llavors, com si ho recordés tot d'una, diu:

—Sap?, vaig ser programadora, fa anys.

No foti.

—Abans, quan eren grossos i grisos com elefants. Ai, com n'era, de dura, la feina! Vam ser els primers de fer-ho.

Sorprenent.

—I on va ser?

—A Pacific Bell, allà baix al carrer Sutter —indica amb un dit cap al centre de la ciutat—, quan el telèfon encara era alta tecnologia. —Somriu i pestanyeja teatralment.— Sap?, era una joveneta molt moderna, jo.

Oh, ja la crec, ja.

—Però ha passat molt de temps des que feia servir una màquina d'aquelles. I mai no em va passar pel cap fer el que vostè ha fet. Ui, fins i tot això —indica amb un gest de la mà la pila de llibres i papers— ha estat una feinada. Barallant-me amb un llibre després de l'altre. Algunes de les històries són bones, però les altres... —Sospira.

Se sent un soroll de passos a fora, un ric cor de grunyits i seguidament uns trucs ràpids a la porta. Els ulls de la Lapin s'obren alarmats. Els trucs no paren. La porta vibra.

La Lapin s'aixeca de la butaca, gira el pom i apareix en Tyndall, amb els ulls esbatanats i els cabells despentinats, allà plantat amb una mà al cap i l'altra enlairada a mig truc.

—No hi és! —crida, entrant en tromba—. L'han demanat a la biblioteca! Com pot ser? —Descriu cercles ràpids, repetint-se, formant una espiral d'energia nerviosa amb les voltes. Em dóna un cop d'ull, però no s'atura ni afluixa el pas.— No hi és! En Penombra ha desaparegut!

—Maurice, Maurice, calma't —diu la Lapin. El condueix a la butaca, on ell es desploma, retorçant-se i remenant-se.

—Què farem? Què podem fer? Què hem de fer? Amb en

Penombra desaparegut... —a en Tyndall se li apaga la veu, llavors inclina el cap en la meva direcció—: Pot dirigir vostè la botiga?

—Esperi, un moment —replico—. No és pas mort. Simplement ha... no ha dit que ha anat a una biblioteca?

L'expressió del rostre d'en Tyndall diu una cosa molt diferent.

—No tornarà —assegura, negant amb el cap—. No tornarà, no tornarà.

Aquella barreja (ara més de por que de curiositat) s'escampa pel meu estómac. És una sensació desagradable.

—M'ho ha dit l'Imbert, que l'hi ha dit en Monsef. En Corvina està emprenyat. Cremarà el Penombra. El cremarà! I això serà la fi per a mi! La fi per a tu! —Apunta amb un dit la Rosemary Lapin. Ara a ella li tremolen les galtes.

No entenc res.

—Què vol dir que cremaran el senyor Penombra!

—L'home no, el llibre... el seu llibre! —contesta en Tyndall—. Igual de dolent, fins i tot pitjor. Tant de bo fos la carn i no les pàgines. Li cremaran el llibre, com a en Saunders, en Moffat, Don Alejandro, els enemics del Llom Intacte. I aquell, en Glencoe, el pitjor... que tenia una dotzena de novells! Tots abandonats, perduts. —Em mira amb ulls negats, desesperats, i etziba:— Gairebé ho havia enllestit!

No hi ha dubte que m'he embolicat en una secta.

—Senyor Tyndall —dic amb cansament—, on és? On és la biblioteca?

En Tyndall fa que no amb el cap.

—No ho sé. Només sóc un novell. Ara mai, mai... llevat que... —Alça la vista. Se li veu un centelleig d'esperança als ulls, i ho torna a dir:— Pot dirigir vostè la botiga?

Jo no puc dirigir la botiga, però la puc fer servir. Gràcies a en Tyndall, sé que en Penombra té problemes en alguna banda, i sé que és per culpa meva. No entenc com ni per què, però és innegable que he enfonsat en Penombra, i ara estic molt amoïnat per ell. Aquesta secta sembla que podria haver estat pensada per captar específicament gent gran amb debilitat pels llibres (Cienciologia per a vells erudits). Si això és cert, llavors en Penombra ja ha caigut de ple a les seves urpes. Per tant, prou de tafanejar i de fer conjectures: penso escorcollar la Llibreria del Senyor Penombra, Oberta les 24 Hores per trobar les respostes que necessito.

Però primer hi he d'entrar.

És l'endemà, al migdia, i sóc a Broadway, tremolant, contemplant les llunes de l'aparador, quan tot d'una l'Oliver Grone apareix al meu costat. Ostres, que silenciós que és per ser un paio tan gros!

—Què passa? —pregunta.

L'esguardo atentament. I si l'Oliver ha estat captat per aquesta secta?

—Per què t'estàs aquí fora? —demana—. Fa fred.

No. És com jo; no hi està ficat. Però potser té una clau.

Nega amb el cap.

—La porta no ha estat mai tancada. Sempre entro i ocupo el lloc del senyor Penombra, saps?

Exacte, i jo el de l'Oliver. Però ara en Penombra ha desaparegut.

—Ara estem atrapats aquí fora.

—Home. Podríem intentar-ho per l'escala d'incendis.

Vint minuts després, l'Oliver i jo emprem els músculs d'escalada entrenats a les llòbregues prestatgeries de Penombra. Tenim una escala de mà comprada en una ferreteria cinc cantonades més amunt i l'hem col·locada en un carreró estret entre la llibreria i el club de *striptease*.

Un bàrman escanyolit del Booty's també és allà darrere, assegut en una galleda de plàstic capgirada, fent pipades a una cigarreta. Ens mira una vegada i torna a concentrar-se en el mòbil. Pel que sembla, juga a Fruit Ninja.

L'Oliver puja primer mentre jo aguanto l'escala, i després pujo jo rere seu tot sol. Tot això és territori desconegut. Jo tenia la vaga idea que aquest carreró existia i que hi havia una escala d'incendis, però encara no comprenc a quina part de la botiga porta l'esmentada escala d'incendis. A la part de darrere de Penombra, hi ha tot un món que no trepitjo gaire. Enllà de les cridaneres prestatgeries de l'entrada i dels racons del fons de la Llista-retro, hi ha una petita rebotiga amb una tauleta i un lavabo estret, i més enllà, la porta amb el rètol de «PRIVAT» que duu al despatx d'en Penombra. Em prenc aquesta violació de propietat seriosament, igual que em vaig prendre seriosament la regla número dos (sobre la sacrosantedat de la Llista-retro), si més no, fins que en Mat va entrar en escena.

—Sí, la porta duu a un tram d'escales —explica l'Oliver—. Pugen. —Tots dos som a l'escala d'incendis, que fa un grinyol agut quan un de nosaltres canvia el pes d'una cama a l'altra. Hi ha una finestra gran, vidre antic encastat en fusta rascada i corcada. Empenyo i no cedeix. L'Oliver s'ajup, fa un gruny callat de doctorand i l'obre amb un *pop* i un escarritx. Abaixo la mirada cap al bàrman del carreró. Fa cas omís de nosaltres amb la disciplina d'aquell que la necessita a la feina sovint.

Ens esmunyim pel marc de la finestra i accedim a la foscor de l'estudi d'en Penombra a la segona planta.

Se senten rondineigs, arrossegar de peus i un *ai!* remugat en veu alta, i llavors l'Oliver troba un interruptor. Un llum d'una taula llarga dóna una il·luminació ataronjada que ens revela l'espai que ens envolta.

En Penombra és més aficionat a la informàtica del que sembla.

L'escriptori és ple d'ordinadors, tot i que cap està fabricat després de 1987. Hi ha un vell TRS-80 connectat a un televisor boterut marró. També hi ha un Atari oblong i un PC IBM amb una carcassa de plàstic blau brillant. A més de capses allargades plenes de disquets i piles de manuals gruixuts amb els títols impresos en grans majúscules:

MOSSEGANT LA POMA[4]

PROGRAMES DE BASIC PER ENTRETENIR-SE I TREURE'N PROFIT

CLASSE MAGISTRAL DE VISICALC

Vora el PC hi ha una caixa metàl·lica allargada amb dos cèrcols de goma al damunt. Al costat de la caixa es veu un antic telèfon amb disc de marcar i un auricular llarg i corbat. Em penso que la caixa és un mòdem, segurament el més antic del món; quan vols posar-te en línia, col·loques l'auricular sobre els cèrcols, com si l'ordinador estigués fent literalment una trucada de telèfon. Mai no n'havia vist cap físicament, només en blocs exasperants del tipus: «Et pots creure com funcionava això?». M'ha deixat parat, perquè això significa que en Penombra, en algun moment de la seva vida, va fer els primers passos al ciberespai.

A la paret de darrere de l'escriptori hi ha un mapamundi, molt gran i molt antic. En aquest mapa no surt Kenya, ni Zimbabwe, ni l'Índia. Alaska és un espai en blanc. Hi ha xinxetes brillants clavades al paper. Hi ha xinxetes punxant Londres, París i Berlín. Xinxetes que punxen Sant Petersburg, el Caire i Teheran. N'hi ha més... i deuen ser les llibreries, les llibreries petites.

Mentre l'Oliver furga entre les piles de papers, jo encenc el PC. L'interruptor s'activa amb un fort *tac* i l'ordinador cobra

4. «Poma» en anglès és *apple*, igual que la multinacional informàtica. *(N. del t.)*

vida. Sembla un avió enlairant-se; se sent un potent rugit, seguit d'un xirigueig i després una sèrie de *bips* en *staccato*. L'Oliver es tomba de sobte.

—Què fas? —xiuxiueja.

—Busco pistes, igual que tu. —No sé per què xiuxiueja.

—Però, i si hi ha coses delicades? —replica, encara xiuxiuejant—. Com ara porno.

L'ordinador mostra una línia demanant ordres a l'operador. No passa res; me'n puc sortir. Quan treballes amb pàgines web, interactues amb servidors remots d'unes maneres que en realitat no han canviat gaire des de 1987; per tant, torno a pensar com quan era a NewBagel i teclejo algunes instruccions exploratòries.

—Oliver —dic distretament—, has fet mai arqueologia digital?

—No —contesta, abocat sobre uns calaixos—. No toco res que sigui posterior al segle XII.

L'exigu disc dur és ple d'arxius de text amb noms incomprensibles. Quan n'examino un, és un garbuix de caràcters. Així doncs, vol dir que es tracta de dades sense processar, encriptades o... sí. És un dels llibres de la Llista-retro, un dels llibres que la Lapin ha anomenat *codex vitae*. Diria que en Penombra el va transcriure al seu PC.

Hi ha un programa anomenat METODEULER. El marco, faig una profunda alenada, premo la tecla de retorn... i el PC emet uns *bips* de protesta. En un text verd brillant, em diu que hi ha errors al codi (un munt). El programa no funciona. Potser no ha funcionat mai.

—Guaita això —diu l'Oliver des de l'altra banda del despatx.

Està inclinat sobre un llibre gruixut que hi ha al damunt d'un moble arxivador. La coberta és de cuir, gravada com els llibres de registre, i hi diu PECÚNIA. Potser és un llibre de registre privat que recull tots els detalls sucosos del sector del llibre. Però no: quan l'Oliver l'obre, es dóna a conèixer la finalitat del volum. Es tracta d'un llibre de comptabilitat, cada pàgina està dividida en dues amples columnes i dotzenes d'estretes files, i cada fila conté una entrada amb la lletra de pota de mosca d'en Penombra:

FESTINA LENTE CO.	*10.847,00$*
FESTINA LENTE CO.	*10.853,00$*
FESTINA LENTE CO.	*10.859,00$*

L'Oliver fulleja les pàgines del llibre de comptabilitat. Les entrades van de mes a mes i es remunten dècades. Per tant, aquí ho tenim: la Festina Lente Company deu estar relacionada amb en Corvina d'alguna manera.

L'Oliver Grone és un excavador experimentat. Mentre jo jugava als pirates informàtics, ell ha trobat informació útil. Segueixo el seu exemple movent-me per l'habitació pas per pas, buscant pistes.

Hi ha un altre arxivador baix. Al damunt: un diccionari, un tesaurus, un *Publishers Weekly* arrugat de 1993, un menú de plats birmans per emportar. A dins: paper, llapis, gomes elàstiques, una grapadora.

Veig un penjador, buit llevat d'una fina bufanda grisa. He vist en Penombra dur-la anteriorment.

Hi ha fotos amb marcs negres a la paret del davant, vora les escales que duen a baix. Una és de la botiga, però deu ser de fa dècades: és en blanc i negre, i el carrer sembla diferent. En comptes del Booty's del costat, hi ha un restaurant que es deia Arigoni's, amb espelmes i tovalles de quadres. En una altra fotografia, aquesta en color Kodachrome, surt una dona bonica de mitjana edat i cabells rossos tallats *à la garçon* abraçant una sequoia, amb un taló enlairat, somrient a la càmera.

L'última fotografia mostra tres homes posant davant del pont Golden Gate. Un és més gran, amb pinta de professor: nas esmolat i de ganxo, i somriure sorneguer. Un altre és de pit ample i braços grossos, com un culturista de la vella escola. Té bigoti negre i un naixement dels cabells molt enrere, amb un braç mostra el polze a la càmera. L'altre braç envolta les espatlles del tercer home, que és alt i prim, amb... Un moment! El tercer home és en Penombra. Sí, és en Penombra fa molts anys, amb una aurèola de cabells castanys i galtes molsudes. Somriu. Sembla molt jove.

Obro el marc i trec la foto. Al dors, amb lletra d'en Penombra, hi ha una llegenda:

Dos novells i un gran professor
En Penombra, en Corvina, l'Al-Asmari

Extraordinari. L'home més gran deu ser l'Al-Asmari, la qual cosa fa que el del bigoti sigui en Corvina, que ara és el cap d'en Penombra, director general de Llibreries Estranyes Mundials, que al seu torn podria ser la Festina Lente Company. Ha de ser aquest Corvina qui ha fet tornar en Penombra a la biblioteca per rebre un càstig, ser acomiadat, cremat o pitjor. En aquesta foto se'l veu fort i robust, però ara deu ser tan vell com en Penombra. Deu ser un esquelet cruel.

—Guaita això! —em torna a cridar l'Oliver des de l'altra banda de l'habitació. No hi ha dubte que és molt millor detectiu que jo. Primer, el llibre de comptabilitat, i ara això: sosté un horari de l'Amtrak d'impressió recent. El desplega sobre l'escriptori i allà tenim, enquadrada per quatre ratlles ràpides, la destinació del nostre patró.

Penn Station.

En Penombra es dirigeix a la ciutat de Nova York.

Imperis

L'ESCENARI, TAL COM EL VEIG, és el següent: la llibreria està tancada. En Penombra ha acudit, cridat pel seu cap, en Corvina, a la biblioteca secreta que en realitat és la seu de la secta bibliòfila coneguda com el Llom Intacte. Alguna cosa acabarà cremada. La biblioteca és a la ciutat de Nova York, però ningú sap on... encara no.

L'Oliver Grone pensa pujar per l'escala d'incendis i encarregar-se de la botiga almenys durant unes hores cada dia per tenir en Tyndall i els altres contents. Potser l'Oliver esbrinarà alguna cosa més sobre el Llom Intacte, de passada.

Pel que fa a mi, tinc la meva investigació. Per a l'hora d'arribada a l'altre extrem del viatge en tren d'en Penombra (per descomptat que agafarà el tren), encara falten dos dies. Ara mateix travessa amb mandra el centre del país i, si m'afanyo, el puc avançar. Sí: puc interceptar-lo i rescatar-lo. Puc esclarir les coses i recuperar la meva feina. Puc esbrinar exactament què està passant.

Ho explico tot a la Kat, com m'he acostumat a fer. És com deixar que un ordinador resolgui un problema matemàtic molt difícil: introdueixo totes les variables, premo la tecla de retorn i:

—No rutllarà —diu—. En Penombra és un home gran. Tinc

la impressió que tot això fa temps que forma part de la seva vida. Vull dir que, bàsicament, és la seva vida, oi?

—Sí, per tant...

—Per tant, no crec que aconsegueixis que... ho deixi. Vejam, jo sóc a Google des de fa... quant? Tres anys? No és tota una vida ni per casualitat. Però ni tan sols ara et faria cas si vinguessis a buscar-me a l'estació del tren per dir-me que fes mitja volta. Aquesta companyia és la part més important de la meva vida. És la part més important de mi. Passaria de tu olímpicament.

Té raó, i és desconcertant, totes dues coses, perquè això significa que necessitaré un nou pla i perquè, tot i que puc veure que l'encerta amb això que diu, en el fons no hi trobo cap lògica. Jo no he sentit mai res semblant pel que fa a una feina (ni una secta). A mi sí que em podries abordar en una estació de tren per fer que t'escoltés.

—Així i tot, em penso que hauries d'anar a Nova York de totes totes —afegeix la Kat.

—Molt bé, ara sí que no entenc res.

—Tot plegat és massa interessant per no investigar-ho. Què podries fer-hi, si no? Buscar-te una altra feina i preguntar-te per sempre més què se'n va fer, del teu cap?

—Dona, no hi ha dubte que és un pla B...

—La teva primera intuïció era correcta. Simplement has de ser més... —calla i es mossega els llavis— estratègic. I has de deixar que t'hi acompanyi. —Fa un somriure burleta. Evidentment. Com m'hi podria negar?— Google té una sucursal enorme a Nova York —comenta la Kat— i no hi he estat mai, per tant diré que, simplement, vull conèixer l'equip. El meu superior hi estarà d'acord. I tu, què?

I jo, què? Tinc una investigació per fer i compto amb una aliada. Ara l'únic que em cal és un patrocinador.

Deixeu-me que us doni un consell: feu-vos amics d'un milionari quan no tingui amics a sisè de primària. En Neel Shah té una pila d'amics (inversors, empleats, altres empresaris), però, fins a cert punt, ells saben, i ell també, que són amics d'en Neel Shah, el director general. Per contra, jo sóc, i sempre seré, amic d'en Neel Shah, l'amo de la masmorra.

És en Neel qui em farà de patrocinador.

Casa seva fa un doble servei com a seu de la companyia. Quan San Francisco era jove, l'edifici d'en Neel era un parc de bombers amb façana d'obra vista; avui dia és un *loft* ampli i d'obra vista, amb tecnologia d'última generació, com ara altaveus de luxe i Internet de connexió ultraràpida. La companyia d'en Neel s'estén per la planta del parc de bombers, on els bombers del segle XIX menjaven xili amb carn del segle XIX i explicaven acudits del segle XIX. Ara els ha substituït una brigada de joves escanyolits que són justament el contrari: homes que duen vambes de vestir en colors fluorescents, no pas botes negres i pesades, i que quan et donen la mà, no fan una encaixada ferma i grandota, sinó una de fluixa i esquiva. La majoria parlen amb accent... potser això no ha canviat, oi?

En Neel busca programadors prodigiosos, els porta a San Francisco i els assimila. Aquesta és la gent d'en Neel, i el més destacat de tots és l'Igor, que té dinou anys i és de Bielorússia. En paraules d'en Neel, l'Igor va aprendre teoria de matrius tot sol com si res, va fer-se el rei del mambo dels pirates informàtics de Minsk amb setze anys i hauria iniciat directament una perillosa carrera en aquest camp si en Neel no hagués vist la seva habilitat en una demo 3D penjada a YouTube. En Neel li va aconseguir un visat, li va comprar un bitllet d'avió i ja li tenia preparada una taula al parc de bombers quan va arribar. Al costat de la taula hi havia un sac de dormir.

L'Igor m'ofereix la seva cadira i se'n va a buscar el seu patró.

Les parets, totes de fusta gruixuda i obra vista, estan cobertes de pòsters gegants de dones clàssiques: Rita Hayworth, Jane Russell, Lana Turner, totes impreses en blanc i negre setinat. Els monitors reprenen el mateix tema. En alguns les dones surten ampliades i pixelades; en d'altres, es repeteixen una desena de vegades. Al monitor de l'Igor es veu Elizabeth Taylor fent de Cleòpatra, llevat que la meitat de la cara és una imatge en 3D aproximada, un contorn verd que es mou per la pantalla sincronitzadament amb la pel·lícula.

En Neel va fer els milions amb programari intermediari. És a dir, fa programes que empren altres persones que es dediquen a la programació, sobretot de videojocs. Els ven les eines que necessiten de la mateixa manera que un pintor necessita una paleta, o un director de cinema, una càmera. Els ven les eines sense les quals no se'n podrien sortir; unes eines per les quals paguen molts dòlars.

Aniré al gra: en Neel Shah és l'expert mundial capdavanter en física de tetes.

Va crear la primera versió del seu programa avançat de simulació de tetes mentre encara era alumne de segon curs a Berkeley i, poc després, en va vendre la llicència a una empresa coreana que estava produint un joc de voleibol de platja en 3D. El joc era patètic, però les tetes eren fenomenals.

Actualment aquest programa (que ara s'anomena Anatomix), a la pràctica, és l'eina per a la simulació i representació de pits en medis digitals. Es tracta d'un paquet de programes que et permet crear i esculpir, amb un realisme impressionant, l'univers sencer de les mamelles humanes. Un mòdul proporciona variables pel que fa a la mida, la forma i l'autenticitat. (Els pits no són esferes, et dirà en Neel, ni tampoc globus plens d'aigua. Són estructures complicades, pràcticament arquitectòniques.) Un altre mòdul reprodueix els pits (els pinta amb píxels). És un tipus de pell especial, amb una qualitat que resulta lluminosa i molt difícil d'aconseguir. Hi té a veure un efecte que s'anomena translucidesa.

Si treballeu al sector de la simulació de tetes, el programa d'en Neel és l'única opció seriosa. I va més enllà això: gràcies a l'esforç de l'Igor, Anatomix actualment pot reproduir el cos humà sencer, amb un moviment perfectament calibrat i una lluminositat en punts que ni t'hi havies fixat (les mamelles encara són el *modus vivendi* de la companyia).

De debò, em penso que l'Igor i la resta del personal d'en Neel simplement es dediquen a la traducció. Les dades d'entrada (enganxades a les parets, brillant a totes les pantalles) són noies concretes de la història del cinema, conegudes mundialment. Les dades de sortida són models i algoritmes generalitzats. I s'ha filat encara més prim: en Neel t'explicarà, amb el major secretisme, que el seu programa avui dia s'empra en la postproducció de pel·lícules.

En Neel baixa a corre-cuita l'escala de cargol, saludant amb la mà i somrient. A sota de la samarreta grisa adaptada a nivell molecular, duu uns texans rentats a la pedra gens a la moda i unes New Balance brillants amb llengüeta blanca embuatada. Mai no pots escapar del tot de sisè curs.

—Neel —explico quan acosta una cadira—, demà he d'anar a Nova York.

—Què passa? Una feina?

No, el contrari d'una feina:

—El meu cap, un home ja gran, ha desaparegut i provo de seguir-li la pista.

—No em sorprèn gaire —replica en Neel, afuant els ulls.

—Tenies raó —dic. Bruixots.

—T'escolto. —S'acomoda.

L'Igor reapareix, i renuncio a la meva cadira, quedant-me dret per presentar el meu cas. Explico a en Neel el que hem esbrinat. Ho exposo com si fos la introducció d'una aventura de

Naus i Bruixots: el rerefons, els personatges, la intriga que tenim al davant. El grup s'està formant, dic: tinc un truà (aquest sóc jo) i una maga (aquesta és la Kat). Ara em cal un guerrer. (¿Com és que el típic grup d'aventures consisteix en un mag, un guerrer i un truà, per cert? En realitat, haurien de ser un mag, un guerrer i un ric. Altrament, qui pagarà totes les espases, encanteris i habitacions d'hotel?)

A en Neel se li il·luminen els ulls. Ja sabia jo que aquesta seria l'estratègia retòrica correcta. Tot seguit li ensenyo la botiga en 3D, amb l'enigmàtic Fundador, tot arrugat, en perspectiva.

Aixeca les celles. Està impressionat.

—No sabia que sabessis programar —comenta. Afua la mirada i se li inflen els bíceps. Rumia. Finalment diu:— Vols que doni això, a un dels meus nanos? A l'Igor, ell li pot donar un cop...

—Neel, no. No importen, els gràfics.

Tot i això, l'Igor s'hi aboca.

—Fer bona pinta —observa afablement. Rere seu, a la pantalla, la Cleòpatra fa pestanyejar els seus ulls esquemàtics.

—Neel, només necessito volar a Nova York. Demà. —Li adreço la mirada còmplice de l'amistat.— I Neel... necessito un guerrer.

Contreu la cara.

—Em sembla que no... Tinc un munt de feina, aquí.

—Però es tracta d'un escenari de Naus i Bruixots. Tu ho vas dir. Quantes vegades ens hem inventat una cosa així? Ara passa de debò.

—Ho sé, però s'acosta una presentació important i...

Abaixo la veu:

—Ara no t'escaquegis, Nilric Quarteró.

Això ha estat una punyalada a la panxa amb una daga enverinada de truà, i tots dos ho sabem.

—Neel... rec? —repeteix l'Igor amb perplexitat. En Neel em fulmina amb la mirada.

—L'avió té Wi-Fi —apunto—. Aquests nanos no et trobaran a faltar. —Em tombo cap a l'Igor:— Oi?

El Babbage de Bielorússia somriu i nega amb el cap.

Quan era petit i llegia novel·les de fantasia, somiava en magues que estiguessin bones. Mai no vaig pensar que en coneixeria una de debò, però això només era perquè no m'adonava que els mags caminarien entre nosaltres i que els anomenaríem empleats de Google. Ara sóc al dormitori d'una maga que està boníssima, mentre seiem al llit intentant resoldre un problema impossible.

La Kat m'ha convençut que no podré trobar mai en Penombra a Penn Station. Que allò és massa gran, diu (que en Penombra pot baixar del tren i sortir al carrer per massa llocs). I que ho pot demostrar matemàticament. Hi ha un onze per cent de probabilitats que el vegem, i si no ens en sortim, el perdrem sense remei. El que ens cal és un coll d'ampolla.

I el millor coll d'ampolla, evidentment, seria la biblioteca en si. Ara bé, on té la seu el Llom Intacte? En Tyndall no ho sap. La Lapin tampoc. No ho sap ningú.

Una cerca intensiva a Google no revela cap xarxa ni cap adreça de la Festina Lente Company. No surt als diaris, ni a les revistes ni als anuncis classificats encara que et remuntis un segle. A aquests paios no els detecten els radars; són subterranis.

Però ha de ser en algun lloc, oi? Un lloc amb una porta d'entrada. Amb alguna marca? Estic pensant en la llibreria. A l'aparador principal figura el nom d'en Penombra, i hi ha aquell símbol, el mateix que consta als llibres de registre i al llibre de comptabilitat. Dues mans obertes com un llibre. En tinc una foto al mòbil.

—Bona idea —diu la Kat—. Si algun edifici té aquest símbol en alguna banda... una finestra, gravat a la pedra... el podem trobar.

—Ostres, fer un reconeixement complet per les voreres de Manhattan? Trigaríem cinc anys, si fa no fa.

—Vint-i-tres, ben mirat —corregeix la Kat—. Si ho féssim a la manera antiga.

Empeny el portàtil sobre els llençols mentre fa que cobri vida.

—Però a veure si endevines què tenim a Google Street View. Fotografies de tots els edificis de Manhattan.

—Així doncs, restant el temps de caminar amunt i avall, només ens costarà... tretze anys?

—Has de començar a pensar de manera diferent —replica la Kat tot fent petar la llengua i fent que no amb el cap—. És una de les coses que aprens a Google. Allò que resultava tan complicat... ja no ho és.

Encara no comprenc com ens poden ajudar els ordinadors en aquest tipus concret de problema.

—Home, ¿què me'n dius, d'és-sers-hu-mans-i-or-di-nadors —apunta la Kat, fent veu de robot de dibuixos animats— tre-ba-llant-ple-gats? —Els seus dits volen sobre el teclat executant ordres que reconec: l'exèrcit del rei Hadoop torna a la càrrega. Recupera la veu normal:— Podem fer servir el Hadoop per llegir pàgines d'un llibre, oi? Per tant, també podem fer que llegeixi rètols en edificis.

És clar.

—Però cometrà errors —avisa—. El Hadoop probablement ens donarà entre cent mil i cinc mil edificis.

—Per tant, trigarem cinc dies, en comptes de cinc anys.

—Fals! —etziba la Kat—. Perquè, a veure si ho endevines... tenim deu mil amics. S'anomena... —i clica una etiqueta triomfalment, amb la qual cosa apareixen unes lletres grogues a la pantalla— Mechanical Turk. En comptes d'encarregar la feina als ordinadors, com el Hadoop, l'encarrega a gent de debò. A un munt. Sobretot estonians.

Té a les seves ordres el rei Hadoop i deu mil lacais estonians. És imparable.

—Què és el que no paro de repetir-te? —diu la Kat—. Ara tenim tots aquests recursos... que no té ningú més. —Fa que no amb el cap i ho torna a dir:— Que no té ningú més.

Ara també jo faig veu de robot de dibuixos animats:

—La-sin-gu-la-ri-tat-és-a-quí-ma-teix!

La Kat riu i mou símbols per la pantalla. Un gran nombre vermell a la cantonada ens diu que hi ha 30.347 treballadors esperant fer el que els demanem.

—No-ia-hu-ma-na-bo-ni-ca! —Li faig pessigolles a les costelles i clica la finestra equivocada; em clava un cop de colze i continua treballant. Mentre jo observo, ella posa en cua milers de fotos d'adreces de Manhattan. Hi ha façanes de pedra sorrenca, gratacels, edificis de pàrquing, escoles públiques, façanes de botigues... totes capturades per les furgonetes de Google Street View, totes marcades per un ordinador com a possibles contenidores d'un llibre fet amb dues mans, tot i que en la majoria de casos (de fet, en tots menys en un) es tracta d'alguna cosa que l'ordinador ha confós amb el símbol del Llom Intacte: dues mans en posició de pregària, una lletra gòtica ornamentada, un dibuix d'un *brètzel* marró recargolat...

En acabat, envia les imatges a Mechanical Turk (un exèrcit sencer d'éssers impacients abocats sobre portàtils d'arreu del món) juntament amb la foto de referència que li he proporcionat i una pregunta senzilla: coincideixen? Sí o no?

A la pantalla, una petita llegenda en groc diu que la tasca trigarà vint minuts a realitzar-se.

Puc comprendre de què parla la Kat: això és embriagador. Vull dir que l'exèrcit d'ordinadors del rei Hadoop era una cosa, però això és gent de debò. Un munt. Sobretot estonians.

—Ei, ep, a veure si ho endevines! —deixa anar la Kat de sobte, amb un rampell d'emoció animant-li el rostre—. Anunciaran la nova Direcció de Producte aviat.

—Carai. Bona sort?

—Bé, ja ho saps, és completament aleatori. Vejam, és parcialment aleatori. Però també hi entra una mena... d'algoritme. I vaig demanar a en Raj que parlés bé de mi. A l'algoritme.

És clar. Per tant, això significa dues coses: 1) en Cuinetes, el xef, no sortirà escollit mai per dirigir la companyia, en realitat, i 2) si Google no hi posa aquesta noia al càrrec, em canviaré a un altre motor de cerca.

Ens estirem costat per costat al tou llit espacial de la Kat, amb les cames enredades, tenint ara a les nostres ordres més persones que habitants té la petita ciutat on vaig néixer. Ella és la reina Kat Potente amb el seu imperi instantani i jo sóc el seu lleial consort. No els tindrem a les nostres ordres durant gaire temps, però, escolteu: res no dura per sempre. Tots venim a la vida, aconseguim aliats, construïm imperis i morim, tot en un sol instant... potser una única pulsació d'algun processador gegant perdut per alguna banda.

El portàtil emet un so de campaneta baix i la Kat rodola sobre si mateixa per picar el teclat. Encara respirant agitadament, somriu i es col·loca el portàtil sobre la panxa per mostrar-me el resultat d'aquesta gran entesa humanoinformàtica, d'aquesta col·laboració entre un miler de màquines, deu vegades el nombre d'éssers humans, i una noia molt llesta.

És una foto descolorida d'un edifici de pedra baix, en realitat no gaire cosa més que una casa gran. Figures borroses han sortit retratades creuant la vorera del davant; una duu una ronyonera rosa. La casa té barrots de ferro en unes finestres petites i un portal fosc i tètric sota un tendal negre. I gravades a la pedra, gris sobre gris, es veuen dues mans obertes com un llibre.

Són menudes (no gaire més grans que unes mans de debò). Probablement, si passessis caminant per la vorera, no t'hi fixaries. L'edifici és a la Cinquena avinguda, de cara a Central Park, just per sota del carrer del Guggenheim.

El Llom Intacte s'amaga a la vista.

LA BIBLIOTECA

El dependent més estrany en cinc-cents anys

Miro a través d'uns prismàtics blancs de Soldat Imperial. Contemplo aquest mateix petit símbol gris, dues mans obertes com un llibre, gravades a la pedra grisa. M'he enfilat a un banc de la Cinquena avinguda, d'esquena a Central Park, flanquejat per una màquina dispensadora de diaris i un carretó de falàfels. Som a Nova York. En Mat em va deixar els prismàtics abans que marxéssim. Em va advertir que no els perdés.

—Què veus? —demana la Kat.

—Encara res. —Hi ha finestretes molt amunt a la paret, totes protegides amb barrots gruixuts. És una fortalesa petita i avorrida.

El Llom Intacte. Fa pensar en una banda d'assassins, no pas en un grapat d'amants dels llibres. Què es cou en aquest edifici? Hi ha fetitxes sexuals que tinguin a veure amb llibres? Deu ser això. Provo de no imaginar com funciona tot plegat. Has de pagar diners per ser membre del Llom Intacte? Probablement has de pagar un munt de calés. Probablement es fan creuers cars. Estic amoïnat per en Penombra. Hi està tan ficat que no pot veure com és d'extravagant tot això.

És primera hora del matí. Hem vingut directament de l'aeroport. En Neel ve a Manhattan constantment per motius de negocis, i jo hi solia baixar des de Providence, però la Kat és una neòfita pel que fa a Nova York. Mirava bocabadada la resplendor de la ciutat just abans de l'alba, mentre l'avió davallava amb una volta cap al JFK, amb les puntes dels dits sobre el plàstic clar de la finestra, i ha comentat panteixant: «No m'havia fixat que estava tan comprimida».

Ara seiem tranquil·lament en un banc de la ciutat comprimida. El cel s'il·lumina, però ens cobreixen les ombres mentre esmorzem uns *bagels* perfectament imperfectes i cafè fort, provant de semblar normals. L'aire fa olor d'humitat, com si hagués de ploure, i un vent fred escombra el carrer. En Neel dibuixa en una petita llibreta xavales plenes de corbes amb espases plenes de corbes. La Kat ha comprat un *New York Times*, però no sap per on agafar-lo, de manera que potineja el mòbil.

—És oficial —diu, alçant la vista—. Avui comunicaran la nova Direcció de Producte. —No para de recarregar la pàgina una vegada i una altra; em fa l'efecte que es quedarà sense bateria abans de migdia.

Jo vaig alternant pàgines de *La guia dels ocells de Central Park* (comprada al quiosc del JFK) amb mirades furtives pels prismàtics d'en Mat.

Això és el que veig:

A mesura que el volum sonor de la ciutat augmenta i el trànsit comença a recuperar-se per la Cinquena avinguda, una figura solitària arriba apressadament per la vorera del davant. És un home, de mitjana edat, amb una tofa de cabells castanys foscos estarrufats pel vent. Ajusto el focus dels prismàtics. Té un nas rodó i galtes molsudes que el fred ha tornat vermelloses. Duu pantalons foscos i una americana de xeviot que se li cenyeix perfectament al cos; l'hi han fet a mida per a la seva panxa i la corba de les espatlles. Rebota una mica amb fanfarroneria en caminar.

La meva intuïció d'aranya funciona, perquè, efectivament, el Nas Rodó s'atura davant de la porta principal del Llom Intacte, fica una clau al pany i entra amb compte. Dues llums de petits aplics, d'una paret al costat de la porta, s'encenen.

Dono uns copets a l'espatlla de la Kat i assenyalo les llums enceses. En Neel afua la mirada. El tren d'en Penombra entrarà a Penn Station a les 12.01 h del migdia, i fins aleshores observem i esperem.

Després del Nas Rodó, un petit (però uniforme) grup de novaiorquesos d'aspecte increïblement normal creuen la fosca entrada. Per exemple, una noia de brusa blanca i faldilla negra de tub; un quadragenari amb un jersei verd apagat; un paio amb la closca afaitada que semblaria adient per a Anatomix. Podrien ser tots membres del Llom Intacte? No ho sembla pas.

En Neel xiuxiueja:

—Potser s'adrecen a un espectre demogràfic diferent, aquí. Més jove. Més normalet.

Hi ha molts més novaiorquesos que no travessen la porta, per descomptat. Les voreres d'ambdues bandes de la Cinquena avinguda en són plenes, un flux d'humanitat, alts i baixos, joves i vells, guais i penosos. Colles de vianants passen pel nostre costat i em tapen la vista. La Kat està emocionada.

—Està molt comprimida, però hi ha una pila de gent —comenta, observant la riuada humana—. Són... són com peixos. O ocells o formigues, no ho sé. Una mena de superorganisme.

En Neel s'hi fica:

—On et vas criar?

—A Palo Alto —diu. D'allà a Stanford i després a Google; per ser una noia obsessionada amb l'exploració dels límits del potencial humà, la Kat s'ha quedat força a prop de casa.

En Neel assenteix maliciosament.

—Un cervell d'urbanització residencial no pot comprendre la complexitat emergent d'una vorera de Nova York.

—Jo no en sé res, d'això —replica la Kat, i afua els ulls—. Jo, allò amb què tinc la mà trencada, és amb la complexitat.

—Vejam, sé el que penses —diu en Neel, fent que no amb el

cap—. Penses que és una simulació basada en agent, que tothom segueix un conjunt molt senzill de regles —la Kat assenteix— i que, si pots esbrinar aquestes regles, pots reproduir-ne el model. Que pots simular el carrer, després el barri i finalment la ciutat sencera. Oi?

—Exactament. Vejam... és clar. Encara no sé de quines regles es tracta, però les podria investigar i deduir-les, i llavors seria bufar i fer...

—Fals —la talla en Neel, imitant una botzina com en un joc televisiu—. No ho pots fer. Encara que coneguis les regles... i per cert, no hi ha regles... però encara que n'hi hagués, no les podries reproduir en un model. Saps per què?

El meu millor amic i la meva nòvia discuteixen sobre simulacions virtuals. I jo únicament puc seure i escoltar.

La Kat arruga el front.

—Per què?

—No tens prou memòria.

—Au, vinga...

—No. No podries emmagatzemar-ho tot a la memòria. Cap ordinador és prou gran. Ni tan sols el vostre... com l'anomeneu...

—La Caixa Gran.

—Aquest. No és prou gran. Aquesta caixa —en Neel obre els braços per incloure la vorera, el parc, els carrers de més enllà— és més gran.

La gentada sinuosa avança.

En Neel s'avorreix i baixa pel carrer cap al Met, on es proposa fer fotos de referència dels pits de marbre de l'antiguitat. La Kat escriu missatges curts a empleats de Google amb els polzes, seguint rumors sobre la nova DP.

A les 11.03 h del matí, una figura carregada d'espatlles i abric llarg puja pel carrer amb pas vacil·lant. La meva intuïció d'aranya torna a despertar-se; crec que ara puc detectar un cert grau d'estranyesa amb una precisió de laboratori. L'encorbat de pas vacil·lant té cara de mussol de paller, amb un pelut casquet negre de cosac calat sobre les celles espesses que li sobresurten com alerons. En efecte: travessa la fosca entrada.

A les 12.17 h del migdia, un taxi s'atura al davant del Llom Intacte, i en baixa un home alt amb gec de mariner, tancant-se el coll mentre s'inclina per pagar al conductor. És en Penombra, i sembla surrealista veure'l aquí, emmarcat per arbres foscos i pedra clara. Mai no me l'hauria imaginat enlloc més que a l'interior de la seva llibreria. Van al mateix paquet; no pots tenir una cosa sense l'altra. Però aquí el tenim, plantat al bell mig del carrer, en ple Manhattan, potinejant la cartera.

M'aixeco d'un bot i creuo la Cinquena avinguda corrent, esquivant cotxes que avancen lentament. El taxi s'aparta com un teló groc i... *tatxan!* Aquí estic. Primer el rostre d'en Penombra es mostra inexpressiu, llavors afua els ulls, després somriu i finalment tira el cap enrere i deixa anar una forta riallada. No para de riure, de manera que jo també ric. Ens quedem allà un moment, rient-nos l'un de l'altre. Jo, a més, panteixo una mica.

—Jove! —etziba en Penombra—. Deu ser el dependent més estrany que aquesta fraternitat ha vist en cinc-cents anys. Vingui, vingui. —Em porta a la vorera, encara rient.— Què hi fa, aquí?

—He vingut a aturar-lo —responc. La frase sembla desconcertantment greu.— No ha de... —esbufego i panteixo—. No ha d'entrar aquí. No li han de cremar el llibre. O el que sigui.

—Qui li ha parlat de cremar res? —replica en Penombra en veu baixa, aixecant una cella.

—Home —dic—, en Tyndall ho va sentir esmentar a l'Imbert. —Callo.— Qui ho va sentir esmentar a... eeh... en Monsef.

—S'equivoquen —contesta en Penombra secament—. No he vingut aquí per cap càstig. —Deixa anar la paraula *càstig* com si ell estigués molt per sobre d'aquesta mena de coses.— No. He vingut a explicar el meu cas.

—El seu cas?

—Ordinadors, jove —diu—. Tenen la clau. Ho sospitava des de feia algun temps, però mai no havia tingut cap prova que poguessin ser un avantatge per a la nostra feina. I vostè l'ha aportada! Si els ordinadors el poden ajudar a resoldre el Trencaclosques del Fundador, poden fer molt més per aquesta fraternitat. —Tanca la mà en un puny prim i l'enlaira.— He vingut disposat a demanar al Primer Lector que els hem de fer servir. Ho hem de fer!

La veu d'en Penombra té el timbre d'un capitalista que arranca la seva nova empresa.

—Es refereix a en Corvina —apunto—. El Primer Lector és en Corvina.

En Penombra assenteix.

—No em pot seguir aquí dins —amb la mà indica cap enrere, cap a la fosca entrada—, però m'agradaria parlar amb vostè quan acabi. Haurem de pensar quin equip cal comprar... amb quines companyies cal treballar. Necessito la seva ajuda, jove. —Alça la vista per mirar enllà de la meva espatlla.— I no ha vingut sol, oi?

Em tombo per mirar a l'altra banda de la Cinquena avinguda, on hi ha la Kat i en Neel mirant-nos i esperant. La Kat saluda amb la mà.

—Treballa a Google —explico—. Ha ajudat.

—Molt bé —diu en Penombra, fent que sí amb el cap—. Això està molt bé. Però digui'm: com ha trobat aquest lloc?

En contestar, somric:

—Ordinadors.

Remena el cap. Llavors es fica la mà dins el gec de mariner i treu un petit Kindle negre, encara encès, que mostra unes paraules brillants sobre un fons clar.

—Se n'ha comprat un —comento, somrient.

—Buf, més d'un, jove —replica en Penombra, i treu un altre lector de llibres electrònics; és un Nook. Després un altre, un Sony. I un altre més, de la marca KOBO. No fotis! Qui té un KOBO? No em diguis que en Penombra ha creuat el país carregat amb quatre lectors de llibres electrònics!— M'havia de posar una mica al dia —explica, posant-los en una pila inestable—. Però, sap?, aquest —i mostra un últim aparell, aquest superfí i amb carcassa blava— era el meu preferit de tot el lot.

No s'hi veu cap logotip.

—Què és, aquest?

—Aquest? —Remena el misteriós lector de llibres electrònics entre els dits.— El meu deixeble, en Greg... encara no el coneix, vostè. Me l'ha deixat per al viatge. —La veu li agafa un to conspirador.— Va dir que es tractava d'un prototip.

El lector de llibres electrònics anònim és sorprenent: prim i lleuger, amb una coberta no de plàstic, sinó de roba, com la tapa dura d'un llibre. Com és possible que en Penombra hagi aconseguit un prototip? Qui contacte té a Silicon Valley, el meu cap?

—És un aparell extraordinari —observa, afegint-lo a la pila i clavant-hi uns copets—. Tot això és extraordinari. —Calla i llavors alça els ulls cap a mi.— Gràcies, jove. És gràcies a vostè que sóc aquí.

Això em fa somriure. Endavant, senyor Penombra, ja són seus.

—On el podem trobar?

—Al Dolphin and Anchor —diu—. Porti els seus amics. Ho pot trobar pel seu compte... m'equivoco? Faci servir els seus ordinadors. —Fa l'ullet, mitja volta i travessa la fosca entrada de la biblioteca secreta del Llom Intacte.

El mòbil de la Kat ens porta a la nostra destinació. Comença a plovisquejar, de manera que correm la major part del camí.

Quan el trobem, el Dolphin and Anchor és el refugi perfecte, tot de fusta massissa de color fosc i llum somorta de canelobres. Seiem al voltant d'una taula rodona vora una finestra esquitxada de gotes de pluja. Arriba el nostre cambrer, i ell també és perfecte: alt i de pit ample, amb una espessa barba pèl-roja i una actitud que ens anima a tots. Demanem gerres de cervesa; ens les porta amb un plat de pa i formatge.

—Per agafar forces en la tempesta —diu fent l'ullet.

—I si el senyor P no es presenta? —pregunta en Neel.

—Es presentarà —contesto—. Això no m'ho esperava pas. Té un pla. Vull dir que... ha portat lectors de llibres electrònics.

La Kat somriu en sentir-ho, però no alça la vista. Torna a estar enganxada al mòbil. És com una candidata el dia de les eleccions.

A la taula hi ha una pila de llibres i una tassa de metall amb llapis esmolats que deixen anar una olor fresca i penetrant. A la pila es veuen exemplars de *Moby Dick*, *Ulisses*, *L'home invisible*... això és un bar de bibliòfils.

Hi ha una taca clara de cervesa a la coberta posterior de *L'home invisible*, i a dins, els marges són plens de notes a llapis. N'hi ha tantes que amb prou feines es veu el paper: dotzenes d'anotacions de persones diferents que omplen el poc espai que queda. Fullejo el llibre; n'està farcit. Alguns apunts són sobre el text, però la majoria són comentaris d'altres notes. Els marges solen estar ocupats per discussions, però també hi ha altres interrelacions. Algunes, inescrutables: simplement números aquí i allà. Grafits en codi:

6HV8SQ ha passat per aquí

Em bec la cervesa a xarrups i faig petites mossegades al formatge, tractant de seguir les converses al llarg de les pàgines.

Llavors la Kat deixa escapar un petit sospir. Alço la vista cap a l'altra banda de la taula i veig el seu front profundament arrugat. Deixa el mòbil a la taula i el tapa amb un dels gruixuts tovallons blaus del Dolphin and Anchor.

—Què passa?

—Han comunicat per correu electrònic la nova DP. —Fa que no amb el cap.— Aquesta vegada no. —Llavors fa un somriure forçat i allarga la mà per agafar un dels atrotinats llibres de la pila.— No cal fer-ne un gra massa —afegeix, fullejant les pàgines, mirant d'entretenir-se—. De tota manera, és com que et toqui la loteria. Molta casualitat.

No sóc empresari ni home de negocis, però ara mateix res no voldria més que posar en marxa una companyia i fer-la créixer tant com Google, simplement per posar-hi la Kat Potente al capdamunt.

Se sent un corrent d'aire humit. Aparto la vista de *L'home invisible* i veig en Penombra emmarcat a la porta; li cobreixen les orelles flocs de cabells enganxosos i enfosquits a causa de la pluja. Serra les dents.

En Neel s'aixeca d'un bot i el fa passar cap a la taula. La Kat li agafa l'abric. En Penombra tremola i diu en veu baixa:

—Gràcies, bonica, gràcies. —S'acosta encarcaradament a la taula subjectant-se als respatllers de les cadires per cercar suport.

—Senyor P, m'alegro de coneixe'l —diu en Neel, oferint-li la mà—. M'encanta la seva botiga. —En Penombra li fa una encaixada ferma. La Kat el saluda amb un gest de la mà.

—De manera que aquests són els teus amics —observa en Penombra—. M'alegro de coneixe-us a tots dos. —S'asseu i deixa escapar un profund sospir.— No seia en aquest local, davant d'uns rostres tan joves, des de... en fi, des que el meu rostre era així de jove.

Em moro de ganes de saber què ha passat a la biblioteca.

—Per on començo? —deixa anar. S'eixuga la closca amb un tovalló. Arruga el front, torbat.— He explicat a en Corvina què ha passat. Li he parlat del llibre de registre, del seu enginy.

Ho qualifica d'enginy; bon senyal. El nostre cambrer de barba pèl-roja arriba portant una altra gerra de cervesa i la deixa davant d'en Penombra, que fa un gest amb la mà i diu:

—Apunta-ho a la Festina Lente Company, Timothy. Tot això.

Es troba en el seu element. Torna a parlar:

—El conservadorisme d'en Corvina s'ha refermat, tot i que em pensava que ja havia arribat al màxim. I ha fet molt de mal. No en tenia ni idea. —Fa que no amb el cap.— En Corvina diu que Califòrnia m'ha corromput. —És com si escopís la paraula: «corromput».— Ridícul. Li he explicat el que ha fet vostè, jove... Li he explicat que era possible fer-ho. Però s'ha mostrat inflexible.

En Penombra es duu la cervesa als llavis i fa un llarg glop. Tot seguit passeja la mirada de la Kat a en Neel i després a mi, i torna a parlar, a poc a poc:

—Amics meus, tinc una proposta. Però, primer, cal que entenguin una cosa sobre aquesta fraternitat. M'han seguit fins a la seu, però no saben res de la seva finalitat... o els seus ordinadors ja els ho han revelat, també?

Home, sé que té a veure amb biblioteques, novells i gent que acaba sent captada, i llibres que van a petar a la foguera, però tot plegat no té cap ni peus. La Kat i en Neel únicament saben el que han vist a la pantalla del meu portàtil: una seqüència de llums que es mouen per les prestatgeries d'una llibreria estrambòtica. Si cerques «llom intacte» a Google, surt: «Volíeu dir: filet de porc?». Per tant, la resposta correcta és:

—No. Res.

—Llavors farem dues coses —replica en Penombra, assentint—. En primer lloc, els explicaré una mica de la nostra història. Després, per comprendre-ho, han de veure la Sala de Lectura. Allà, la meva proposta quedarà clara, i espero de tot cor que l'acceptaran.

És clar que l'acceptarem. Això és el que es fa en una aventura. Escoltes el problema del vell mag i, en acabat, li promets ajudar-lo.

En Penombra forma un campanar amb els dits.

—Coneixen el nom d'Aldo Manuzio?

La Kat i en Neel neguen amb el cap, però jo assenteixo. Potser l'escola de belles arts va servir per a alguna cosa, al capdavall:

—Manuzio va ser un dels primers impressors —responc—, just després de Gutenberg. Els seus llibres encara són famosos. Són una meravella. —N'he vist diapositives.

—Sí —en Penombra afirma amb el cap—. Va ser a la darreria del segle XV. Aldo Manuzio va reunir copistes i erudits a la seva impremta de Venècia, i allà va fer les primeres edicions dels clàssics. Sòfocles, Aristòtil i Plató. Virgili, Horaci i Ovidi.

Hi fico cullerada:

—I tant, els van imprimir emprant una tipografia nova de trinca, feta per un dissenyador que es deia Griffo Gerritszoon. Era collonuda. Ningú no havia vist res semblant i, bàsicament, encara es considera la tipografia més famosa de la història. Tots els Macs duen preinstal·lada la Gerritszoon. —Però no la Gerritszoon Display. Per això l'has de piratejar.

En Penombra assenteix.

—Tot això ho coneixen prou bé els historiadors i, pel que sembla —aixeca una cella—, els dependents de llibreria. Potser també seria interessant saber que la feina de Griffo Gerritszoon és el pou d'on beu la nostra fraternitat. Fins i tot avui dia, quan els impressors compren aquesta tipografia, ens la compren a nosaltres. —I afegeix a mitja veu.— I no la venem barata, precisament.

Faig una associació d'idees a l'instant: la foneria tipogràfica

FLC és la Festina Lente Company. La secta d'en Penombra explota uns drets de llicència majúsculs.

—Però aquí hi ha el fons de la qüestió —explica—. Aldo Manuzio va ser molt més que un impressor. Va ser un filòsof i un mestre. Va ser el primer de nosaltres. Va ser el fundador del Llom Intacte.

Entesos, això, sens dubte, no ens ho van ensenyar pas al meu curs de tipografia.

—Manuzio creia que als escrits antics s'amagaven veritats molt profundes... entre les quals, la resposta a la nostra pregunta principal.

Té lloc un silenci dens. M'escuro la veu.

—Quina és... la nostra pregunta principal?

I la Kat deixa anar entre dents:

—Com viure eternament?

En Penombra es tomba i la mira de fit a fit. Els seus ulls augmenten de mida, li brillen, i assenteix.

—Quan Aldo Manuzio va morir —diu en veu baixa—, els seus amics i deixebles li van omplir la tomba de llibres... exemplars de tot allò que havia imprès.

A fora, el vent fustiga la porta i la fa vibrar.

—Ho van fer perquè la tomba era buida. Quan Aldo Manuzio va morir, no va deixar cap cadàver.

Així doncs, la secta d'en Penombra té un messies.

—El que sí que va deixar va ser un llibre que ell anomenava el *codex vitae*... el llibre de la vida. Estava escrit en codi, i Manuzio va transmetre la clau a una única persona: el seu gran amic i soci, Griffo Gerritszoon.

Rectificació: la secta té un messies i un deixeble avantatjat. Ara bé, com a mínim el deixeble és un dissenyador. I això mola. I pel que fa al *codex vitae*... ja n'havia sentit parlar. Perquè la Rosemary Lapin va dir que els llibres de la Llista-retro eren *codices vitae*. No entenc res...

—Nosaltres, els deixebles de Manuzio, fa segles que treballem per desxifrar el *codex vitae*. Creiem que conté tots els secrets que va descobrir mentre estudiava els antics... el principal de tots, el secret de la vida eterna.

La pluja esquitxa la finestra. En Penombra agafa una profunda alenada.

—Estem convençuts que, quan aquest secret es reveli finalment, tots els membres del Llom Intacte que han viscut al llarg de la història... tornaran a la vida.

Un messies, un deixeble avantatjat i un rapte místic. Confirmat, confirmat i doblement confirmat. En Penombra, ara mateix, es troba just al límit entre vell entranyablement estrany i vell inquietantment estrany. Dues coses decanten la balança cap al punt entranyable: en primer lloc, el seu somriure entremaliat, que no és pas el somriure d'un pertorbat; els micromúsculs no menteixen pas. I en segon lloc, la mirada dels ulls de la Kat. Està fascinada. M'imagino que la gent creu en coses més estranyes, oi? Els presidents i els papes creuen en coses més rebuscades que no pas això.

—De quants membres parlem? —pregunta en Neel.

—No tants —contesta en Penombra, enretirant la cadira i aixecant-se— perquè no càpiguen en una sola habitació. Vinguin, amics meus. La Sala de Lectura ens espera.

Codex vitae

PARLEM SOTA LA PLUJA, compartint tots un gran paraigua negre que ens han deixat al Dolphin and Anchor. En Neel l'enlaira per damunt nostre (el guerrer sempre sosté el paraigua), amb en Penombra al centre i la Kat i jo arrambant-nos a cada costat. En Penombra no ocupa gaire espai.

Arribem al portal fosc. Aquest lloc no podria ser més diferent de la llibreria de San Francisco: mentre que la d'en Penombra té finestrals alts i hi entra una llum càlida, aquest establiment és de pedra nua i té dos llums que li donen una il·luminació somorta. La d'en Penombra et convida a entrar. Aquest local t'avisa: «No, val més que fotis el camp».

La Kat estira la porta. Sóc l'últim de passar cap a dins i li pessigo el canell en fer-ho.

No estic preparat per a la mediocritat que trobem. M'esperava gàrgoles. I, en canvi, veig que dos sofàs baixos i una tauleta quadrada de vidre formen un petit vestíbul. A la tauleta hi ha escampades revistes de xafarderies. Just al davant hi ha un estret taulell de recepció i al darrere seu el jove de cap rapat que he vist venir per la vorera aquest matí. Duu una jaqueta blava de punt. Damunt seu, a la paret, unes majúscules de pal sec i formes quadrades anuncien:

—Hem tornat per veure el senyor Deckle —diu en Penombra al recepcionista, que pràcticament ni alça la vista. Hi ha una porta de vidre esmerilat, i en Penombra ens hi fa passar. Jo encara continc la respiració esperant-me unes gàrgoles, però no: fem cap a una natura morta d'un verd grisós, una sabana fresca de pantalles grans, envans divisoris i butaques negres d'escriptori de formes corbades. És una oficina. S'assembla a NewBagel.

Els fluorescents emeten un brunzit rere els protectors del sostre. Les taules estan distribuïdes en grups i les ocupen individus que he vist aquest matí amb els prismàtics de Soldat Imperial. La majoria duu auriculars; cap aparta la vista de la pantalla d'ordinador. Per damunt de les seves espatlles encorbades veig un full de càlcul, una bústia d'entrada i una pàgina de Facebook.

Estic desconcertat. Aquest lloc sembla que té un munt d'ordinadors.

Avancem entre els compartiments. Aquí compten amb tots els tòtems del tedi de despatx d'oficines: la màquina del cafè, la nevera de mida mitjana que emet un brunzit, l'enorme impressora làser multifunció que avisa en vermell: «PAPER ENCALLAT». Hi ha una pissarra blanca que mostra generacions de pluges d'idees. Ara mateix, amb gargots d'un blau brillant, diu:

PLETS PENDENTS: 7!!

Continuo esperant que algú alci la vista i es fixi en la nostra petita processó, però tots semblen absorts en la seva feina. El tamborineig apagat dels teclats sona com la pluja de l'exterior. Se sent una rialleta al fons; miro cap allà i veig l'home del jersei verd somrient a la pantalla. Menja iogurt d'un envàs de plàstic. Em fa l'efecte que mira un vídeo.

Hi ha despatxos privats i sales de reunions tot al voltant del perímetre, tots amb portes de vidre esmerilat i petites plaques amb el nom. Aquella a la qual ens dirigim es troba al fons de la sala, i la placa diu:

EDGAR DECKLE / PROJECTES ESPECIALS

En Penombra tanca una mà prima sobre el pom, pica una vegada al vidre i obre la porta.

El despatx és petit, però completament diferent d'allò que hi ha a fora. Forço la vista per adaptar-la al nou contrast de colors: aquí les parets són de colors brillants i més foscos, empaperades amb remolins verds i daurats. El terra és de fusta; s'enfonsa i gemega sota les meves sabates, i els talons d'en Penombra provoquen petits cruixits mentre es desplaça per tancar la porta darrere nostre. La il·luminació també és diferent, perquè surt d'uns llums càlids i no de fluorescents del sostre. I quan la porta es tanca, el brunzit de fons s'apaga i el substitueix un silenci agradable i dens.

També hi ha un escriptori (el bessó idèntic d'aquell que hi ha a la llibreria d'en Penombra) i al darrere seu precisament l'home que he vist per la vorera aquest matí: el Nas Rodó. Duu una bata negra sobre la roba de carrer. Se li arruga per la pitrera, on la subjecta amb una agulla platejada: dues mans obertes com un llibre.

Ara estem sobre la pista.

L'ambient també fa una olor diferent. Fa olor de llibres. Rere l'escriptori, rere el Nas Rodó, hi ha prestatgeries atapeïdes que cobreixen la paret sencera i arriben fins al sostre. Però aquest despatx no és gaire gran. La biblioteca secreta del Llom Intacte, pel que sembla, té les dimensions d'una llibreria d'aeroport de vols interregionals, si fa no fa.

El Nas Rodó somriu.

—Senyor! Benvingut de nou —diu aixecant-se. En Penombra enlaira les mans tot indicant-li que segui. El Nas Rodó adreça la seva atenció a la Kat, a en Neel i a mi.— Qui són els seus amics?

—Són lligalls, Edgar —respon en Penombra ràpidament. Es tomba cap a nosaltres:— Alumnes, aquest és l'Edgar Deckle. Ha vigilat la porta de la Sala de Lectura des de... quant de temps, Edgar? Onze anys?

—Onze exactament —apunta l'Edgar, somrient. Ara somriem tots, m'adono. Ell i la seva cambra són com un bàlsam, després del fred del parc i els compartiments encara més freds.

En Penombra em mira, arruga els ulls:

—L'Edgar va ser dependent a San Francisco, com vostè, jove.

Sento un pessigolleig de desconcert; la típica sensació que el món està molt més interconnectat del que sembla. ¿He llegit la lletra inclinada d'en Deckle al llibre de registre? Feia el torn de nit?

A en Deckle també se li il·lumina el rostre i llavors es posa seriós però de broma:

—Un consell. Una nit sentirà curiositat i es preguntarà si hauria de donar una ullada al club del costat. —Calla.— No ho faci.

Sí, sens dubte ha fet el torn de nit.

Hi ha una butaca davant de l'escriptori (respatller alt i fusta envernissada), i en Deckle indica a en Penombra que segui.

En Neel s'atansa amb aire conspirador i assenyala amb el polze per damunt de l'espatlla cap enrere, a l'oficina:

—De manera que tot això és una tapadora?

—Ah, no, no —replica en Deckle—. La Festina Lente Company és un negoci autèntic. Perfectament autèntic. Gestiona les llicències de la tipografia Gerritszoon —la Kat, en Neel i jo assentim comprensivament, amb complicitat de novells— i molt més. També fa altres coses. Com ara el nou projecte de llibre electrònic.

—Com és, això? —pregunto. Aquesta finalitat sembla molt més lògica del que en Penombra ha donat a entendre.

—No el comprenc totalment —explica en Deckle—, però identifiquem d'alguna manera la pirateria de llibres electrònics per a les editorials. —Se m'inflen els narius en sentir-ho; m'he assabentat d'estudiants universitaris demandats per milions de dòlars. En Deckle s'explica:— És un nou sector de negoci. La nina dels ulls d'en Corvina. Pel que sembla, és molt profitós.

En Penombra assenteix.

—És gràcies a l'esforç d'aquestes persones d'aquí fora que la nostra llibreria obre cada dia.

Bé, ves per on. Els judicis de violació dels drets de llicència tipogràfica i de propietat intel·lectual paguen el meu sou.

—Edgar, aquests tres han solucionat el Trencaclosques del Fundador —apunta en Penombra; tant la Kat com en Neel aixequen les celles en sentir-ho—, i ha arribat el moment que vegin la Sala de Lectura. —Per la manera com ho diu puc veure que ha emprat majúscules.

En Deckle fa un somriure forçat.

—Fantàstic. Felicitats i benvinguts. —Indica amb el cap una renglera de penjadors de la paret, de la meitat pengen americanes i pul·lòvers normals i corrents, a l'altra meitat hi ha bates fosques com la seva.— Doncs, per començar, ja es poden canviar.

Ens traiem les jaquetes. Mentre ens posem la bata, en Deckle s'explica:

—Hem de mantenir les coses ben netes, allà sota. Sé que no semblen gaire afavoridores, però, de fet, estan molt ben dissenyades. Tenen talls als costats perquè un es pugui moure amb llibertat —en Deckle belluga els braços endavant i endarrere— i tenen butxaques interiors per guardar paper, llapis, goma i compàs. —S'obre la bata per mostrar-nos-ho.— A sota tenim articles d'escriptori, però hauran de portar els seus propis estris.

El comentari gairebé resulta encantador: «I no oblidin portar regle el primer dia de secta!». Però on és, això d'«allà sota»?

—Una última cosa —afegeix en Deckle—. Els mòbils.

En Penombra mostra els palmells i belluga els dits, però la resta de nosaltres lliurem els nostres foscos companys tremolosos. En Deckle els posa en una safata de fusta de l'escriptori. Ja conté tres iPhones, a més d'un Neo negre i d'un Nokia atrotinat de color beix.

En Deckle s'incorpora, s'allisa la bata, encreua els braços i clava un cop de cul a les prestatgeries de darrere de la taula. Giren suaument i en silenci (és com si no pesessin i flotessin en la ingravidesa), i mentre es retiren, revelen un espai tenebrós a l'altra banda, on unes escales de cargol davallen en la foscor. En Deckle estira un braç per convidar-nos a passar.

—*Festina lente* —diu amb tota naturalitat.

En Neel deixa escapar un brusc sospir, i sé exactament què vol dir això. Vol dir: «He esperat tota la vida endinsar-me per un passadís secret dissimulat en una prestatgeria». En Penombra s'aixeca i el seguim.

—Senyor —diu en Deckle a en Penombra, fent-se a un costat de les prestatgeries obertes—, si després té un moment, m'agradaria convidar-lo a un cafè. Hem de parlar d'un munt de coses.

—Així serà —contesta en Penombra amb un somrís. I dóna uns copets a l'espatlla d'en Deckle en passar cap a dins:— Gràcies, Edgar.

En Penombra ens guia escales avall. Avança amb compte, agafant-se al passamans, una ampla peça de fusta sobre uns sòlids suports metàl·lics. En Neel el segueix de prop, preparat per subjectar-lo si ensopega. Els esglaons són amples i de pedra clara, i es cargolen tancadament en una espiral que baixa a les profunditats; el camí està mal il·luminat per aplics distribuïts molt espaiadament.

Mentre avancem pas a pas, començo a sentir sorolls. Murmuris apagats; una remor més pronunciada; i, després, ecos de veus. Els esglaons s'aplanen i trobem un marc de llum al davant. El travessem. La Kat esbufega i l'alè li forma una petita bafarada.

No hi ha cap biblioteca. Això és la Batcova.

La Sala de Lectura s'obre davant nostre, allargada i baixa. El sostre està format per sòlides bigues de fusta entrecreuades. Al damunt i entremig, es pot veure un continu de roca clapejada amb tot de juntures i cares irregulars, tot recobert per un vidre brillant. Les bigues s'estenen al llarg de tota la cambra i es veuen en una marcada perspectiva, com una quadrícula cartesiana. En els punts en què es creuen, pengen uns llums brillants que il·luminen l'espai de sota.

El terra també és de roca, però polida com si fos de vidre. Unes taules de fusta envernissada estan distribuïdes en rengleres ordenades, dues a cada banda, fins al fons de la cambra. Són senzilles però massisses, i cadascuna conté un llibre enorme. Tots els volums són negres, i tots estan fixats a les taules mitjançant gruixudes cadenes, també negres.

Hi ha persones a les taules, assegudes i dretes, homes i dones amb bates negres com la d'en Deckle, conversant, fent-la petar, discutint. En deuen ser una dotzena, aquí sota, i fan que això sembli una borsa de valors molt petita. Tots els sorolls es barregen i s'encavalquen: el brogit dels xiuxiueigs, la remor de passos. El frec del llapis sobre el paper, el garranyic del guix sobre la pissarra. Estossecs i corrioles. Més aviat sembla una aula, llevat que tots els alumnes són adults, i no tinc ni idea de què estudien.

Les prestatgeries omplen tot el perímetre de la sala. Estan fetes de la mateixa fusta que les bigues i les taules, i són plenes de llibres. Aquests llibres, a diferència dels volums de les taules, són de colors: vermells, blaus, daurats, de tela i cuir, alguns espellifats, d'altres en perfecte estat. Són un recurs contra la claustrofòbia; sense ells, això d'aquí baix semblaria unes catacumbes, però en omplir les prestatgeries i donar color i textura a la sala, en realitat fa que t'hi sentis còmode i a gust.

En Neel deixa anar un murmuri de satisfacció.

—Què és aquest lloc? —diu la Kat, fregant-se els braços, estremint-se. Els colors potser són càlids, però l'ambient és gèlid.

—Segueixin-me —demana en Penombra. Avança per la sala, fent ziga-zaga entre els grups de bates negres aplegats al voltant de les taules.

Sento un retall de conversa:

—... Brito és el problema, en aquest cas —està dient un home alt i de cabells rossos, sacsejant el gruixut llibre negre de la taula—. Insistia que totes les operacions havien de ser reversibles, quan, en realitat... —Perdo la seva veu, però en pesco una altra:— ... massa preocupat per la pàgina com a unitat d'anàlisi. Imagineu aquest llibre de manera diferent... és una cadena de caràcters, correcte? No té dues dimensions, sinó una. Per tant... —És l'home amb cara de mussol que he vist a la vorera aquest matí, el de les celles cerrudes. Encara va tot encorbat i encara duu posat el casquet de pells, que juntament amb la bata fa que sembli un bruixot al cent per cent. Escriu amb traços bruscos de guix sobre una petita pissarra.

El peu d'en Penombra s'enganxa en un tros de cadena, i l'home provoca un estrèpit en mirar de desenredar-lo. Fa una ganyota i remuga:

—Ridícul.

El seguim en silenci, una breu corrua d'ovelles negres. Les prestatgeries s'interrompen en alguns punts: dues vegades vora unes portes a cada banda de la sala allargada, i una vegada al final de la sala, on cedeixen el lloc a la roca llisa i un faristol de fusta instal·lat sota un brillant focus. És alt i d'aspecte sobri. Deu ser on fan els sacrificis rituals.

A mesura que anem passant, alguns bates negres alcen la vista i callen de sobte, amb els ulls esbatanats. «En Penombra!», exclamen, somrient i allargant la mà. En Penombra assenteix, els torna el somriure i els dóna la mà l'un rere l'altre.

Ens porta a una taula lliure vora el faristol, en un punt il·luminat somortament entre dos llums.

—Han vingut a un lloc molt especial —diu, seient en una cadira. Nosaltres també seiem, recollint-nos els plecs de les bates noves. Parla molt fluixet, amb prou feines se'l sent sobre el xivarri:— No han de parlar-ne mai ni revelar la seva situació a ningú.

Tots assentim alhora. En Neel xiuxiueja:

—Això és extraordinari.

—Home, no és la sala el que ho fa especial —replica en Penombra—. És antic, sens dubte. Però totes les criptes són iguals: una cambra tosca, soterrada, freda i seca. Res de l'altre món. —Fa una pausa.— És el contingut de la sala, el que en realitat resulta sensacional.

Només fa tres minuts que som en aquest celler folrat de llibres i ja he oblidat que la resta del món existeix. No sé què m'hi jugo que aquest lloc està dissenyat per sobreviure a una guerra nuclear. Una d'aquelles portes dóna al rebost de llaunes de mongetes.

—Aquí hi ha dos tresors —prosssegueix en Penombra—. Un és una col·lecció de gran quantitat de llibres i l'altre és un volum únic. —Enlaira una mà ossuda per descansar-la sobre un volum relligat en negre que està encadenat a la nostra taula, idèntic a tots els altres. La coberta diu en altes lletres platejades: MANUZIO.— És aquest volum —anuncia en Penombra—. El *codex vitae* d'Aldo Manuzio. No hi és enlloc més, fora d'aquesta biblioteca.

Un moment...

—Ni tan sols a la seva llibreria?

En Penombra nega amb el cap.

—Cap novell no llegeix aquest llibre. Només els membres numeraris d'aquesta fraternitat... els lligalls i els enquadernats. No en som gaires i només llegim Manuzio aquí.

Això és el que veiem tot al voltant (tot aquest estudi intensiu). Ara bé, també m'he fixat que alguns bates negres apuntaven el seu nas en la nostra direcció. Potser no és tan intensiu, doncs.

En Penombra es tomba a la seva cadira i assenyala amb la mà les parets folrades de llibres.

—I aquest és l'altre tresor. Seguint els passos del Fundador, cada membre d'aquesta fraternitat elabora el seu *codex vitae*, o llibre de la vida. És la labor dels lligalls. En Fedorov, per exemple, que vostè ja coneix —i m'indica amb el cap—, n'és un. Quan acabi, haurà abocat tot el que ha après, tots els seus coneixements, en un llibre com aquests.

Em ve al cap en Fedorov i la seva barba blanca com la neu. Sí, probablement ha après alguna cosa.

—Fem servir el nostre llibre de registre —m'explica— per assegurar-nos que en Fedorov aprofundeix en els seus coneixements. —En Penombra enarca una cella.— Ens hem d'assegurar que comprèn tot allò que va adquirint.

D'acord. S'han d'assegurar que no passa un grapat de llibres per l'escàner.

—Quan jo aprovi el *codex vitae* d'en Fedorov i tot seguit l'accepti el Primer Lector, ell es convertirà en un enquadernat. I llavors, per fi, farà el sacrifici final.

Ep, ostres: un ritual secret al Faristol del Ver Diable. Ho sabia. Em cau bé, en Fedorov.

—El llibre d'en Fedorov es codificarà, es copiarà i s'arxivarà —comenta en Penombra en to avorrit—. I no el llegirà ningú fins després de la seva mort.

—Això és una ximpleria —rondina en Neel. El miro afuant els ulls, però en Penombra somriu i aixeca un palmell obert.

—Fem aquest sacrifici per pura fe —diu—. I ara parlo amb absoluta seriositat. Quan descodifiquem el *codex vitae* de Manuzio, tots els membres de la nostra fraternitat que hagin seguit els seus passos... que hagin creat el seu llibre de la vida i l'hagin arxivat per conservar-lo... tornaran a la vida.

M'esforço per ocultar l'escepticisme que tant vol reflectir-se a la meva cara.

—Què? —demana en Neel—. Com zombis? —Ho diu una mica massa alt, i part dels bates negres es giren per mirar en la nostra direcció.

En Penombra fa que no amb el cap.

—L'essència de la immortalitat és un misteri —replica, parlant tan suaument que ens hem d'acostar per sentir-lo—. Però tot el que sé d'escriure i llegir em diu que això és cert. Ho he intuït en aquestes prestatgeries i en altres.

Jo no em crec pas la part de la immortalitat, però sí que conec aquesta sensació de la qual parla en Penombra. En passejar al costat de les piles de llibres d'una llibreria, en passar els dits pels lloms... és difícil no sentir la presència d'esperits adormits. Només es tracta d'una sensació, no d'un fet, però recordeu (repeteixo): la gent creu en coses més estranyes que aquesta.

—Però, per què no poden descodificar el llibre de Manuzio? —pregunta la Kat. Això és el que li balla pel cap:— Què se'n va fer, de la clau?

—Ah —diu en Penombra—. Ja ho pot ben dir. —Fa una pausa i respira fondo. I llavors:— Gerritszoon va ser tan extraordinari com Manuzio, a la seva manera. Es va estimar més no transmetre la clau. Durant cinc-cents anys... hem discutit la seva decisió.

La manera de dir-ho em fa pensar en aquelles discussions que podrien acabar amb l'ús d'una pistola o una navalla.

—Sense la clau, hem intentat descodificar el *codex vitae* de Manuzio amb tots els mètodes que se us puguin acudir. Hem fet servir la geometria. Hem buscat formes ocultes. Vet aquí l'origen del Trencaclosques del Fundador.

El rostre de la visualització... és clar. Em sento descol·locat una altra vegada. Aquell era Aldo Manuzio mirant-me des del meu MacBook.

—Hem recorregut a l'àlgebra, la lògica, la lingüística, la cristal·lografia... hem comptat amb grans matemàtics entre els nostres membres —explica en Penombra—. Homes i dones guardonats arreu del món.

La Kat s'hi aboca parant tanta atenció que gairebé és a sobre de la taula. Aquí hi ha gat amagat: un codi que cal desxifrar i la clau de la immortalitat, tot junt. Sento un punt d'orgull: jo sóc el que l'ha portada aquí. Google és poca cosa, avui. L'acció té lloc aquí, al Llom Intacte.

—El que han d'entendre, amics meus —adverteix en Penombra—, és que aquesta fraternitat ha funcionat pràcticament de la mateixa manera des de la seva formació fa cinc-cents anys. —Apunta amb un dit els aqueferats bates negres:— Fem servir guix i pissarra, tinta i paper. —Ara canvia de to.— En Corvina creu que, si fem algun canvi, no hi haurà recompensa.

—I vostè —dic (vostè, l'home del Mac Plus)— no hi està d'acord.

Com a resposta, en Penombra es tomba cap a la Kat, i ara la seva veu sí que només és un xiuxiueig:

—Ara arribem a la meva proposta. Si no m'equivoco, joveneta, la seva companyia ha portat un gran nombre de llibres —s'interromp, cercant les paraules adients— a prestatgeries digitals.

Ella assenteix i la seva resposta és tallant com un xiuxiueig:

—El seixanta-u per cent de tot el que hi ha publicat.

—Però vostès no tenen el *codex vitae* del Fundador —diu en

Penombra—. No el té ningú. —Una pausa.— Potser l'haurien de tenir.

I ho entenc de cop i volta: en Penombra proposa un robatori bibliogràfic.

Una de les bates negres passa pel costat de la nostra taula tot arrossegant els peus i portant un gruixut patracol verd de les prestatgeries. És alta i prima, d'aproximadament quaranta anys, ulls somnolents i cabells negres tallats curts. Sota la bata li veig un estampat de flors blaves. Guardem silenci i esperem que s'allunyi.

—Crec que hem de trencar la tradició —prossegueix en Penombra—. Ja sóc gran i, si és possible, m'agradaria veure aquesta obra finalitzada abans que l'únic que quedi de mi sigui un llibre en aquestes prestatgeries.

Un altre flaix: en Penombra és un enquadernat, de manera que el seu *codex vitae* deu ser aquí, en aquesta cova. La idea em fa rodar una mica el cap. Què deu contenir? Què deu explicar?

A la Kat li brillen els ulls.

—El podem escanejar —diu, acariciant el llibre de la taula—. I si hi ha cap codi, el podem desxifrar. Tenim màquines tan potents... que ni s'ho imagina.

Se sent un murmuri a la Sala de Lectura i una onada d'atenció s'estén entre els bates negres. Tots seuen rectes, xiuxiuegen i s'avisen entre si amb petits xiulets.

Al fons de la cambra, on acaben els amples esglaons que vénen de dalt, ha aparegut una figura alta. La seva bata és diferent de la resta; és més treballada, amb plecs extres de tela negra al voltant del coll i rivets vermells al llarg de les mànigues. Li penja de les espatlles com si la dugués tirada per sobre; a sota, apunta un brillant vestit gris.

Es dirigeix de dret cap a nosaltres.

—Senyor Penombra —xiuxiuejo—, em penso que potser...

—Penombra —entona la figura. La seva veu no és alta, sinó

que li surt de molt endins i s'escampa per la sala.— Penombra —repeteix, acuitant el pas. És vell... no tan vell com en Penombra, però gairebé. I això sí, molt més robust. No s'encorba ni fa passes vacil·lants, i em penso que podria amagar uns bons pectorals sota aquest vestit. Duu el cap completament rapat i té un bigoti negre i polit. És Nosferatu en un sergent dels marines.

I ara el reconec. És l'home de la foto amb en Penombra de jove, el xicotàs fort que aixeca els polzes davant del pont Golden Gate. És el superior d'en Penombra, el que paga la llum de la llibreria, el director general de la generosa Festina Lente Company. Aquest és en Corvina.

En Penombra s'aixeca de la cadira.

—Si us plau, et presento tres lligalls de San Francisco —diu. I adreçant-se a nosaltres:— Aquest és el Primer Lector i el nostre superior. —Tot d'una ara fa de subordinat sol·lícit. Fa comèdia.

En Corvina ens avalua amb una mirada freda. Els seus ulls són foscos i centellejants; transmeten una intel·ligència ferotge i bullent. Mira directament en Neel, rumiant, i llavors etziba:

—Digui'm: quina de les obres d'Aristòtil va fer el Fundador primer? —La pregunta es formula amb suavitat però de manera implacable, cada paraula és una bala d'una pistola amb silenciador.

El rostre d'en Neel es mostra inexpressiu. Té lloc un silenci incòmode.

En Corvina es plega de braços i es tomba cap a la Kat:

—Bé, i vostè què? En té idea?

La Kat retorça els dits com si volgués consultar-ho amb el mòbil.

—Ajax, aquí tens molta feina per fer —deixa anar en Corvina, tombant-se cap a en Penombra. Encara callat.— Haurien de recitar el *corpus* sencer. Se l'haurien de saber del revés en grec original.

En sentir això, arrugo el front com si el cap no em rodés després d'assabentar-me que en Penombra té nom de pila i que és...

—Són nous a la feina —replica l'Ajax Penombra amb un sospir. És uns quants centímetres més baix que en Corvina i s'estira per mantenir-se recte, balancejant-se lleugerament. Repassa amb els seus grossos ulls blaus la sala i fa una ganyota d'escepticisme.— Esperava que una visita a aquest lloc els inspiraria, però les cadenes són una mica massa. No estic segur que s'adiguin amb l'esperit...

—Aquí no som tan descurats amb els nostres llibres, Ajax —el talla en Corvina—. Aquí no els perdem.

—Bé, un llibre de registre no és precisament el *codex vitae* del Fundador, i no s'ha perdut pas. Aprofites qualsevol excusa...

—Perquè tu m'ho poses fàcil —replica en Corvina amb fatiga. El seu to és flegmàtic, però ressona dins la cambra. La Sala de Lectura s'ha quedat en silenci, ara. Cap bata negra no xerra, ni es mou, ni, segurament, respira.

En Corvina enllaça les mans a l'esquena; la típica posa de professor.

—Ajax. M'alegro que hagis tornat, perquè ja m'he decidit i vull dir-t'ho en persona. —Una pausa i tot seguit un sol·lícit decantament de cap.— Ja és hora que tornis a Nova York.

En Penombra acluca els ulls.

—He de dirigir una botiga.

—No. No pot continuar —adverteix en Corvina, fent que no amb el cap—. No, estant plena de llibres que no tenen res a veure amb la nostra tasca. No, si la freqüenta un munt de gent que no sap ni un borrall sobre la nostra responsabilitat.

Home, jo no diria ben bé «un munt de gent».

En Penombra calla i abaixa els ulls, amb el front profundament arrugat. Els cabells, grisos, li coronen el cap com un núvol de divagacions. Si se'ls rapés, potser semblaria tan estirat i intimidador com en Corvina. Però, probablement, no.

—Sí, tinc existències d'altres llibres —diu finalment en Penombra—. Com he fet durant dècades. Com va fer el nostre mestre abans que jo. Sé que ho recordes. Sé que la meitat dels meus novells acudeixen a nosaltres perquè...

—Perquè el teu nivell és d'allò més baix —l'interromp en Corvina. La seva mirada ens travessa a la Kat, a en Neel i a mi.— De què serveixen uns lligalls que no es prenen la feina seriosament? Ens tornen més febles, no pas més forts. Ho posen tot en perill.

La Kat corruga les celles. A en Neel li tiben els bíceps.

—Has passat massa temps campant-la lliurement, Ajax. Torna amb nosaltres. Passa el temps que queda entre els teus germans i germanes.

Ara el rostre d'en Penombra és una ganyota.

—A San Francisco hi ha novells, i lligalls. Molts. —La seva veu de sobte sona rogallosa, i la seva mirada es fixa en la meva. Hi veig una dolorosa fiblada i sé que està pensant en en Tyndall, la Lapin i els altres, i en mi i l'Oliver Grone, també.

—Hi ha novells a tot arreu —replica en Corvina, fent un gest despectiu amb la mà—. Els lligalls et seguiran aquí. O no. Però, Ajax, permet-me que sigui perfectament clar. L'ajuda de la Festina Lente Company per a la teva botiga s'ha acabat. No rebràs res més de nosaltres.

A la Sala de Lectura regna el més absolut silenci: no se sent cap remor, cap soroll. Els bates negres claven la vista als seus llibres, però tots escolten.

—Tu tries, amic meu —diu amb calma el Primer Lector—, i jo provo d'ajudar-te perquè ho vegis clar. Ja no som tan joves, Ajax. Si et tornes a concentrar en la teva tasca, encara hi ha temps perquè facis molta feina. Si no... —alça la vista cap al sostre— ... en fi, llavors pots perdre el temps que queda allà fora. —Adreça a en Penombra una mirada dura; una mirada de preocupació (però d'aquelles que no poden ser més condescendents) i al capdavall repeteix:— Torna amb nosaltres.

Llavors fa mitja volta i s'allunya cap als amples esglaons, amb la bata rivetejada de vermell voleiant al darrere. Se sent un barbull d'estris i objectes quan els seus subordinats s'afanyen a pretendre que estudien.

Quan abandonem la Sala de Lectura, en Deckle es torna a oferir per prendre un cafè.

—Necessitarem una cosa més forta, jove —replica en Penombra, provant de somriure i gairebé sortint-se'n (però no del tot)—. M'agradaria molt parlar amb vostè aquesta nit... On? —En Penombra es tomba per traslladar-me la pregunta.

—El Northbridge —apunta en Neel—. Vint-i-nou oest amb Broadway. —És on ens allotgem, perquè en Neel coneix el propietari.

Deixem les bates, agafem els mòbils i tornem a travessar la planta baixa d'un gris verdós de la Festina Lente Company. Mentre arrossego les vambes pel material marró clapejat que cobreix el terra de l'empresa, se m'acut que devem ser just a sobre de la Sala de Lectura (fet i fet, caminem per damunt del sostre). No acabo d'imaginar-me a quina profunditat està. Sis metres? Dotze?

El *codex vitae* d'en Penombra és allà sota. No l'he vist (era en alguna banda, en aquelles prestatgeries, un llom entre molts altres), però m'ha impressionat més que el MANUZIO enquadernat en cuir. Escapem sota l'ombra d'un ultimàtum, i em fa l'efecte que en Penombra podria estar deixant una cosa molt valuosa al darrere.

Un dels despatxos de la paret lateral és més gran que els altres, amb la porta de vidre esmerilat separada de la resta. Ara puc veure clarament la placa amb el nom:

MARCUS CORVINA / PRESIDENT EXECUTIU

Així doncs, en Corvina també té nom de pila.

Una ombra es mou rere el vidre esmerilat, i m'adono que és a dins. Què fa? Negocia per telèfon amb una editorial, exigint sumes exorbitants per l'ús de la sublim Gerritszoon? Ofereix els noms i les adreces d'alguns empipadors pirates de llibres electrònics? Tanca una altra llibreria meravellosa? Parla amb el banc per cancel·lar un pagament periòdic?

Això no és únicament una secta. També és una empresa, i en Corvina és qui mana.

L'Aliança Rebel

PLOU FORT A MANHATTAN, ara; un diluvi fosc i sorollós. Ens hem aixoplugat a la megabotiga de l'hotel, propietat de l'amic d'en Neel, l'Andrei, un altre director general d'una empresa emergent. S'anomena Northbridge i és l'últim amagatall de la pirateria: endolls a cada metre, ambient tan carregat de Wi-Fi que gairebé es pot veure i, al soterrani, connexió directa amb el principal canal d'Internet que passa per sota de Wall Street. Si el Dolphin and Anchor era el cau d'en Penombra, aquest és el d'en Neel. El conserge el coneix. El grum li xoca la mà.

El vestíbul del Northbridge és el centre on es fa bullir l'olla de les empreses emergents de Nova York: a tot arreu on hi ha dues o més persones assegudes plegades, explica en Neel, és que probablement hi ha una nova empresa redactant els articles de l'estatut de societat. Aplegats al voltant d'una tauleta baixa, feta amb llaunes de bobines de cinta magnètica, m'imagino que ens podríem considerar... no pas una empresa, però sí com a mínim una cosa acabada d'instituir. Som una petita Aliança Rebel, i en Penombra és el nostre Obi-Wan. Tots sabem qui és en Corvina.

En Neel no ha deixat de parlar del Primer Lector des que hem marxat:

—I no sé de què va amb aquell bigoti —continua.

—El duu des del dia que el vaig conèixer —explica en Penombra, mostrant un somriure—. Però aleshores no era tan inflexible.

—I com era? —pregunto.

—Com la resta de nosaltres... com jo. Era curiós. Insegur. Com és que jo encara sóc insegur... pel que fa a un munt de coses?

—Home, ara sembla força... segur de si mateix.

En Penombra arruga el front.

—I per què no? És el Primer Lector i li agrada la nostra fraternitat tal com és. —Pica amb un puny prim sobre el tou coixí del sofà.— No cedirà pas. No farà cap prova. Ni tan sols ens deixarà intentar-ho.

—Però a la Festina Lente Company tenien ordinadors —observo. De fet, dirigien una veritable contrainsurgència digital.

La Kat assenteix.

—Sí, en realitat semblen d'allò més moderns.

—Buf, però només per sobre —replica en Penombra, bellugant un dit—. Els ordinadors estan bé per a la feina mundanal de la Festina Lente Company... però no pas per al Llom Intacte. No, això mai.

—Ni els mòbils —apunta la Kat.

—Ni els mòbils. Ni els ordinadors. Res —diu en Penombra, fent que no amb el cap— que Aldo Manuzio en persona no hagués fet servir. I pel que fa a la llum elèctrica... no us creuríeu les discussions que vam tenir sobre aquells fluorescents. Van trigar vint anys. —S'escura la veu.— Estic convençut que Manuzio hauria estat encantat de tenir un o dos fluorescents.

Tothom calla.

Finalment, en Neel parla:

—Senyor P, no s'ha de rendir. Jo podria sufragar la seva botiga.

—Deixem córrer la botiga d'una vegada —diu en Penombra, fent un gest amb la mà—. M'estimo els nostres clients, però hi ha millors maneres d'atendre'ls. Jo no m'aferraré pas a les coses ja conegudes com fa en Corvina. Si ens poguéssim emportar Manuzio a Califòrnia... si vostè, bonica, pogués fer el que va prometre... cap de nosaltres necessitarà aquell local.

Seiem i fem plans. En un món perfecte, ens posaríem d'acord, duríem el *codex vitae* a l'escàner de Google i faríem que aquelles potes d'aranya hi caminessin per sobre. Però no podem treure el llibre de la Sala de Lectura.

—Tenalles —diu en Neel—. Necessitem tenalles.

En Penombra fa que no amb el cap.

—Ho hem de fer en secret. Si en Corvina se n'assabenta, ens empaitarà, i la Festina Lente Company té recursos increïbles.

També coneixen una pila d'advocats. A més, per posar Manuzio a la mercè de Google no ens cal tenir el llibre a les mans. Ens cal en un disc. Per tant, pregunto:

—I si portem l'escàner al llibre, en canvi?

—No és portàtil —apunta la Kat, negant amb el cap—. Vull dir que el pots moure del lloc, però és un procés complicat. Van trigar una setmana a aixecar-lo i endur-se'l a la Biblioteca del Congrés.

Per tant, ens cal una altra cosa o algú altre. Ens cal un escàner personalitzat per portar-lo d'amagat. Ens cal James Bond amb un títol de bibliotecari. Ens cal... Un moment. Sé exactament el que ens cal.

Agafo el portàtil de la Kat i navego fins a la biblioteca pirata d'en Grumble. Repasso els arxius (enrere, enrere, enrere) fins als primers projectes, els que ho van engegar tot... Allà ho tinc.

Oriento la pantalla perquè tothom ho vegi. Mostra una foto nítida del GrumbleGear 3000: un escàner de llibres fet amb cartró. Les peces es poden muntar a partir de capses velles; cal passar-les per un tallat de làser per fer galzes i pestanyes amb tots els angles correctes. Encaixes les peces per fer un marc i seguidament les aixafes quan has acabat. Hi ha dues ranures per a càmeres. Tot plegat cap dins d'una bossa de missatger.

Les càmeres són càmeres barates d'un sol ús, d'aquelles que et pots endur a tot arreu. És el marc el que fa que l'escàner sigui especial. Amb tan sols una càmera, t'hauries d'estirar per sostenir el llibre en l'angle correcte, potinejant-lo per girar cada pàgina. Trigaries dies. Però amb dues càmeres muntades l'una al costat de l'altra en el GrumbleGear 3000, controlades per programari d'en Grumble, obtens una doble pàgina en una sola instantània, perfectament enfocada i perfectament alineada. És alta velocitat, però sense cridar l'atenció.

—Està fet de paper —explico—, així el pots passar per un detector de metalls.

—Ostres, així el pots pujar d'amagat a un avió? —pregunta la Kat.

—No, així el pots entrar d'amagat a una biblioteca —contesto. A en Penombra se li esbatanen els ulls.— Sigui com sigui, en va penjar els plànols. Ens els podem descarregar. Només ens cal reunir els materials i trobar un tallat de làser.

En Neel assenteix i dibuixa un cercle amb un dit tot incloent-hi el vestíbul.

—Aquest és el lloc més tecnofriqui de Nova York. Em penso que podrem aconseguir un tallat de làser.

Suposem que podem muntar un GrumbleGear 3000 i fer que funcioni, ens caldrà una estona a la Sala de Lectura sense que ens empipin. El *codex vitae* de Manuzio és enorme, i escanejar-lo costarà hores.

Qui ho farà? En Penombra camina amb massa inseguretat per passar-lo d'amagatotis. La Kat i en Neel són còmplices de confiança, però tinc altres plans. Tan aviat com es va plantejar la possibilitat de l'escaneig d'un llibre, vaig prendre una decisió: ho faria jo tot sol.

—T'hi vull acompanyar —insisteix en Neel—. És la part emocionant!

—No m'obliguis a fer servir el teu nom de Naus i Bruixots —replico tot enlairant un dit—; no, amb una noia present. —Faig cara seriosa.— Neel, tens una empresa, amb empleats i clients. Tens responsabilitats. Si t'enxampen o, collons!, no sé... et detenen, és un problema.

—I no creus que si et detenen a tu et comporti cap problema, Claymore Mans...

—Ep! —el tallo—. En primer lloc: jo no tinc responsabilitats, en realitat. I en segon lloc: fet i fet, ja sóc un novell del Llom Intacte.

—Vostè va solucionar el Trencaclosques del Fundador —afirma en Penombra—. L'Edgar en donaria fe.

—A més —dic—, jo sóc el truà d'aquest escenari. —La Kat aixeca una cella, i m'explico discretament:— Ell és el guerrer, tu ets la maga i jo sóc el truà. Aquest aclariment no ha tingut lloc mai.

En Neel assenteix una vegada, a poc a poc. Contreu el rostre, però ja no protesta. Bé. Hi aniré tot sol i no en sortiré amb un llibre, sinó amb dos.

Es nota una ratxa de vent fred provinent de la porta principal del Northbridge, i l'Edgar Deckle irromp fugint de la pluja, amb el rostre rodó emmarcat per la caputxa ben ajustada d'un anorac porpra de textura semblant al plàstic. En Penombra li indica que s'acosti. La Kat em mira als ulls; sembla nerviosa. Serà una trobada crucial. Si volem accedir a la Sala de Lectura i al MANUZIO, en Deckle és la clau, perquè ell té la clau.

—Senyor, m'he assabentat d'això de la llibreria —diu, panteixant i acomodant-se al sofà vora la Kat. Es treu amb cautela la caputxa.— No sé què dir. És horrible. Parlaré amb en Corvina. El puc convèncer...

En Penombra enlaira una mà i ho explica tot a en Deckle. Li

parla del meu llibre de registre, de Google i del Trencaclosques del Fundador. Li explica l'enganxada amb en Corvina, la negativa del Primer Lector.

—Ens el treballarem —insisteix en Deckle—. L'hi esmentaré de tant en tant per veure si...

—No —l'interromp en Penombra—. Ell no s'entén de raons, Edgar, i jo no tinc paciència. Sóc una mica més gran que vostè, jove. I crec que el *codex vitae* es pot desxifrar avui... no d'aquí a una dècada, no d'aquí a cent anys, sinó avui!

Em fa l'efecte que en Corvina no és pas l'únic amb una seguretat desmesurada en si mateix. En Penombra confia cegament que els ordinadors ens podran treure de l'embolic. ¿No resulta estrany que jo, la persona que ha engegat aquest projecte, no n'estigui tan segur?

A en Deckle se li esbatanen els ulls. Mira al voltant com si hi pogués haver amagat algun bata negra, aquí, al Northbridge. És probable que no; dubto que ningú d'aquest vestíbul hagi tocat un llibre de paper des de fa anys.

—No ho diu de debò, senyor —xiuxiueja—. Vull dir que recordo quan em va fer introduir tots els títols al Mac, estava tan emocionat, vostè... però no vaig pensar mai... —Agafa una alenada.— Senyor, la fraternitat no funciona així.

Així doncs, va ser l'Edgar Deckle qui va fer la base de dades de la llibreria. Sento un rampell de simpatia entre dependents. Tots dos hem posat els dits al mateix teclat curt amb el seu *tiquitic-tacatac* característic.

En Penombra fa que no amb el cap.

—Només sobta perquè estem empantanegats, jove —diu—. En Corvina ens ha deixat encallats. El Primer Lector no ha estat fidel a l'esperit de Manuzio. —Els seus ulls són com raigs làser de color blau, i clava uns copets sobre la tauleta de llaunes de cintes magnètiques amb un dit llargarut.— Va ser empresari, Edgar!

En Deckle assenteix, però encara sembla neguitós. Té les galtes rosades i es passa els artells pels cabells. És així com comencen tots els cismes? Fent capelletes, xiuxiuejant frases amb ganxo?

—Edgar —diu en Penombra sense alterar-se—, de tots els meus deixebles, vostè és el que aprecio més. Vam passar molts anys plegats a San Francisco, treballant braç a braç. Vostè sí que és fidel a l'esperit del Llom Intacte, jove. —Fa una pausa.— Deixi'ns la clau de la Sala de Lectura una sola nit. És tot el que li demano. En Clay no deixarà cap pista. L'hi prometo.

En Deckle està inexpressiu. Té els cabells molls i despentinats. Busca les paraules encertades:

—Senyor, no em pensava que vostè... no m'hauria imaginat mai... senyor. —Queda callat. El vestíbul del Northbridge no existeix. L'univers sencer és el rostre de l'Edgar Deckle, i el gest pensatiu dels seus llavis, i els indicis que podria dir que no o...

—Sí. —Es redreça. Respira fondo i ho repeteix:— Sí. L'ajudaré, senyor, per descomptat. —Assenteix bruscament i somriu.— És clar que sí.

En Penombra fa un ample somriure.

—Es nota que sé triar els dependents com cal —deixa anar, i allarga el braç per donar uns copets a l'espatlla d'en Deckle. Deixa escapar una riallada.— I tant, que els sé triar!

El pla està traçat.

Demà en Deckle portarà una clau de reserva al conserge del Northbridge. En Neel i jo trobarem la manera de construir el GrumbleGear, la Kat es presentarà a les oficines de Google a Nova York, i en Penombra es reunirà amb un grapat de bates negres que simpatitzen amb la seva causa. Quan es faci de nit, m'emportaré l'escàner i la clau, i m'esquitllaré a la biblioteca secreta del Llom Intacte, on alliberaré MANUZIO... a més d'un altre.

Però tot això serà demà. Ara mateix la Kat s'ha retirat a la nostra habitació. En Neel ha quedat amb un grup de paios de Nova York amb empreses emergents. En Penombra seu al bar de l'hotel tot sol, acaronant un got feixuc amb algun líquid daurat, perdut en els seus pensaments. Resulta una figura estranya en aquest lloc: unes quantes dècades més vell que els altres d'aquest vestíbul, amb la coroneta com un dèbil far en la il·luminació somorta.

Jo sec tot sol en un dels sofàs baixos, abstret amb el meu portàtil i preguntant-me com podem aconseguir un tallat de làser. L'amic d'en Neel, l'Andrei, ens ha proporcionat dos locals diferents de pirates informàtics de Manhattan, però només un tenia tallat de làser i està totalment reservat durant setmanes. Tothom fa coses.

Se m'acut que en Mat Mittelbrand podria conèixer algú en alguna banda. Hi ha d'haver una botiga d'efectes especials en aquesta ciutat que tingui l'eina que ens cal. Envio un missatge d'ajuda pel mòbil:

ncsit un tallat de làser a nova york. Alguna idea?

Transcorren trenta-set segons, i en Mat contesta:

dmnaho a en grumble

És clar. M'he passat mesos examinant la biblioteca pirata, però no he penjat mai res. La pàgina web d'en Grumble disposa d'un fòrum ple d'activitat on la gent demana llibres electrònics determinats i després es queixa de la qualitat d'allò que obtenen. També hi ha un subfòrum tècnic on la gent parla sobre tota mena de punyetes relacionades amb la digitalització de llibres; és on apareix en Grumble personalment per respondre preguntes amb claredat, concisió i minúscules. És en aquest subfòrum on demanaré ajuda:

```
Hola a tothom. Sóc un membre silenciós de la
Grumblematrix que parla per primera vegada.
Aquesta nit em trobo a la ciutat de Nova York
i necessito un tallat de làser Epilog (o si-
milar) com es demana a les instruccions per
construir el GrumbleGear 3000. Tinc pensat
dur a terme un escaneig clandestí al més aviat
possible, i l'objectiu és un dels llibres
més importants de la història de la impres-
sió. Dit d'una altra manera: això podria ser
més gros que Harry Potter. Alguna ajuda?
```

Respiro fondo, comprovo tres vegades els errors de picatge i envio l'apunt. Espero que la patrulla antipirateria de la Festina Lente Company no ho llegeixi.

Les habitacions del Northbridge s'assemblen molt als contenidors blancs del campus de Google: allargades i amb forma de capsa, amb preses per a l'aigua, l'electricitat i Internet. També hi ha llits estrets, però salta a la vista que són una concessió a contracor davant les febleses humanes.

La Kat seu a terra amb les cames encreuades, en roba interior i la samarreta vermella, abocada sobre el seu portàtil. Jo sóc a l'extrem del llit, per damunt seu, amb el Kindle endollat al seu port USB (hum, no es tracta de cap eufemisme) mentre llegeixo *Les cròniques de cançó de drac* per quarta vegada. Finalment, torna a estar animada, després de la decepció de la DP i, retorçant-se per mirar-me, diu:

—És molt emocionant. No em puc creure que no hagi sentit parlar mai d'Aldo Manuzio. —Té aquesta entrada de la Viquipèdia oberta a la pantalla. Reconec aquesta mirada que li veig a la cara; la mateixa que fa quan parla de la Singularitat.— Sempre havia pensat que la clau de la immortalitat serien... no ho sé... robots minúsculs arreglant-te coses dins el cervell —comenta—. I no pas llibres.

He de ser sincer:

—No estic segur que els llibres siguin la clau de res. A veure, va. Això és una secta. I tant. —En sentir-ho, arruga el front.— Però un llibre perdut, escrit per Aldo Manuzio en persona, és important igualment, independentment de la resta. I en acabat, ens podrem endur el senyor Penombra de nou a Califòrnia. Dirigirem la llibreria pel nostre compte. Tinc un pla de màrqueting.

Res d'això la impressiona gens ni mica. I replica:

—Hi ha un equip a Mountain View... els hauríem de parlar del tema. S'anomena Google Forever. Treballen en el sector de la biologia. Tractament del càncer, regeneració d'òrgans, reparació d'ADN.

Tot plegant està agafant un aire absurd.

—Potser una mica de criogènia, de passada?

Alça la vista en actitud defensiva.

—Ho enfoquen des d'un punt de vista integral. —Li passo els dits entre els cabells, que encara són molls de la dutxa. Fa olor de cítric.— No ho acabo d'entendre —diu, torçant el cos per mirar-me—. Com pots suportar que la nostra vida sigui tan curta? És molt i molt curta, Clay.

Per ser francs, la meva vida ha mostrat moltes característiques estranyes i, de vegades, torbadores, però la brevetat no n'és una. Sembla que hagi passat una eternitat des que vaig començar els estudis i una època tecnosocial des que vaig venir a viure a San Francisco. Aleshores ni tan sols em podia connectar a Internet.

—Cada dia s'aprèn alguna cosa sorprenent —insisteix la Kat—, com, per exemple, que hi ha una biblioteca secreta subterrània a la ciutat de Nova York —fa una pausa i obre molt la boca per donar-li efecte, cosa que em fa riure—, i veus que t'esperen moltes més sorpreses. Amb vuitanta anys, no n'hi ha prou. Ni amb un centenar. Tant se val. No n'hi ha prou. —Se li escanya una mica la veu, i m'adono que la Kat Potente té molt interioritzada aquesta idea.

M'inclino, li faig un petó més amunt de l'orella i xiuxiuejo:

—Et faries congelar el coco?

—Per descomptat, és clar que me'l faria congelar. —Alça la vista cap a mi i el seu rostre està molt seriós.— També congelaria el teu. I al cap de mil anys m'ho agrairies.

De temporada

QUAN EM DESPERTO AL MATÍ, la Kat no hi és, ja se n'ha anat a les oficines de Google a Nova York. Al portàtil m'espera un correu (un missatge enviat des del fòrum d'en Grumble). La marca horària diu 3.05 h de la matinada, i és de... collons! És d'en Grumble en persona. El missatge simplement diu:

```
més gros que harry potter eh? digue'm què et
cal
```

Em noto el pols a les orelles. Això és increïble.

En Grumble viu a Berlín, però, pel que sembla, es passa la major part del temps viatjant, fent operacions especials d'escaneig a Londres, París o el Caire. De vegades, potser, Nova York. Ningú no en sap el nom autèntic; ningú no sap quin aspecte té. Podria ser una tia o, fins i tot, un col·lectiu. A la meva imaginació, però, en Grumble és un tio, no gaire més gran que jo. I a la meva imaginació, treballa sol (i entra a la Biblioteca Britànica amb una voluminosa parca grisa i les peces de cartró per a l'escàner de llibres amagades com una armilla antibales sota la roba) però té aliats a tot arreu.

Potser ens trobarem. Potser ens farem amics. Potser em convertiré en el seu aprenent de pirata informàtic. Però m'he de saber enrotllar o, probablement, es pensarà que sóc de l'FBI o, pitjor, de la Festina Lente Company. Per tant, escric:

```
ei, Grumble! gràcies per contestar, tio. sóc
un gran fan teu
```

Bé, no. Premo la tecla suprimir i començo de bell nou:

```
hola. podem aconseguir les càmeres i el car-
tró, però no trobem cap làser. ens pots aju-
dar? PS: d'acord, ho admeto, J. K. Rowling
són paraules majúscules... però Aldo Manuzio
també.
```

Premo enviar, tanco el MacBook i em fico al bany. Penso en herois de la pirateria informàtica i en caps congelats mentre em refrego el xampú pels cabells, sota el calent broll industrial de la dutxa del Northbridge, òbviament dissenyada per a robots, i no pas per a homes.

En Neel m'espera al vestíbul, acabant-se un bol de farinetes de civada a seques i bevent un batut de col verda.

—Ei —diu—, la teva habitació té pany biomètric?

—No, simplement una clau electrònica de targeta.

—La meva figura que em reconeix la cara, però no em deixa entrar. —Arruga el front.— Em sembla que només funciona per als blancs.

—Hauries de vendre millors programes al teu amic —contesto—. Expandir-vos al negoci de l'hostaleria.

En Neel fa girar els ulls.

—Sí, ja. Em penso que no vull expandir-me a més mercats. T'he dit que he rebut un correu del Departament de Seguretat Nacional?

Em quedo de pedra. Això té alguna cosa a veure amb en Grumble? No, és absurd.

—Vols dir recentment?

Fa que sí amb el cap.

—Volen una aplicació que els ajudi a visualitzar diferents tipus de cos sota moltes capes de roba. Com ara burques i aquesta mena de coses.

D'acord, uf!

—Ho faràs?

Fa una ganyota.

—Ni parlar-ne. Encara que no fos una idea indecent... que ho és... ja tinc massa feina. —Fa un xarrup al batut i fa un zoom de color verd brillant amb el cilindre de la palleta.

—T'agrada, oi? —dic a la lleugera—. T'encanta tocar mil tecles alhora.

—Mil tecles, i tant —replica—. Però qui tot ho vol, tot ho perd. Tio, no tinc socis. No tinc personal d'estratègia comercial. I ja ni tan sols em dedico al sector de l'oci! —Parla de codis... o potser de tetes, no n'estic segur.— Sincerament, el que de debò voldria fer és... ser àngel inversor.

En Neel Shah, inversor de capital de risc. A sisè de primària no hauríem somiat mai en això.

—I doncs, per què no ho fas?

—Eeh... em penso que potser sobreestimes quants diners dóna Anatomix —replica, aixecant les celles—. No som Google, ben bé. Per ser àngel inversor, et cal molta pasta. I jo l'únic que tinc és un grapat de contractes de cinc xifres amb companyies de videojocs.

—I estudis de cinema, oi?

—Sst! —fa en Neel, comprovant el vestíbul amb la mirada—. Això no ho pot saber ningú. Hi ha documents molt importants, xaval. —Calla.— Documents amb la signatura de Scarlett Johansson.

Agafem el metro. El següent missatge d'en Grumble va arribar després d'esmorzar i deia:

```
hi ha un grumblegear3k esperant-te al núm. 11
del carrer jay, a dumbo.⁵ demana pel hogwarts
especial. però sense bolets
```

Probablement és el missatge més enrotllat que ha aparegut mai a la meva bústia d'entrada. És una bústia *dead-drop*, i en Neel i jo hi anem ara. Donarem una contrasenya secreta i, al seu torn, ens lliuraran un escàner de llibres per a operacions especials.

El metro avança sotraguejant amb gran estrèpit a través del túnel sota l'East River. Les finestres estan totes fosques. En Neel s'agafa distretament a la barra que té damunt del cap i comenta:

—Estàs segur que no vols treballar a estratègia comercial? Podries dirigir el projecte burca. —Somriu i aixeca les celles, i m'adono que ho diu de debò, com a mínim això de la part de l'estratègia comercial.

—Sens dubte, sóc la persona menys encertada per fer l'estratègia comercial de la teva empresa —replico—. T'ho asseguro. M'hauries d'acomiadar. Seria penós. —No faig broma. Treballar per a en Neel trencaria els termes de la nostra amistat. Ell seria en Neel Shah, el cap, o en Neel Shah, tutor d'empresa... ja no en Neel Shah, amo de la masmorra.

—No t'acomiadaria pas —diu—. Simplement et baixaria de categoria.

—A què, a aprenent d'Igor?

—L'Igor ja té un aprenent. En Dmitriy. És un crac. Podries ser l'aprenent d'en Dmitriy.

5. És un acrònim de Down Under Manhattan Bridge Overpass i es refereix a un barri de Brooklyn vora l'East River. *(N. del t.)*

Estic segur que en Dmitriy ronda els setze anys. No m'agrada com sona tot plegat. Canvio de tema:

—Ei, què me'n dius, de fer les teves pròpies pel·lícules? —proposo—. Mostrar tot allò de què l'Igor és capaç. Engegar un altre Pixar.

En Neel afirma amb el cap en sentir-ho, llavors queda callat una estona, rumiant-hi. I finalment diu:

—Ho faria sense dubtar. Si conegués un director de cinema, el contractaria en un tancar i obrir d'ulls. —Fa una pausa.— O la contractaria. Però si fos una dona, probablement la contractaria a través de la meva fundació.

Exacte: la Fundació Neel Shah per a les Dones de les Arts. És un subterfugi per desgravar impostos, creat per ordre de l'enginyós comptable de Silicon Valley d'en Neel. En Neel em va demanar que li fes una pàgina web comodí per fer que semblés més legal i, fins avui, és el segon encàrrec més depriment que he fet mai. (El de NewBagel per canviar-se la marca a Old Jerusalem encara ocupa el primer lloc.)

—Doncs ja pots començar a buscar —dic.

—Busca tu —replica en Neel. Molt a l'estil de nen de sisè curs. Llavors se li il·luminen els ulls:— De fet... és perfecte. Sí. A canvi de sufragar aquesta aventura, Claymore Mans-Vermelles, et demano aquest favor —i fa veu greu d'amo de la masmorra—: que em trobis un director o una directora de cinema.

El meu mòbil ens guia fins a l'adreça de Dumbo. És en un carrer tranquil vora l'aigua, prop d'un solar amb tanca, eriçat de transformadors de Con Edison. L'edifici és fosc i estret, fins i tot més que el d'en Penombra, i està molt més deteriorat. Sembla que hi hagi hagut un incendi recentment; llargues taques negres pugen al voltant del marc de la porta. Semblaria abandonat si no fos per dues coses: una, un ample rètol de vinil que hi ha enganxat torçadament a la façana i que diu «PASTÍS DE TEMPORADA». I dues, l'agradable olor de pizza que en surt.

A dins, és un desastre (sí, no hi ha dubte que han tingut un incendi), però l'ambient està carregat d'aromes, saturat de carbohidrats. A la part del davant hi ha una tauleta plegable amb una caixa enregistradora oscada. Al darrere, una colla d'adolescents de galtes enceses s'amuntega al voltant d'una cuina provisional. Un fa giravoltar una massa de pasta en cercles insegurs sobre el cap; un altre talla tomàquets, cebes i pebrots. Tres més simplement volten per allà, xerrant i rient. Hi ha un forn de pizza alt rere seu, de metall sense adorns i amb una ampla franja blava de curses automobilístiques que el creua de dalt a baix per la meitat. Té rodes.

D'uns altaveus de plàstic surt música, una melodia confusa i moguda que tinc la sospita que no han sentit més de tretze persones en tot el món.

—Què us puc posar, nois? —crida un dels adolescents per damunt de la música. Bé, potser no és cap adolescent, ben mirat. El personal d'aquest local no té pèl facial; probablement va a l'escola de belles arts. El nostre amfitrió duu una samarreta blanca amb un Mickey Mouse que fa una ganyota i empunya un AK-47.

D'acord, val més que no la cagui:

—Un Hogwarts especial! —li contesto també a crits. El Mickey insurgent assenteix una vegada. I jo afegeixo:— Però sense bolets. —Callo.— Xampinyons, vull dir. —Callo.— Em penso. —Però el Mickey insurgent ja se n'ha anat per consultar-ho amb els companys.

—T'ha sentit? —xiuxiueja en Neel—. No puc menjar pizza. Si finalment ens porten una pizza, serà responsabilitat teva cruspir-te-la. No em deixis menjar-ne gens. Encara que te'n demani. —Calla.— Probablement te'n demanaré.

—Lliga't al pal —replico—. Com Odisseu.

—Com el capità Botes Sangonoses —apunta en Neel.

A *Les cròniques de cançó de drac*, en Fernwen, el nan savi, convenç la tripulació del *Lliri Estrellat* perquè lliguin el capità Botes Sangonoses al pal, després que provés de tallar el coll del drac cantaire. Per tant, sí. Com el capità Botes Sangonoses.

El Mickey insurgent torna amb una capsa de pizza. D'això, en dic ser ràpid.

—Seran setze amb cinquanta —diu. Un moment, que he fet alguna cosa malament? És una broma, això? En Grumble ens ha enredat? En Neel aixeca les celles, però treu un bitllet cruixent de vint dòlars i el lliura. A canvi, rebem una capsa de pizza extragran, amb PASTÍS DE TEMPORADA estampat sobre la tapa en tinta blava regalimant.

La capsa no està calenta.

A fora, a la vorera, l'obro. A dins hi ha piles ordenades de cartró dur, juntament amb formes allargades i planes que tenen galzes i pestanyes per encaixar-les. És un GrumbleGear per peces. Les vores estan socarrimades. Aquestes formes s'han fet amb un tallat de làser.

Escrit en traços de retolador gruixut, sota la cara inferior de la tapa de la capsa, hi ha un missatge d'en Grumble, si és la seva lletra o la dels seus protegits de Brooklyn, no ho sabré mai:

Specialis revelio

De tornada, passem per una botiga d'electrònica no autoritzada pel fabricant i comprem dues càmeres digitals. Després anem al Northbridge tallant pels carrers de la part sud de Manhattan, amb en Neel portant la capsa de pizza i jo les càmeres en una bossa de plàstic que em rebota contra el genoll. Tenim tot el que necessitem. MANUZIO serà nostre.

La ciutat és tota soroll de trànsit i comerç. Els taxis fan sonar el clàxon sota semàfors que es posen en groc; corrues de compradors omplen les voreres de la Cinquena avinguda. La gent s'acumula a cada cantonada, rient, fumant, venent kebabs. San Francisco és una bona ciutat, i bonica, però mai no està tan viva. Inspiro fondo (l'aire és fred i acre, amb gust de tabac i carn misteriosa) i em ve al cap l'advertència d'en Corvina a en Penombra: «Pots perdre el temps que queda allà fora». Ostres. La immortalitat en una catacumba folrada de llibres, sota la superfície de la Terra, o la mort aquí dalt, amb tot això? Jo triaria la mort i un kebab. I en Penombra què? Segons com, sembla més aviat un home d'aquest món, també. Penso en la seva llibreria, amb aquells amples aparadors de vidre. Penso en les primeres paraules que em va adreçar («Què busca en aquestes prestatgeries?»), pronunciades amb un gran somriure afable.

En Corvina i en Penombra van ser amics íntims antigament; n'he vist la prova fotogràfica. En Corvina devia ser molt diferent aleshores... una persona completament diferent. En quin moment fas el canvi? En quin moment has de donar a algú un nom nou? «Em sap greu, no, ja no ets mai més en Corvina. Ara ets en Corvina 2.0»; una actualització discutible. Penso en el jove de la foto vella aixecant els polzes. Ha desaparegut per sempre?

—Seria molt millor que fos una directora de cinema —està dient en Neel—. De debò. Necessito posar més diners en aquesta fundació. Només he concedit una beca, i va ser a la meva cosina Sabrina. —Calla.— Em sembla que podria haver comès una il·legalitat.

Provo d'imaginar-me en Neel al cap de quaranta anys: calb, amb vestit formal, una persona diferent. Provo d'imaginar-me el Neel 2.0 o en Neel Shah, tutor d'empresa (un Neel del qual ja no podria ser amic), però no me'n surto.

De nou al Northbridge, em sorprèn trobar la Kat i en Penombra seient plegats als sofàs baixos, concentrats en la conversa. La

Kat gesticula engrescadament i en Penombra somriu assentint, els ulls blaus li brillen.

Quan la Kat alça la vista, també està somrient.

—Hi havia un altre correu electrònic —deixa anar. Llavors calla, però té el rostre animat i fa ganyotes com si no pogués contenir el que ve a continuació:— Ampliaran la DP a cent vint-i-vuit persones i... jo en seré una. —Els seus micromúsculs bullen d'emoció, i gairebé ho crida:— M'han triat!

La boca li queda una mica oberta. Salta i m'abraça, i jo li torno l'abraçada, i ballem fent una petita giragonsa en aquell vestíbul megaenrotllat del Northbridge.

—Què significa, això? —diu en Neel, deixant la capsa de pizza.

—Em sembla que significa que aquest projecte paral·lel acaba de rebre suport executiu —apunto, i la Kat enlaira els braços ben amunt.

Per celebrar l'èxit de la Kat, tots quatre ens apropem al bar del Northbridge, que està enrajolat amb tot de diminuts circuits integrats d'un negre mat. Seiem en tamborets alts i en Neel ens paga una ronda. Jo prenc una cosa que es diu la Pantalla Blava de la Mort, que en realitat és d'un blau neó amb un LED brillant que fa pampallugues dins d'un dels glaçons.

—D'acord, vejam si ho entenc bé... ets un... dels cent vint-i-vuit directors executius de Google? —diu en Neel.

—No ben bé —respon la Kat—. Tenim un director executiu, però Google és massa complicada perquè la dirigeixi una sola persona; per tant, la Direcció de Producte hi ajuda. Ja m'entens... si hauríem d'entrar en aquest mercat, si hauríem de fer aquesta compra...

—Tia! —etziba en Neel, saltant del tamboret—. Compreu-me!

La Kat riu.

—No n'estic segura, d'això de les tetes en 3D...

—No són únicament tetes! —replica en Neel—. Fem el cos sencer. Braços, cames, deltoides, el que vulguis.

La Kat es limita a somriure i a xarrupar la beguda. En Penombra acarona un dit d'escocès daurat en un got de cul gruixut. Es tomba cap a la Kat.

—Bonica —diu—, creu que Google encara existirà d'aquí a cent anys?

Ella queda callada un moment i llavors assenteix amb vehemència.

—Sí.

—Saps? —diu ell—, un membre força famós del Llom Intacte era amic íntim d'un jove que va fundar una empresa d'ambicions similars. I va dir exactament el mateix.

—Quina empresa? —pregunto—. Microsoft? Apple? —I si Steve Jobs es va interessar per la fraternitat? Potser per això la Gerritszoon ve preinstal·lada a tots els Mac...

—No, no —replica en Penombra, negant amb el cap—. Era l'Standard Oil. —Somriu; ens ha captivat. Remena el got i afegeix:— Han tibat el fil d'una història que s'està desgranant des de fa molt de temps. Alguns dels meus germans i germanes dirien que la seva companyia, bonica, no és gaire diferent de totes les altres que hi ha hagut abans. N'hi ha que assegurarien que ningú de fora del Llom Intacte no ha tingut mai res que ens pugui interessar.

—Com ara en Corvina —esmento com qui no res.

—Sí, en Corvina. —En Penombra fa que sí amb el cap.— I altres també. —Ens mira als tres (a la Kat, a en Neel i a mi) i afegeix discretament:— Però jo m'alegro de tenir-los com a aliats. No sé si entenen les implicacions històriques que tindrà aquesta tasca. Les tècniques que hem perfeccionat al llarg dels segles, ajudades per noves eines... Crec que ens en sortirem. Ho crec de tot cor.

Plegats, amb en Neel llegint les instruccions al meu portàtil i en Penombra lliurant-me les peces, muntem el GrumbleGear 3000 per primera vegada. Les peces estan fetes de cartró ondulat i fan un soroll graciós quan hi passes el polze per sobre. Encaixades, assoleixen una solidesa estructural sobrenatural. Formen un llit inclinat per a un llibre i dos braços a sobre, cadascun amb una enginyosa cavitat per a una càmera (una per a cada pàgina en una doble pàgina). Les càmeres es connecten al meu portàtil, que ara executa un programa anomenat GrumbleScan. El programa, al seu torn, transmet les imatges a un disc dur en negre mat, d'un terabyte, encaixat en una capseta de cartes de joc de la marca Bicycle. Aquest estoig és un graciós detall bandarra d'en Neel.

—Em pots repetir qui ho va dissenyar, això? —demana, repassant les instruccions.

—Un paio que es diu Grumble. És un geni.

—L'hauria de contractar —contesta en Neel—. Bon programador. Gran sentit de les relacions a distància.

Obro *La guia dels ocells de Central Park* i la poso al damunt de l'escàner. El disseny d'en Grumble no s'assembla gaire al de Google (no té apèndixs aràcnids per girar els fulls, de manera que aquesta part l'has de fer tu mateix, com també disparar les càmeres), però funciona. *Flis, flaix, clic.* La conducta migratòria del pit-roig americà queda recollida al disc dur dissimulat. En acabat, plego l'escàner per tenir-lo en peces planes mentre la Kat em cronometra. Trigo quaranta-un segons.

Amb aquest dispositiu al damunt, tornaré a la Sala de Lectura avui just després de mitjanit. Tindré tot el local per a mi sol. Amb velocitat i sigil màxims, escanejaré no un, sinó dos llibres, i en acabat tocaré el dos. En Deckle m'ha avisat que ho he d'haver enllestit i haver marxat, sense deixar cap rastre, amb les primeres llums del matí.

El forat negre

Tot just passa de mitjanit. Pujo a pas viu per la Cinquena avinguda, observant la massa fosca de Central Park a l'altra banda del carrer. Els arbres són siluetes negres retallant-se en un cel grumollós d'un gris porpra. Els taxis grocs són els únics cotxes que hi ha pel carrer, voltant desanimadament buscant algun trajecte. Un em fa llums; li dic amb el cap que no.

La clau d'en Deckle fa un *clec* al tenebrós portal de la Festina Lente Company i, així de fàcil, sóc a dins.

Hi ha un punt vermell que fa pampallugues en la foscor, i gràcies a la informació d'en Deckle sé que és una alarma antirobatori que està connectada amb una empresa de seguretat molt exclusiva. El cor se m'accelera. Ara tinc trenta-un segons per introduir-hi el codi, cosa que faig: 1-5-1-5. És l'any en què va morir Aldo Manuzio... o, si t'empasses els romanços del Llom Intacte: l'any que no va morir.

L'avantsala és a les fosques. Trec una llanterna de la bossa i em lligo la corretja al front. Va ser la Kat qui em va aconsellar dur una llanterna frontal en comptes d'una altra de normal i corrent. «Així pots enfocar i girar els fulls alhora», va dir. La llum il·lumina el rètol «FLC» de la paret i projecta ombres anguloses rere les majúscules. Per un instant em passa pel cap fer espionatge pel meu compte (els podria esborrar la base de dades dels llibres electrònics pirates?), però decideixo que la meva autèntica missió ja és prou arriscada.

Creuo les silencioses oficines externes escombrant amb la llanterna frontal els compartiments que hi ha a banda i banda. La nevera vibra i emet un brunzit; la impressora multifunció fa pampallugues tristament; els salvapantalles evolucionen als monitors projectant una tènue llum blavosa per la sala. Llevat d'això, res més no es mou ni fa cap soroll.

Al despatx d'en Deckle, em salto el canvi de vestimenta i mantinc el mòbil en lloc segur dins de la meva butxaca. Clavo una lleu empenta a les prestatgeries i em sorprèn la facilitat amb què es divideixen i s'enretiren, en silenci i ingràvides. Aquest passadís secret està molt ben engreixinat.

A l'altra banda tot és foscor.

De sobte això sembla una comesa molt diferent. Fins a aquest moment, encara m'havia imaginat la Sala de Lectura com era ahir a la tarda: animada, bulliciosa i, per bé que no acollidora, almenys ben il·luminada. Ara, si fa no fa, és com si contemplés un forat negre. Això és una entitat còsmica de la qual no ha escapat mai ni matèria ni energia, i estic a punt d'entrar-hi.

Abaixo la llanterna frontal. Això durarà una bona estona.

Hauria d'haver preguntat a en Deckle on era l'interruptor de la llum. Per què no l'hi he preguntat?

Els meus passos provoquen llargs ecos. He recorregut el passadís de la Sala de Lectura i està més fosc que un pou, el buit més negre que he vist mai. També fa un fred que pela.

Avanço una passa i decideixo acotar el cap, no alçar-lo pas, perquè, quan miro cap avall, la llum de la llanterna frontal es reflecteix a la roca llisa, i quan miro cap a amunt, desapareix en el no-res.

Vull escanejar aquests llibres i fotre el camp. En primer lloc, he de trobar una de les taules. N'hi ha desenes. No serà difícil.

Començo recorrent el perímetre de la cambra, passant els dits per les prestatgeries, sentint els bonys dels lloms mentre avanço. Estiro l'altre braç, fent tentines, com els bigotis d'un ratolí.

Espero que no n'hi hagi.

Fet. La llanterna frontal enfoca el caire d'una taula i tot seguit veig una feixuga cadena negra i el llibre que lliga. La coberta té unes lletres platejades que m'enlluernen amb reflexos brillants: MANUZIO.

De la bossa de missatger em trec el portàtil i seguidament l'esquelet desmuntat del GrumbleGear. El procés de muntatge resulta més difícil a les fosques, i busco durant massa estona els galzes i les pestanyes, amb por de trencar el cartró. Les següents a sortir de la bossa són les càmeres, i amb una faig una foto de prova. Salta el flaix i il·lumina tota la cambra durant un microsegon resplendent; immediatament me'n penedeixo, perquè em fa mal a la vista i me l'omple de punts vermells. Parpellejo i espero, preguntant-me si hi ha rates i/o ratpenats i/o algun minotaure.

El MANUZIO és descomunal. Encara que no estigués encadenat a la taula, no sé com ningú es podria emportar un d'aquests patracols. L'he d'agafar amb els dos braços en una abraçada incòmoda per posar-lo al damunt de l'escàner. Temo que el cartró no aguanti el pes, però la física em fa costat, aquesta nit. El disseny d'en Grumble aguanta fort.

Així doncs, començo a escanejar. *Flis*, *flaix*, *clic*. El llibre és com tots els altres que he vist a la Llista-retro: una densa matriu de caràcters codificats. *Flis*, *flaix*, *clic*. La segona pàgina és el mateix que la primera, i també la tercera, i la setena. Caic en un estat hipnòtic, girant els grans i monòtons fulls, i fotografiantlos. *Flis*, *flaix*, *clic*. Les lúgubres lletres del MANUZIO és l'únic que existeix a l'univers; entre els flaixos de càmera, només veig foscor amb un brunzit de fons. Amb els dits busco la pàgina següent.

Se sent una vibració. Que hi ha algú més, aquí? Alguna cosa ha fet vibrar la taula.

Vibra de nou. Intento dir: «Qui hi ha?», però se m'ofega al coll, que tinc ressec, i deixo anar un petit rauc.

Una altra vibració. Llavors, abans que tingui temps d'imaginar-me alguna teoria esbojarrada sobre el Guardià Banyut de la Sala de Lectura (òbviament la forma bestial de l'Edgar Deckle), tenen lloc més vibracions, i la cova sencera retrona i tremola, i he d'aferrar l'escàner perquè no es tombi. Amb una onada d'alleujament, m'adono que es tracta del metro, simplement el metro, que passa per l'altra banda de la roca. El soroll es replega i es converteix en un rugit greu en la foscor de la cripta. Finalment s'esvaeix, i em poso a escanejar de nou.

Flis, flaix, clic.

Transcorren molts minuts, o potser més que minuts, i m'envaeix el desànim. Potser el fet és que no he sopat i, per tant, que tinc una baixada de sucre, o potser el fet és que estic tot sol en una cova subterrània, gèlida i negra com un pou. Però, sigui quin sigui el motiu, l'efecte és ben real: sento punyentment la insensatesa de tot aquest embolic, d'aquesta secta absurda. El llibre de la vida? Si amb prou feines es pot considerar un llibre, això! *Les cròniques de cançó de drac. Volum III* és millor, com a llibre, que no pas això.

Flis, flaix, clic.

Però, és clar: jo no el sé llegir. Diria el mateix sobre un llibre en xinès, coreà o hebreu? Les enormes Toràs dels temples jueus tenen aquest aspecte, oi? *Flis, flaix, clic...* espesses quadrícules de símbols inescrutables. Potser són les meves limitacions el que em crispa els nervis. Potser és el fet que no puc comprendre el que estic escanejant. *Flis, flaix, clic.* I si ho sabés llegir? I si donés una ullada a la pàgina i, ja m'enteneu, entengués la broma? O entengués la trama?

Flis, flaix, clic.

No. En girar els fulls d'aquest còdex xifrat, m'adono que els llibres que més m'agraden són com ciutats obertes, amb tota mena de vies per accedir-hi. Aquest totxo és una fortalesa sense porta d'accés. Figura que has d'escalar les muralles, pedra a pedra.

Tinc fred i gana, i estic cansat. No tinc la més petita idea de quanta estona ha passat. Sembla com si m'hagués passat tota la vida en aquesta cambra, amb el somni circumstancial d'un carrer assolellat. *Flis*, *flaix*, *clic*, *flis*, *flaix*, *clic*, *flis*, *flaix*, *clic*. Les mans són grapes fredes, cargolades i encarcarades com si hagués estat jugant tot el dia amb la videoconsola.

Flis, *flaix*, *clic*. Quin videojoc més espantós!

Per fi he acabat.

Enllaço els dits i els plego cap enrere, prement en el buit. Faig petits bots, tractant que els ossos i els músculs recuperin la configuració d'un homínid normal. No rutlla. Em fan mal els genolls. Tinc l'esquena enrampada. Sento fiblades que surten dels polzes i em pugen pels canells. Espero que no sigui res permanent.

Faig que no amb el cap. Em trobo fatal. Hauria d'haver portat una barreta de cereals. De sobte estic convençut que morir de gana en una cova negra com un pou és la pitjor manera de dinyar-la. Això em fa pensar en les parets folrades amb tot de *codices vitae*, i de cop i volta se'm posen els cabells de punta. Quantes ànimes difuntes s'arrengleren (esperant) a les prestatgeries que m'envolten?

Una ànima importa més que la resta. Ha arribat el moment d'acomplir el segon objectiu d'aquesta missió.

El *codex vitae* d'en Penombra és aquí. Tinc fred, tremolo, i vull anar-me'n d'aquí, però he vingut expressament a aquest cau per alliberar no només l'Aldo Manuzio, sinó també l'Ajax Penombra.

Siguem clars: no em crec res d'això. No crec que cap d'aquests llibres puguin concedir la immortalitat. Simplement me n'ha caigut un a les urpes; és paper florit relligat en cuir encara més florit. És un tros de tronc i carn morta. Però, si el *codex vitae* d'en Penombra és la gran obra de la seva vida (si de debò va abocar-hi tot allò que va aprendre, tots els seus coneixements, en un sol llibre), llavors, ja m'enteneu, em penso que algú hauria de fer-ne una còpia de seguretat.

Podria ser una possibilitat remota, però mai més tindré aquesta oportunitat. Per tant, començo a recórrer el perímetre, vinclant-me i tractant de llegir els lloms de costat. Una mirada confirma que no estan col·locats en ordre alfabètic. No, és clar que no. Probablement estan distribuïts segons una classificació supersecreta que només coneix la secta, o segons el nombre primer preferit, o la costura interior, o què sé jo. Per tant, vaig d'un prestatge al següent, endinsant-me cada vegada més en la foscor.

La diversitat entre els llibres és increïble. N'hi ha de gruixuts, de prims; alguns són alts com atles, però també n'hi ha de petits com edicions barates. Em pregunto si se segueix alguna lògica, també; ¿hi ha algun tipus de categoria codificada en correspondència amb cada format de llibre? Alguns estan enquadernats en tela, uns altres en cuir, però també en molts materials que no reconec. Un brilla a la llum de la meva llanterna frontal; està folrat en paper d'alumini.

Tretze prestatgeries més enllà, encara no trobo cap pista del Penombra, i temo haver-me'l passat de llarg. La llanterna projecta un estret con de llum, i no veig tots els lloms, sobretot els que hi ha més a prop del terra...

Trobo un espai buit a les prestatgeries. No: en examinar-lo de més a la vora, no està pas buit, sinó negre. És la forma negra d'un llibre, amb el títol encara vagament visible al llom:

No pot ser... en Clark Moffat, l'autor de *Les cròniques de cançó de drac*, oi? No, és clar que no.

Engrapo el llom i l'estiro, i quan ho faig, el llibre es desintegra. Les cobertes aguanten, però un feix de pàgines ennegrides es deslliga per dins i cau a terra.

—Merda! —remugo, i torno a ficar el que queda de llibre a la lleixa. Deu ser el que volen dir amb allò de cremar. El llibre està tot fet malbé, ha quedat reduït a un receptacle socarrat. Potser és una advertència.

Ara també tinc les mans negres, empastifades de sutge. Pico de mans i bocins del MOFFAT floten cap al terra. Potser és un avantpassat o un cosí llunyà. Hi ha més d'un Moffat al món.

M'ajupo per examinar les restes carbonitzades i la llanterna frontal enfoca un llibre, alt i prim, amb lletres daurades separades al llarg del llom:

PENOMBRA

És ell. Gairebé no goso ni tocar-lo. El tinc aquí mateix (l'he trobat), però de cop i volta sembla un objecte massa íntim, com si estigués a punt de tafanejar la devolució d'hisenda o el calaix de la roba interior d'en Penombra. Què conté? Quines coses explica?

Fico un dit sobre l'extrem de l'enquadernació i el decanto lentament per treure'l de la lleixa. Aquest llibre és preciós. És més alt i prim que els que té al voltant, amb unes cobertes superrígides. Les seves dimensions em recorden més un llibre infantil gran que no pas un diari ocultista. La tapa és d'un blau clar, exactament del color dels ulls d'en Penombra, i també amb la mateixa luminescència, si fa no fa: el color canvia i brilla a la llum de la llanterna. El tacte és suau.

Les restes del MOFFAT són una taca fosca als meus peus, i no permetré que a aquest llibre li passi el mateix, de cap manera. Escanejaré el PENOMBRA.

M'emporto l'antic *codex vitae* del meu patró al GrumbleGear i (per què estic tan nerviós?) l'obro per la primera pàgina. És el mateix desgavell de caràcters que tots els altres, per descomptat. El *codex vitae* d'en Penombra no resulta més llegible que la resta.

Com que és tan prim (una petita part del MANUZIO) no hauria de trigar gaire, però em sorprenc girant més a poc a poc els fulls, provant de desxifrar alguna cosa, el que sigui, de les pàgines. Relaxo la vista, la desenfoco, i les lletres esdevenen clapes d'ombres. Em moro de ganes d'identificar alguna cosa en aquest poti-poti; sincerament, voldria que passés alguna cosa màgica. Però no: si de debò vull llegir l'estranya obra del meu benvolgut amic, hauré d'ingressar a la seva secta. A la biblioteca secreta del Llom Intacte no hi ha textos de franc.

Trigo més del que hauria de trigar, però finalment acabo i he salvat les pàgines del PENOMBRA al disc dur. Més que amb el MANUZIO, em sento com si hagués fet una cosa important. Tanco el portàtil, torno al lloc on he trobat el llibre (marcat per les restes del MOFFAT a terra) i fico de nou al seu lloc el *codex vitae* d'un blau brillant.

Li faig un copet al llom i dic:

—Que dormi a gust, senyor Penombra.

Llavors s'encén la llum.

Estic enlluernat i desconcertat, parpellejo i sóc presa del pànic. Què ha passat? He disparat l'alarma? He caigut en alguna trampa col·locada per a truans que es passen de llestos?

Em trec el mòbil de la butxaca i potinejo desesperadament la pantalla per ressuscitar-lo. Gairebé són les vuit del matí. Com pot ser? Quanta estona he estat recorrent les prestatgeries? Quant he trigat a escanejar el PENOMBRA?

Han encès els llums i ara sento una veu.

Quan era petit, tenia un hàmster. Sempre semblava atemorit per tot; permanentment atrapat i tremolós. Cosa que va tornar la possessió de l'hàmster totalment desagradable durant els divuit mesos que va durar.

Ara, per primera vegada a la vida, m'identifico completament amb el Borrut McPelut. El cor em batega a velocitat d'hàmster, i disparo la mirada al voltant de la cambra buscant alguna sortida. Els brillants llums són focus d'un pati de penal. Em puc veure les mans, puc veure la pila de paper carbonitzat als meus peus i puc veure la taula amb el portàtil i l'escàner muntat al damunt.

També puc veure la forma fosca d'una porta just a l'altre extrem de la cambra.

Corro cap al portàtil, l'agafo d'una revolada, tot seguit també engrapo l'escàner (aixafant el cartró sota els braços) i em dirigeixo a la porta. No tinc ni idea de què és ni on dóna (a les llaunes de mongetes?), però ara sento veus, en plural.

Tinc els dits sobre la maneta. Continc la respiració (si us plau, si us plau, que no estigui tancada) i l'empenyo cap avall. Pobrissó i torturat Borrut McPelut, que mai no va sentir res com l'alleujament d'aquesta porta en cedir. M'hi esquitllo i la tanco al darrere.

A l'altra banda tot és foscor de nou. Em quedo garratibat un instant, subjectant la meva estranya càrrega als braços i prement l'esquena contra la porta. M'obligo a respirar amb regularitat; demano al meu cor d'hàmster que, si us plau, si us plau, afluixi una mica.

Se sent soroll de moviment i conversa rere meu. La porta no acaba d'encaixar del tot a la paret de roca; és com una d'aquelles cabines de vàter en què fa l'efecte que es pot veure tot. Però em dóna la possibilitat de deixar l'escàner a un costat i estirar-me al terra llis i fred per fitar per l'escletxa inferior de mig dit.

Bates negres inunden la Sala de Lectura. Ja n'hi ha una dotzena, i en baixen més per les escales. Què passa? En Deckle es va oblidar de comprovar el calendari? Ens ha traït? Avui és la reunió anual?

M'assec i faig el primer que figura que ha de fer una persona en una emergència: enviar un missatge de text. No hi ha sort. El mòbil m'avisa que «NO HI HA COBERTURA», encara que em posi de puntetes i el desplaci prop del sostre.

M'he d'amagar. Trobaré un raconet, m'hi arrauliré tot formant una bola i esperaré fins demà a la nit per marxar d'amagatotis. Hi haurà el tema de la gana i la set, i potser d'anar al lavabo... però cada cosa al seu temps. La vista se'm torna a adaptar a la foscor, i si enfoco amb la llanterna descrivint un ampli cercle, puc distingir la forma de l'espai que m'envolta. És una cambra de sostre baix plena de formes fosques, totes interconnectades i encavalcades. En la foscor, sembla un escenari d'una pel·lícula de ciència-ficció: hi ha costelles de metall amb vores esmolades i llargues canonades que arriben fins al sostre.

Encara avanço tot fent tentines, quan se sent un suau soroll metàl·lic de la porta, cosa que fa que recuperi el posat d'hàmster. Em precipito cap endavant i m'ajupo rere una de les formes fosques. Alguna cosa se'm clava a l'esquena, rebotant, de manera que estiro el braç per aturar-la; és una vara de ferro, terriblement freda i relliscosa a causa de la pols. Puc atonyinar el bata negra amb aquesta vara? On li pego? A la cara? No estic segur que sigui capaç de pegar ningú a la cara. Sóc un truà, no pas un guerrer.

Una llum càlida omple la cambra, i veig una figura emmarcada al pas de la porta. És rodanxona. És l'Edgar Deckle.

Entra arrossegant els peus i se sent un xipolleig. Porta un pal de fregar i una galleda, que sosté incòmodament amb una sola mà mentre palpa la paret. Se sent un greu brunzit i una llum ataronjada inunda l'habitació. Faig una ganyota i acluco els ulls.

En Deckle fa un fort esbufec quan em veu ajupit al racó amb

la vara de ferro enlairada com si fos un bat de beisbol gòtic. Se li esbatanen els ulls.

—Figurava que havies d'haver marxat, a hores d'ara! —xiuxiueja.

Decideixo no revelar que m'he distret amb el MOFFAT i el PENOMBRA.

—Estava molt fosc —dic.

En Deckle deixa a un costat el pal de fregar i la galleda amb un *clac* i un *plop*. Sospira i s'eixuga el front amb una màniga negra. Jo abaixo la vara. Ara puc veure que estic ajupit vora un moble enorme; la vara és un atiador de ferro.

Inspecciono l'escenari i ja no sembla de ciència-ficció. Estic envoltat de premses d'impremta. Hi ha exemplars de moltes èpoques: una antiga monotip amb tot de palanques i botons; un ample i feixuc cilindre encaixat en un llarg solc, i una rampoina directament sortida del garatge de Gutenberg: un feixuc bloc de fusta en forma espiral, amb un enorme tirabuixó que sobresurt a la punta.

Es veuen caixes i armariets. Hi ha eines de l'ofici de la impressió escampades sobre una àmplia taula de superfície gastada: grans plaques de llibre i llargs rodets de fil gruixut. Sota la taula hi ha cadenes apilades en amplis cercles. L'estufa que tinc a la vora té una gran reixeta somrient i, per sobre, surt una canonada grossa que desapareix pel sostre de la cambra.

Aquí, molt per sota dels carrers de Manhattan, he descobert la impremta més estranya del món.

—Però, el tens? —xiuxiueja en Deckle.

Li ensenyo el disc dur en la seva capsa de cartes Bicycle.

—El tens —diu a mitja veu. La sorpresa no dura gaire; l'Edgar Deckle es refà ràpidament.— D'acord. Em penso que ens en podem sortir. Diria que... sí. —Assenteix per a si mateix.— Deixa'm que m'emporti això —aixeca tres llibres pesats, tots idèntics, de la taula— i torno de seguida. No et moguis.

Es col·loca els llibres contra el pit i se'n va per on ha vingut, sense apagar el llum.

Espero i inspecciono la impremta. El terra és preciós: un mosaic de caràcters, cadascun en una rajola, tots profundament gravats. Tinc l'alfabet als meus peus.

Veig una caixa metàl·lica molt més gran que les altres. La tapa té un símbol conegut: dues mans obertes com un llibre. Per què les organitzacions ho han de marcar tot amb la seva insígnia? És com un gos pixant a cada arbre. Google fa el mateix. Igual que NewBagel.

Emprant les mans, rondino i aixeco la tapa de la caixa. L'interior està dividit en compartiments: uns de llargs, altres d'amples i uns altres de perfectament quadrats. Tots contenen petites piles de tipus de metall: petites lletres gruixudes en 3D, com les que s'arrengleren en una premsa per formar paraules, paràgrafs, pàgines i llibres. I de sobte sé què és.

És la Gerritszoon.

La porta torna a fer un sorollet metàl·lic i em giro per mirar: en Deckle és allà darrere amb la mà ficada dins la bata. Per un instant tinc la certesa que es fa el ximple, que finalment ens ha traït i que ara l'han enviat a matar-me. Complirà l'ordre d'en Corvina... potser m'esclafarà el crani sota la premsa Gutenberg. Però si té intencions homicides, ho dissimula a la perfecció: el seu rostre és franc, amistós, còmplice.

—Això és l'herència —explica en Deckle, fent un gest amb el cap en direcció a la caixa de la Gerritszoon—. Fabulós, oi?

S'acosta com si estiguéssim fent tranquil·lament una volta per aquí, molt avall de la superfície de la Terra, i s'ajup per passar uns dits rosats sobre els tipus. Agafa una *e* diminuta i l'enlaira a l'altura de l'ull.

—La lletra que més es fa servir de l'alfabet —comenta, girant-la i examinant-la. Arruga el front.— Està molt gastada.

El metro retruny a través de la roca i fa vibrar tot el recambró. Els tipus Gerritszoon dringuen i trontollen; es produeix una petita allau d'*as*.

—No és gaire cosa —dic.

—Es gasten —explica en Deckle, tornant a llançar l'*e* al seu compartiment—. Trenquem lletres però no podem fer-ne de noves. Perdem els originals. Una de les grans tragèdies de la fraternitat. —Alça els ulls cap a mi.— Hi ha persones que es pensen que si canviem la tipografia, els *codices vitae* nous no seran vàlids. Creuen que estem lligats a la Gerritszoon per sempre.

—Podria ser pitjor —contesto—. Probablement és la millor...

Se sent un soroll a la Sala de Lectura; sona una nítida campaneta que deixa un llarg eco. Els ulls d'en Deckle centellegen.

—És ell. Hora de marxar. —Tanca suaument la caixa, busca a la ronyonada i treu un quadrat plegat de teixit negre. És una altra bata.— Posa-te-la —diu—. No et moguis. Queda't entre les ombres.

L'enquadernació

HI HA UN MUNT DE BATES NEGRES al fons de la sala, vora el faristol de fusta; dotzenes. Hi són tots? Parlen i xiuxiuegen, empenyent taules i enretirant cadires. Estan preparant les coses per a alguna cerimònia.

—Tropa, tropa! —crida en Deckle. Els bates negres se separen i li obren pas.— Qui porta fang a les sabates? Veig petjades. Justament ahir vaig fregar el terra.

És cert: el terra brilla com si fos de vidre, reflectint els colors de les prestatgeries, fent-los reverberar com pastels càlids. És meravellós. La campaneta torna a sonar i l'eco ressona a la cova aixecant un cor estrident. Els bates negres s'alineen al davant del faristol, de cara a una figura, que, naturalment, és en Corvina. Em situo just al darrere d'un erudit alt de cabells rossos. Tinc el portàtil i la carcassa arrugada del GrumbleGear ficades a la bossa, que duc penjada a l'espatlla i amagada sota la bata negra, nova de trinca. Acoto el cap entre les espatlles. Aquestes bates haurien de tenir caputxa.

El Primer Lector té una pila de llibres davant seu, al faristol, i els pica amb dits abotifarrats. Són els llibres que en Deckle ha recuperat de la impremta fa un moment.

—Germans i germanes del Llom Intacte —diu en Corvina—. Bon dia. *Festina lente.*

—*Festina lente* —mussiten tots els bates negres en resposta.

—Us he reunit aquí per parlar de dues coses —prossegueix en Corvina—, i aquesta és la primera. —Enlaira un dels llibres enquadernats en blau i el sosté perquè tothom el vegi.— Després de molts anys de feina, el vostre germà Zaid ha presentat el seu *codex vitae.*

En Corvina assenteix, i un dels bates negres s'avança i es tomba de cara a la gent. L'home té prop de cinquanta anys, de constitució corpulenta sota la bata. Té cara de boxejador, amb nas aixafat i galtes picades. Aquest deu ser en Zaid. Es posa recte, amb les mans enllaçades a l'esquena. Té el rostre contret; s'esforça per reunir valor.

—En Deckle ha validat l'obra d'en Zaid i jo he llegit el seu llibre —explica en Corvina—. L'he llegit tan atentament com sé. —Aquest paio és d'allò més carismàtic; la seva veu transmet una seguretat discreta però irresistible.

Té lloc una pausa, i la Sala de Lectura queda en silenci. Tothom espera l'opinió del Primer Lector. Finalment, en Corvina es limita a dir:

—És magistral.

Els bates negres xisclen d'alegria i s'abalancen per abraçar en Zaid i donar-li la mà tots alhora. Tres erudits propers on sóc jo comencen a entonar una cançó que recorda la que fa «for he's a jolly good fellow», però no n'estic segur perquè és en llatí. Aplaudeixo per no desentonar amb la resta. En Corvina alça una mà per fer callar la gent. Tots tornen enrere i es calmen. En Zaid encara està plantat allà al davant, i ara alça una mà per tapar-se els ulls. Plora.

—Avui, en Zaid està enquadernat —proclama en Corvina—. El seu *codex vitae* s'ha xifrat. Ara l'arxivarem i la clau romandrà en secret fins a la seva mort. Tal com Manuzio va triar Gerritszoon, en Zaid ha triat un germà de confiança perquè li guardi la clau. —En Corvina fa una pausa.— És l'Eric.

Bravos dispersos de nou. Conec l'Eric. És allà, a la fila del davant, una cara pàl·lida sota una barba esquitxada de negre: el correu d'en Corvina amb la botiga de San Francisco. Els bates negres li donen copets a les espatlles, també, i puc veure com somriu, amb les galtes enrojolades. Potser no és tan dolent. Es tracta d'una gran responsabilitat, guardar la clau d'en Zaid. Té permès apuntar-se-la en algun lloc?

—L'Eric també serà un dels correus d'en Zaid, juntament amb en Darius —explica en Corvina—. Germans, avanceu-vos.

L'Eric fa tres passes segures cap endavant. Igual que l'altre bata negra, aquest de pell daurada com la de la Kat i uns espessos cabells castanys enrinxolats. Tots dos es descorden la bata. A sota l'Eric duu uns pantalons d'un gris pissarra i una camisa blanca perfectament planxada. En Darius va en texans i jersei.

L'Edgar Deckle també surt d'entre la gent portant dos amples fulls de paper marró gruixut. L'un rere l'altre, aixeca un llibre del faristol, l'embolica fent cruixir el paper i lliura el paquet a un correu: primer l'Eric, després en Darius.

—Tres exemplars —diu en Corvina—. Un per a la biblioteca —torna a enlairar el llibre enquadernat en blau— i dos per guardar-los en lloc segur. Buenos Aires i Roma. Us confiem en Zaid, germans. Agafeu el seu *codex vitae* i no dormiu fins que l'hagueu vist arxivat.

Ara entenc millor la visita de l'Eric. Venia d'aquí. Duia un *codex vitae* nou, el lliurava perquè el guardessin en lloc segur. I, naturalment, mostrant-se d'allò més desagradable.

—En Zaid se suma a la nostra càrrega —anuncia en Corvina amb gravetat—, tal com tots els enquadernats s'hi van sumar abans que ell. Any rere any, llibre rere llibre, la nostra responsabilitat es torna més feixuga. —Passeja la mirada per abastar tots els bates negres. Contingc l'alè i enfonso les espatlles provant de desaparèixer rere l'erudit alt de cabells rossos.— No hem de defallir. Hem de resoldre el secret del Fundador per tal que en Zaid i tots els que van venir abans que ell puguin tornar a la vida.

Se sent un profund xivarri entre la gent. Al davant de tot, en Zaid ja no plora. S'ha refet i ara el seu rostre sembla orgullós i sever.

En Corvina guarda silenci un moment. I llavors afegeix:

—Hi ha una cosa més de la qual he de parlar.

Fa un petit gest amb la mà, i en Zaid torna amb la gent. L'Eric i en Darius enfilen cap a les escales. Per un instant em passa pel cap seguir-los, però de seguida m'ho repenso. Ara mateix la meva única esperança és passar completament desapercebut... acotar el cap en aquesta ombra, no de normalitat, sinó de marcada extravagància.

—Darrerament he parlat amb en Penombra —explica en Corvina—. Té amics en aquesta fraternitat. I m'hi compto entre ells. Per tant, em sento obligat a parlar-vos de la nostra conversa.

S'aixequen xiuxiueigs tot al voltant.

—En Penombra és responsable d'una greu transgressió... una de les pitjors que es poden imaginar. A causa de la seva negligència, han robat un dels nostres volums.

Murmuris i gemecs.

—Un llibre de registre que conté detalls del Llom Intacte, l'obra realitzada a San Francisco durant anys, descodificada i exposada perquè la llegeixi qualsevol.

Em sua l'esquena sota la bata i em piquen els ulls. El disc dur, dins de la capsa de cartes Bicycle, és un bony a la butxaca que em pesa com el plom. Provo de semblar tan tranquil i despreocupat com és possible. Sobretot clavant la vista a les sabates.

—Va ser un greu error, i no és el primer que en Penombra ha comès.

Més lamentacions entre els bates negres. La decepció d'en

Corvina, el seu desdeny, es retroalimenta entre ells, involucrant-los, amplificant-se. Les ombres altes i fosques s'han aplegat totes formant una gran ombra sorruda. És una matança de corbs. Ja he planejat un camí cap a les escales. Estic a punt per pujar-les corrent.

—Pareu molta atenció a això —demana en Corvina, alçant una mica la veu—. En Penombra és un enquadernat. El seu *codex vitae* és en aquestes prestatgeries, igual que hi serà el d'en Zaid. Tot i això, el seu destí no està garantit. —La seva veu és ràpida i segura, i s'estén per la sala:— Germans i germanes, permeteu-me que sigui clar: quan una càrrega és tan feixuga i un propòsit tan seriós, l'amistat no representa cap protecció. Un altre error, i en Penombra serà cremat.

Amb això, se senten tot d'esbufecs, seguits d'enèrgics comentaris. En mirar al voltant, veig expressions de trasbals i sorpresa. El Primer Lector potser ha anat una mica massa lluny.

—No doneu la vostra obra per descomptat —diu més suaument—, tant si sou enquadernats com lligalls. Heu de ser disciplinats. Hem de ser decidits. No ens podem permetre cap —ara fa una petita pausa— distracció. —Agafa aire. Podria passar per un candidat a la presidència (un de bo) arengant les masses amb total convicció i sinceritat.— És el text el que importa, germans i germanes. Recordeu-ho. L'únic que ens cal ja és aquí, al text. Mentre tinguem això, i mentre tinguem prou cap —enlaira un dit i es pica el front brillant—, no ens cal res més.

En acabat, la gent es dispersa. Alguns bates negres s'arremolinen al voltant d'en Zaid, felicitant-lo i fent-li preguntes. Més amunt de les seves galtes enrojolades, encara té negats els ulls.

El Llom Intacte torna a la seva tasca. Els bates negres s'aboquen davant llibres negres, tibant les cadenes. Prop del faristol, en Corvina xerra amb una dona de mitjana edat. La dona gesticula ostentosament, explicant alguna cosa mentre ell abaixa la vista i assenteix. En Deckle ronda rere seu. Els seus ulls es troben amb els meus. Fa una brusca indicació amb la barbeta; el missatge és clar: «Vés-te'n».

Mantinc el cap acotat i la bossa ben agafada, i creuo la llargada de la cambra arrambant-me a les prestatgeries. Però, a mig camí de les escales, ensopego amb una cadena i caic de genolls. Pico amb el palmell a terra i un bata negra em mira de reüll. És alt, amb barba que li sobresurt del mentó com una bala.

Dic en veu baixa:

—*Festina lente.*

Llavors miro a terra i enfilo ràpidament les escales. Les pujo de dos en dos fins a tornar a la superfície del planeta Terra.

Trobo la Kat, en Neel i en Penombra al vestíbul del Northbridge. Seuen, esperant, en uns sofàs enormes amb cafè i esmorzars parats davant seu; l'escena és un oasi de sensatesa i modernitat. En Penombra arruga el front.

—Jove! —exclama, i es posa dret. Em mira de cap a peus i aixeca una cella. M'adono que encara duc la bata negra. Em despenjo la bossa i la deixo a terra. El seu tacte és suau i brilla a la mitja llum del vestíbul.

—Ens tenies amoïnats —diu en Penombra—. Com és que has trigat tant?

Explico el que ha passat. Els dic que l'escàner d'en Grumble ha funcionat i tot seguit llanço les restes arrugades de l'artefacte sobre la tauleta. Els parlo de la cerimònia d'en Zaid.

—Una enquadernació —apunta en Penombra—. N'hi ha ben poques. Una llàstima que hagi estat avui. —Inclina la barbeta.— O una sort, potser. Ara pots comprendre millor la paciència que exigeix el Llom Intacte.

Crido amb la mà un cambrer del Northbridge i, desesperat, demano un bol de farinetes de civada i una Pantalla Blava de la Mort. Encara és d'hora al matí, però necessito una copa.

Llavors els explico el que ha dit en Corvina sobre en Penombra.

El meu antic patró belluga una mà traient-hi importància:

—El que digui no importa. Ja no. El que importa és el que hi ha en aquestes pàgines. No em puc creure que hagi sortit bé. No em puc creure que tinguem a les mans el *codex vitae* d'Aldo Manuzio!

La Kat fa que sí amb el cap, somrient.

—Posem fil a l'agulla —diu—. Podem passar el llibre pel reconeixement òptic de caràcters i assegurar-nos que tot rutlla.

Alça el MacBook i l'encén. Jo hi endollo el petit disc dur i en copio el contingut (la major part). Arrossego el MANUZIO al portàtil de la Kat, però em quedo el PENOMBRA per a mi. No explicaré a en Penombra, ni a ningú, que he escanejat el seu llibre. Això pot esperar (amb sort, potser per sempre). El *codex vitae* de Manuzio és un projecte. El d'en Penombra és una pòlissa d'assegurances.

Em menjo les farinetes i observo com creix la barra que marca el progrés de la còpia. L'acaba amb un discret *plim* i llavors els dits de la Kat volen sobre el teclat.

—D'acord —diu—. Ja està de camí. A Mountain View necessitarem ajuda per desxifrar el codi... però almenys podem començar la feina del Hadoop convertint les pàgines en simple text. Preparats?

Somric. És emocionant. La Kat té les galtes enceses; està en mode emperadriu digital. Però també em penso que la Pantalla Blava de la Mort m'està pujant al cap. Enlairo el got que no deixa de fer pampallugues:

—Llarga vida a Aldo Manuzio!

La Kat pica el teclat amb un dit. Fotos de pàgines comencen

a volar cap a ordinadors llunyans, on es convertiran en tirallongues de símbols que es podran copiar i, aviat, desxifrar. Ara cap cadena no els pot aturar.

Mentre l'ordinador de la Kat continua treballant, demano a en Penombra pel llibre cremat amb el títol MOFFAT. En Neel també escolta.

—Era ell? —pregunto.

—Sí, és clar —contesta en Penombra—. En Clark Moffat. Va fer la seva obra aquí, a Nova York. Però abans, jove... va ser client nostre.

Somriu i em fa l'ullet. Es pensa que m'ha impressionat, i l'encerta. Estic retroactivament atònit.

—Però el que vostè ha agafat no era cap *codex vitae* —diu en Penombra, negant amb el cap.— Ja no.

Evidentment. Era un llibre de cendres.

—Què va passar?

—El va publicar, en efecte.

Un moment, no ho entenc:

—Els únics llibres que en Moffat va publicar van ser *Les cròniques de cançó de drac*.

—Sí —afirma en Penombra—. El seu *codex vitae* va ser el tercer volum i final de la saga que va començar abans d'unir-se a nosaltres. Va ser una tremenda professió de fe finalitzar la saga i després lliurar-la a les prestatgeries de la fraternitat. La va presentar al Primer Lector... que era en Nivean, abans d'en Corvina... i va ser aprovada.

—Però la va recuperar.

En Penombra assenteix.

—No es va saber avenir al sacrifici. No podia deixar el volum final sense publicar.

Així doncs, en Moffat no va poder continuar formant part del Llom Intacte perquè en Neel i jo, i un fotimer d'altres alumnes setciències de sisè de primària, estàvem obsessionats amb el tercer volum i final de *Les cròniques de cançó de drac*.

—Tio —intervé en Neel—, això ho explica tot.

Té raó. El tercer volum obsessiona les ments de primària perquè és una conclusió. El to s'altera. Els personatges canvien. La trama se surt del guió i comença a obeir una lògica oculta. La gent sempre va donar per fet que era perquè en Clark Moffat va començar a prendre drogues psicodèliques, però la veritat encara és més estrafolària.

En Penombra corruga les celles.

—Crec que en Clark va cometre un error molt desgraciat.

Tant si va ser un error com no, quina decisió més transcendental. Si *Les cròniques de cançó de drac* no s'haguessin conclòs, jo no m'hauria fet mai amic d'en Neel. Ell no estaria aquí assegut. Potser jo tampoc. Potser estaria surfejant a Costa Rica amb el col·lega més estrany de l'univers. O potser estaria assegut en una oficina pintada d'un gris verdós.

Gràcies, Clark Moffat. Gràcies pel teu error.

Les cròniques de cançó de drac.

Volum II

De nou a San Francisco, trobo en Mat i l'Ashley junts a la cuina, els dos preparant amanides complicades, els dos vestits amb roba elàstica de fer esport de colors llampants. En Mat duu un mosquetó enganxat a la cintura.

—Jannon! —exclama—. Has escalat mai en un rocòdrom?

Admeto que no. Com a truà, m'estimo més les activitats atlètiques que requereixin agilitat, no pas esforç.

—Mira, això és el que jo em pensava, també —diu en Mat, assentint—, però no es tracta d'esforç. Sinó d'estratègia. —L'Ashley el mira amb orgull. Ell prossegueix, brandant la forquilla amb enciam enfilat.— Has d'aprendre com va la via a mesura que puges... empescar-te un pla, intentar dur-lo a terme, adaptar-lo. De debò, estic més cansat mentalment que no de braços, ara mateix.

—Com t'ha anat per Nova York? —pregunta l'Ashley educadament.

No estic segur de com respondre. Amb alguna cosa com ara: «Home, el bigotut de la biblioteca secreta s'emprenyarà perquè he copiat aquell antic còdex sencer i l'he lliurat a Google, però almenys m'he allotjat en un hotel molt maco»?

En canvi, contesto:

—M'ha anat bé a Nova York.

—Tenen algunes roques per entrenar força bones. —Fa que no amb el cap.— Aquí no tenim res que s'hi pugui comparar.

—Sí, el disseny d'interior del Frisco Rock City, sens dubte... deixa molt a desitjar —comenta en Mat.

—Aquell mur porpra... —L'Ashley s'estremeix.— Em penso que van comprar qualsevol saldo de pintura.

—I un rocòdrom és una gran oportunitat —apunta en Mat. S'està emocionant i tot.— Quin llenç! Tres pisos per cobrir amb el que vulguis. Com ara pintura mat. Hi ha un paio a ILM...

Els deixo fent-la petar feliçment sobre tots els detalls.

Arribats a aquest punt, la millor elecció és fer una becaina, però he dormit a l'avió i ara estic desficiós, com si una part del meu cervell encara estigués sobrevolant la pista negant-se a aterrar.

Trobo en Clark Moffat (sense cremar i intacte) a la meva modesta prestatgeria. Encara estic rellegint la sèrie a poc a poc, i ara vaig pel *Volum II*, prop del final. Em deixo caure al llit i provo de veure'l amb nous ulls. Vull dir que... aquest llibre el va escriure un home que va caminar pels mateixos carrers que jo, que va alçar la vista cap a les mateixes prestatgeries en tenebres. Que va ingressar al Llom Intacte i el va abandonar. Què hi va aprendre?

Busco la pàgina on em vaig quedar.

Els herois, un nan savi i un príncep destronat, avancen per uns aiguamolls letals rumb a la Ciutadella del Primer Mag. Sé el que passarà a continuació, és clar, perquè m'he llegit aquest llibre tres vegades: el Primer Mag els trairà i els lliurarà a la reina Serpent.

Sempre sé què ve a continuació, i sé que ha de passar així (perquè com, si no, han d'entrar a la torre de la reina Serpent i derrotar-la definitivament?), però sempre em rebenta llegir aquesta part. Per què les coses no poden sortir bé i prou? Per què el Primer Mag, senzillament, no els pot oferir una tassa de cafè i un lloc segur on estar-se un temps?

Ara bé, sabent tot el que ara sé, la història sembla la mateixa de sempre. La prosa d'en Moffat és polida, clara i uniforme, amb prou insinuacions sobre el destí i els dracs per mantenir el suspens. Els personatges són arquetips amb el seu encant: Fernwen, el nan savi, és el paio saberut que fa el que pot per sobreviure a l'aventura. Telèmac Mestís és l'heroi que desitjaries ser. Sempre té un pla, sempre té una solució, sempre té aliats secrets per cridar: pirates i bruixots dels quals s'ha guanyat l'aliança amb anteriors sacrificis. De fet, tot just estic arribant a la part en què Telèmac bufarà el Corn Daurat de Griffo per ressuscitar els elfs morts del Bosc dels Pinacles, que li deuen lleialtat perquè va alliberar el seu...

El Corn Daurat de Griffo.

Ahà.

Griffo. Com Griffo Gerritszoon.

Obro el portàtil i començo a prendre apunts. El passatge continua així:

> —El Corn Daurat de Griffo està exquisidament treballat —va dir Zenòdot, passant el dit per la corba del tresor de Telèmac—. I la màgia rau únicament en la seva factura. Ho entens? Aquí no hi ha bruixeria... cap que jo pugui percebre.
>
> Fernwen va obrir molt els ulls en sentir-ho. ¿No acabaven de plantar cara a uns aiguamolls terrorífics per reclamar aquest instrument encantat? I ara el Primer Mag afirmava que en realitat no tenia cap poder?
>
> —La màgia no és l'únic poder d'aquest món —va afegir el vell bruixot en veu baixa, tornant el corn al seu reial propietari—. Griffo va fer un instrument tan perfecte que fins i tot els morts s'han d'aixecar per escoltar la seva crida. El va fer amb les seves mans, sense encanteris ni cançons de drac. Tant de bo jo sabés fer el mateix.

No sé què significa, això... però diria que vol dir alguna cosa.

A partir d'aquí la trama és força coneguda: mentre Fernwen i Telèmac descansen (per fi) en cambres luxosament moblades, el Primer Mag roba el corn. Tot seguit encén un fanal vermell i el belluga ben amunt; un senyal per als assetjadors foscos del Bosc dels Pinacles de la reina Serpent. Ronden entre els arbres (saquejant antigues tombes èlfiques, desenterrant ossos, molent-los per convertir-los en pols), però saben què vol dir aquest senyal. Baixen a la ciutadella i, quan Telèmac Mestís es desperta sobresaltat a la cambra, està envoltat d'ombres altes. Udolen i colpegen.

I aquí és on acaba el segon llibre.

—Ha estat increïble —diu la Kat. Compartim una gofra sense gluten a la Cava del Gurmet i m'està explicant la reunió inaugural de la nova Direcció de Producte. Duu una brusa de color crema amb coll de pic; per sota li apunta la samarreta vermella a l'inici del coll.— Absolutament increïble —prossegueix—. La millor reunió de la història. Perfectament... estructurada. Saps què passa en tot moment i amb tota exactitud. Tothom s'enduu el portàtil...

—Es miren a la cara?

—En realitat no. Tot el que importa surt a la teva pantalla. Hi ha un ordre del dia que es va adaptant. Un canal de debat. I verificació de dades i tot! Si t'aixeques per parlar, hi ha gent que corrobora el que dius o que ho refuta...

Sembla una Atenes dels enginyers.

—... i la reunió és molt i molt llarga, prop de sis hores, però passa com en un tancar i obrir d'ulls perquè t'esprems molt el cap. Acabes completament esgotat. Hi ha molta informació per absorbir i es lliura molt de pressa. I... prenem... decisions amb molta celeritat, també. Després algú demana una votació, que té lloc allà mateix, i has d'exercir el teu dret en persona o delegar-lo a algú...

Ara sembla més aviat un *reality show*. Aquesta gofra és horrible.

—Hi ha un enginyer que es diu Alex, és una passada, ha fet la major part de Google Maps i em penso que li caic bé... ja m'ha delegat el seu vot una vegada, cosa que és un disbarat, sóc completament nova...

Em sembla que a mi m'agradaria delegar el meu puny a la cara de l'Alex.

—... i hi ha un fotimer de dissenyadors, més de l'habitual. Algú ha dit que han manipulat l'algoritme. Em sembla que potser per això m'han agafat, perquè sóc dissenyadora i programadora. Una combinació òptima. Tant se val. —Per fi respira.— He fet una exposició. Cosa que, m'imagino, en realitat no s'espera que facis en la teva primera DP. Però ho he consultat amb en Raj i ha dit que podria estar bé. Que fins i tot podria ser una bona idea. Causar bona impressió. El que sigui. —Respira de nou.— Els he parlat de Manuzio.

Ho ha fet.

—Que és un llibre antic extraordinari, un tresor històric sens cap mena de dubte, saber antic de totes totes, bé...

Sí que ho ha fet.

—... i llavors he explicat que hi ha una organització sense cap ànim de lucre que prova de desxifrar el codi...

—Sense ànim de lucre?

—Sona millor que, per exemple, societat secreta. Sigui com sigui, he explicat que proven de desxifrar el codi, i, naturalment, la gent ha parat l'orella de seguida, perquè a tothom de Google li agraden els codis...

Llibres: avorrits. Codis: fabulosos. Aquestes són les persones que dirigeixen Internet.

—... i he dit que potser hauríem d'invertir més temps en aquest tema, perquè podria ser el principi d'una cosa totalment nova, com ara una mena de servei públic de desxiframent de codis...

Aquesta noia sí que coneix bé el seu públic.

—... i a tothom li ha semblat una gran idea. Ho hem votat.

Acollonant. Prou d'anar d'amagatotis. Gràcies a la Kat, ara tenim el suport oficial de Google. És surrealista. Em pregunto quan començarà el desxiframent del codi.

—Bé, figura que ho he d'organitzar jo. —Marca les tasques amb els dits:— Reuniré voluntaris. Després configurarem els sistemes i comprovarem que el text està en ordre... En Jad ens hi ajudarà. Hem de parlar amb el senyor Penombra, és clar. Potser podria venir a Mountain View? Tant se val. Em penso que el podrem tenir llest en... dues setmanes. Posem dues setmanes a partir d'avui. —I afirma vehement amb el cap.

Una fraternitat d'erudits secrets han invertit cinc-cents anys en aquesta tasca. I ara la tindrem a punt un divendres al matí.

L'aprovació final

En Penombra accepta obrir la llibreria fins que el compte del banc quedi sec, de manera que torno a la feina i ho faig amb una missió. Demano un catàleg al distribuïdor de llibres. Poso en marxa una altra campanya publicitària a Google, una de gran. Envio un correu a l'organitzador del gran festival literari de San Francisco, que se celebra durant una setmana sencera i que atreu lectors amb capacitat de fer despesa d'indrets tan llunyans com Fresno. És ambiciós, però em penso que ens en podem sortir. Em sembla que podem aconseguir clients de debò. Potser no necessitarem pas la Festina Lente Company. Potser podrem convertir aquest local en un negoci de debò.

Vint-i-quatre hores després del començament de la campanya publicitària, han entrat a la botiga onze esperits solitaris, la qual cosa és emocionant, perquè abans només hi havia un esperit solitari... jo. Aquests nous clients assenteixen quan els pregunto pels anuncis, i quatre acaben comprant alguna cosa. Tres d'aquests quatre trien un exemplar del nou Murakami, que he col·locat en una endreçada pila vora un rètol que promet com és d'increïble. El rètol l'ha signat el «senyor Penombra» tot imitant la seva lletra de pota de mosca perquè crec que això és probablement el que la gent vol veure.

Passada la mitjanit, veig la North Face del Booty's a la vorera, caminant amb el cap cot en direcció a la parada de l'autobús. Corro a la porta.

—Albert Einstein! —crido, abocant-me a la vorera.

—Què? —diu—. Em dic Daphne...

—Tenim la biografia d'Einstein —explico—, d'Isaacson. El paio que va fer el de Steve Jobs. Encara el vols?

Somriu i gira sobre els talons (que són molt alts), i amb això ja van cinc llibres en una sola nit, un nou rècord.

Arriben nous llibres cada dia. Quan vinc per començar el meu torn, l'Oliver em mostra les capses en una pila, amb els ulls com unes taronges i lleugerament suspicaç. Ha estat una mica inquiet des que vaig tornar i li vaig explicar tot el que vaig esbrinar a Nova York.

—M'ensumava que en passava alguna —diu en veu baixa—, però sempre m'he imaginat que es tractava de drogues.

—Collons, Oliver! Què?

—Bé, sí —replica—. Em pensava que potser alguns d'aquests llibres estaven farcits de cocaïna.

—I no et vas prendre la pena de comentar-m'ho?

—Només era una teoria.

L'Oliver creu que sóc massa desprès amb els fons cada vegada més escassos:

—No creus que hauríem d'intentar estalviar diners mentre puguem?

—Parlant com un autèntic conservador —etzibo—. Els diners no són com la terracota. En podem fer més si ho provem. Ho hem de provar.

Així doncs, ara tenim adolescents bruixots. Tenim policies vampirs. Tenim les memòries d'un periodista, el manifest d'un dissenyador, la novel·la gràfica d'un xef famós. I en un impuls nostàlgic (potser una mica desafiant, també), tenim la nova edició de *Les cròniques de cançó de drac*, tots tres volums. A més, he demanat l'edició antiga en audiollibre per a en Neel. En realitat, ja no llegeix llibres, però potser els pot escoltar mentre aixeca pesos.

Provo d'il·lusionar en Penombra amb tot plegat (la facturació nocturna encara és de dues xifres, però això representa una xifra més que anteriorment), però l'home està amoïnat per la Gran Descodificació. Un matí fred de dimarts, entra a la botiga amb una tassa de cafè en una mà i el misteriós lector de llibres electrònics a l'altra, i li ensenyo el que he afegit a les prestatgeries:

—Stephenson, Murakami, el darrer Gibson, *The Information*, *House of Leaves*, edicions noves de Moffat —les assenyalo mentre avancem. Cadascuna té un petit rètol i totes estan signades pel «senyor Penombra». Em preocupava que pogués mostrar-se reservat pel que fa a l'ús de la seva lletra, però ni tan sols s'hi fixa.

—Molt bé, jove —diu amb un assentiment, encara mirant el lector de llibres electrònics. No té la més petita idea de què acabo de dir. Passa completament de les seves prestatgeries. Assenteix i fa una ràpida repassada a la pantalla del lector de llibres electrònics, tot seguit alça la vista.— Avui, més tard, tindrem una reunió —explica—. Els treballadors de Google vindran a visitar la botiga —ho diu marcant molt les dues síl·labes, «gug-guel»— per reunir-se amb nosaltres i parlar de les nostres tècniques. —Fa una pausa.— Crec que vostè també hi hauria d'assistir.

Per tant, aquella tarda, just després de dinar, té lloc una gran assemblea de la vella guàrdia i la nova a la Llibreria del Senyor Penombra, Oberta les 24 Hores. Els deixebles més antics d'en Penombra hi són presents: en Fedorov, amb la seva barba blanca, i una dona que es diu Muriel, de cabells platejats tallats molt curts. No l'havia vista mai fins ara; deu venir durant el dia. En Fedorov i la Muriel segueixen el seu mestre. Van a la seva.

Hi ha un contingent de Google, seleccionats i enviats per la Kat. Són en Prakesh i l'Amy, tots dos fins i tot més joves que jo, i en Jad, de l'escàner de llibres. Es mira les prestatgeries de dalt a baix amb admiració. Potser li podré vendre alguna cosa més tard.

En Neel és a una conferència de promotors de Google al centre de la ciutat (vol conèixer més companys de la Kat i pescar alguna adquisició per a Anatomix); tot i això, hi ha enviat l'Igor, que és completament neòfit en aquestes maniobres però que sembla copsar-ho tot a l'instant. Ben mirat, sembla la persona més intel·ligent de la botiga.

Tots junts, joves i grans, ens posem al voltant del taulell principal amb volums de la Llista-retro oberts per estudiar-los. És un curs intensiu de segles de feina del Llom Intacte.

—'xò són llibres —diu en Fedorov—, no simplement tirallonguis de lletres. —Passa els dits sobre la pàgina.— Per tant, hem de pinsar no només en lletres, sinó també en pàgines. Alguns dels isquemes de xifrat més complicats es basen en 'questa composició de la ideia de pàgina.

Els treballadors de Google assenteixen i prenen apunts amb el portàtil. L'Amy té l'iPad connectat a un petit teclat.

Sonen les campanetes de la porta i un home fort amb ulleres de muntura negra i cabells recollits en una llarga cua entra apressadament a la llibreria.

—Em sap greu, faig tard —panteixa sense alè.

—Hola, Greg —diu en Penombra.

—Com va, Greg? —diu en Prakesh a l'uníson.

Es miren tots dos, i a continuació en Greg.

—Bé —respon en Greg—. És estrany, això.

Resulta que en Greg (la font del misteriós lector de llibres electrònics d'en Penombra) és alhora enginyer informàtic de Google i novell de la secció de San Francisco del Llom Intacte. També resulta que es fa imprescindible. Tradueix entre els membres de la llibreria d'en Penombra i els treballadors de Google, explicant processament de dades en paral·lel a un grup i mides de fulls a l'altre.

En Jad, de l'escàner de llibres, també és essencial, perquè en realitat ja ha fet això abans.

—Hi haurà errors de reconeixement òptic de caràcters —explica—. Per exemple, una *f* en caixa baixa s'interpretarà com una *s*. —Les pica al portàtil perquè les puguem veure l'una al costat de l'altra.— Una seqüència *rn* en caixa baixa sembla una *m*. De vegades l'*A* es transforma en un *4*, i hi ha un munt de casos similars. Haurem de vigilar tots aquests possibles errors.

En Fedorov assenteix i replica:

—I els vectors òptics popis de text, també.

Els empleats de Google el miren amb cara de no pescar res.

—També hem de vigilar els vectors òptics popis —repeteix, com si digués el que resulta obvi.

Els treballadors de Google miren en Greg, que també mira amb cara de no entendre-hi futil·la.

L'Igor aixeca una mà i diu senzillament:

—I no podríem fer una metriu tridiminsional de valors de seturació de tinta?

La barba blanca d'en Fedorov es divideix en un somriure dentut.

No estic segur de què passarà quan Google desxifri el MANUZIO. Naturalment, hi ha coses que sé que no passaran pas: els germans i les germanes difunts d'en Penombra no ressuscitaran. No reapareixeran. Ni tan sols faran cap *cameo* espectral en un color blavós a l'estil Jedi. La vida real no és com a *Les cròniques de cançó de drac*.

Però podria ser la bomba. Vejam, un llibre secret del primer gran impressor, digitalitzat, desxifrat i fet públic? Seria tema de debat al bloc de *The New York Times*.

Decidim que hem de convidar tota la fraternitat de San Francisco a Mountain View perquè observin com es fa. En Penombra m'atorga la tasca de comunicar-ho als membres que conec millor.

Començo amb la Rosemary Lapin. Enfilo la costeruda caminada fins al seu cau de hòbbit del vessant del turó i truco tres vegades a la porta. S'obre tan sols una petita escletxa i una Lapin d'ulls esbatanats em mira sense parar de parpellejar.

—Oh! —fa amb un gemec, i obre la porta tot el que queda—. És vostè! Què ha... daixò... ha... vull dir... què ha passat?

Em fa entrar, obre les finestres i belluga les mans enlaire per dissimular l'olor de maria; l'hi explico tot amb un te. Obre molt els ulls, àvidament; puc endevinar que vol anar immediatament a la Sala de Lectura i posar-se una d'aquelles bates negres. Li dic que potser no caldrà que ho faci. Li dic que el gran secret del Llom Intacte es podria revelar en pocs dies.

Es queda de pedra.

—Vaja, està bé, això —deixa anar per fi.

Sincerament, m'esperava una mica més d'emoció.

Ho explico a en Tyndall, i la seva reacció és millor que la de la Lapin, però no estic segur que l'il·lusioni la revelació imminent ni si és així com s'ho pren tot. Potser si li digués que Starbucks vol introduir al mercat un nou tipus de cafè amb llet que fa olor de llibres diria el mateix:

—Fabulós! Fantàstic! Fenomenal! —Es duu les mans al cap, enredant-les als embulls de rínxols grisos. Volta amunt i avall pel pis (un minúscul estudi d'un sol espai prop del mar, des d'on es poden sentir apagades sirenes avisant-se en la boira), descrivint ràpids cercles, fregant les parets amb els colzes i desplaçant fotos en estranys angles a base de cops. Una de les fotos cau a terra, i m'ajupo per collir-la.

És d'una cabina aèria en una perspectiva forçada, plena a vessar de passatgers, i al davant, en un uniforme blau, net i polit, hi ha en Tyndall en persona: més jove i més prim, amb els cabells negres en comptes de grisos. Llueix un ample somriure, mig fora de la cabina, saludant la càmera amb el braç lliure. En Tyndall conductor de funicular; sí, ara hi caic. Devia ser...

—Magnífic! —Encara orbita.— Indescriptible! Quan? On?

—Divendres al matí, senyor Tyndall —li explico. Divendres al matí, al brillant i resplendent centre d'Internet.

No veig la Kat gairebé en dues setmanes. Està enfeinada organitzant-ho tot per a la Gran Descodificació, a més d'altres projectes de Google. La Direcció de Producte és un bufet lliure i ella té gana. No ha contestat cap dels meus correus picants, i quan m'envia missatges de text, són de dues paraules.

Finalment, de cop i volta, quedem dijous a la nit per sopar sushi. Fa fred, i duu una gruixuda americana de pota de gall al damunt d'un fi pul·lòver gris i una brusa brillant. Ja no hi ha ni rastre de la samarreta vermella.

La Kat no para de xerrar sobre projectes de Google, ara està assabentada de tot. Fan un explorador web 3D. Fan un cotxe que circula tot sol. Fan un motor de cerca per a sushi (i assenyala el sopar amb els bastonets xinesos) per ajudar la gent a trobar peix sense mercuri i de pesca sostenible. Estan construint una màquina del temps. Estan investigant una forma d'energia renovable que funciona amb orgull desmesurat.

Amb cada nou megaprojecte que descriu, em sento empetitir cada vegada més. Com et pot continuar interessant res (o algú), si el món sencer et fa de camp de jocs?

—Però el que m'interessa realment —explica la Kat— és Google Forever. —D'acord: l'allargament de la vida. Assenteix.— Necessiten més recursos. Seré el seu enllaç a DP... hi estan posant el coll. Podria ser la feina més important que fem, a llarg termini.

—No ho sé, allò del cotxe sembla força impressionant...

—Potser farem que se'ls giri feina, demà —prossegueix la Kat—. I si trobem una revelació increïble en aquest llibre? Com ara una seqüència d'ADN? O la fórmula d'algun fàrmac nou? —Li brillen els ulls. L'hi he de reconèixer: té una gran imaginació, pel que fa a la immortalitat.

—Dónes a un impressor medieval molt de crèdit —observo.

—Van calcular la circumferència de la Terra un miler d'anys abans que inventessin la impremta. —Fa la corriola. Llavors m'apunta amb un bastonet xinès:— Sabries calcular la circumferència de la Terra, tu?

—Dona... no. —Callo un moment.— Espera, i tu?

Afirma amb el cap.

—Sí, de fet és molt fàcil. El que importa és que ho van saber fer aleshores. I hi ha coses que ells sabien i que nosaltres encara no hem descobert. SA i ST, recordes? El saber antic. Això podria ser el saber antic definitiu.

Després de sopar, la Kat no vol tornar amb mi al pis. Diu que té correus per llegir, prototips per revisar, pàgines de la Viquipèdia per editar. He perdut davant de la Viquipèdia un dijous a la nit?

Camino tot sol en la foscor i em pregunto com calcularia una persona la circumferència de la Terra. No en tinc la més petita idea. Probablement ho buscaria a Google.

La trucada

És la nit anterior al matí en què la Kat Potente ha programat un assalt general al *codex vitae* d'Aldo Manuzio de segles d'antiguitat. El seu departament de Google està reunit. La colla d'en Penombra hi està convidada. És emocionant (ho he d'admetre, és molt emocionant), però també anguniós, perquè no tinc la més petita idea de què passarà amb la Llibreria del Senyor Penombra, Oberta les 24 Hores. L'home no ha badat boca, però intueixo que se li podria estar acabant la corda al seu local. Perquè, vejam, hi podeu pujar de peus: qui necessita la càrrega d'una llibreria vella quan té la vida eterna a tocar?

Veurem què ens ofereix el dia de demà. Serà un bon espectacle, passi el que passi. Potser després estarà disposat a parlar del futur. Encara vull contractar un anunci en aquella parada d'autobús.

És una nit tranquil·la, amb tan sols un parell de clients fins ara. Recorro les prestatgeries endreçant les noves adquisicions. Ascendeixo *Les cròniques de cançó de drac* a una lleixa superior, en acabat en fullejo distretament el primer volum. La solapa interior duu un petit retrat en blanc i negre d'en Clark Moffat amb trenta i pocs anys. Té una cabellera rossa i una barba espessa, duu una senzilla samarreta blanca i mostra un somriure dentut. Al peu de la foto diu:

Clark Moffat (1952-1999) va ser un escriptor que va viure a Bolinas, a l'estat de Califòrnia. És famós per l'èxit de vendes *Les cròniques de cançó de drac*, a més de *Contes complementaris de Fernwen*, un llibre infantil. Es va llicenciar a l'Acadèmia Naval dels Estats Units i va servir com a especialista de comunicacions a bord del submarí nuclear U.S.S. *West Virginia*.

Se m'acut una idea. Una cosa que no he fet mai; una cosa que no se m'havia passat pel cap fer mai, en tot el temps que fa que treballo aquí. Buscar algú als llibres de registre.

És el llibre de registre VII, el que vull, el que em vaig emportar d'estranquis a Google, perquè comprèn des de mitjan anys vuitanta fins a l'inici dels noranta. Trobo el text tal qual al meu portàtil i premo el botó d'ordres F per cercar una descripció concreta: algú amb cabellera rossa i barba.

Trigo una estona provant diferents paraules clau, repassant falsos resultats. (Pel que es veu, hi figuren un munt de barbuts.) Busco al text de reconeixement òptic de caràcters, aquí no hi ha cal·ligrafies, per tant no sé qui va escriure què, però sé que part d'això deuen ser les notes de l'Edgar Deckle. Seria maco que fos ell qui... Ja ho tinc.

Membre número 6HV8SQ:

El novell agafa KINGSLAKE amb un gràcies i molt animat. Duu una samarreta blanca commemorativa del bicentenari. Texans Levi's 501 i sòlides botes de treball. Veu rogallosa pel tabac; paquet de cigarretes, si fa no fa mig buit, visible a la butxaca. Els cabells rossos més llargs que ha documentat mai aquest dependent. En comentar-l'hi, el novell explica: «Els vull de mida mag». Dilluns, 23 de setembre, 1.19 h de la nit. Cel ras i olor de mar.

Aquest és en Clark Moffat. Ho ha de ser. La nota és de després de mitjanit, la qual cosa vol dir l'últim torn i, per tant, que «aquest dependent», en efecte, és l'Edgar Deckle. N'hi ha una altra:

El novell avança amb celeritat pel Trencaclosques del Fundador. Però més que la seva velocitat, és la seva confiança el que sobta. No se li perceben ni els dubtes ni la frustració que ha caracteritzat altres novells (com ara aquest dependent). És com si toqués una partitura famosa o ballés una dansa coneguda. Samarreta blava, Levi's 501, botes de treball. Els cabells encara són més llargs. Rep BRITO. Divendres, 11 d'octubre, 2.31 h de la nit. Sona una sirena antiboira.

Continua. Les notes són concises però el missatge és clar: en Clark Moffat va ser un erudit del Llom Intacte. ¿És possible això... era ell el to molsa fosc de la constel·lació de la visualització? ¿Va ser ell qui va resoldre en un tres i no res el rostre sencer del Fundador mentre altres novells traçaven tan sols una pestanya o el lòbul d'una orella? Probablement hi ha alguna manera de relacionar notes específiques amb la visualització i...

Sonen les campanetes i aparto immediatament el cap de l'interminable text. És tard, i espero veure un membre de la fraternitat, però és en canvi és en Mat Mittelbrand carregat amb una capsa de plàstic negre. És enorme, més grossa que ell, i s'ha encallat a l'entrada.

—Què hi fas, aquí? —pregunto, ajudant-lo a alliberar-la. La superfície de la capsa és dura, abonyegada i té sòlides sivelles metàl·liques.

—He vingut per una missió —respon en Mat, panteixant—. És la teva última nit, oi?

M'he estat queixant davant seu del desinterès d'en Penombra.

—Potser —dic—. Probablement. Què és tot això?

Deixa la capsa a terra, obre les sivelles (fan un soroll greu: *clac*, *clac*) i la destapa completament. A dins, protegit per un llit d'escuma grisa, hi ha un equip de fotografia: llums cristal·lins amb cables blindats, gruixuts peus abatibles d'alumini i grans rotlles de cable de color taronja brillant.

—Documentarem aquest local —explica en Mat. Es duu les

mans als malucs i mira al voltant amb satisfacció.— Això s'ha de gravar.

—Com ara... què... una sessió de fotos?

En Mat nega amb el cap.

—No, això seria una gravació selectiva. I jo no suporto les gravacions selectives. Farem una foto de cada superfície, des de tots els angles, amb una il·luminació potent i uniforme. —Calla.— Així ho podrem reproduir.

Quedo bocabadat.

Prossegueix:

—He fet reconstruccions fotogràfiques de castells i mansions. Aquest establiment és petit. Només caldran tres o quatre mil fotos.

La intenció d'en Mat és totalment excessiva, obsessiva i, potser, impossible. Dit d'una altra manera: és perfecta per a aquest lloc.

—I doncs, on és la càmera? —pregunto.

Just a temps, tornen a sonar les campanetes de la porta, i en Neel Shah irromp amb una Nikon descomunal penjada al coll i una ampolla de brillant suc de col verda a cada mà.

—He portat refrescos —diu, enlairant-les.

—Vosaltres dos em fareu d'ajudants —anuncia en Mat. I pica la capsa de plàstic negre amb la punta del peu.— Comenceu a muntar-ho.

La llibreria està que rebenta de llum i calor. Els llums d'en Mat estan connectats en sèrie, tots endollats a l'única presa de corrent rere el taulell principal. Estic convençut que saltarà un fusible, o potser un transformador sencer del carrer. El rètol de neó del Booty's podria estar en perill, aquesta nit.

En Mat s'ha enfilat a una de les escales de mà d'en Penombra. La fa servir de tràveling improvisat, amb en Neel empenyent-lo lentament per la botiga. En Mat sosté la Nikon amb pols ferm davant la cara i dispara una foto amb cada pas llarg i constant d'en Neel. La càmera acciona els llums, que estan col·locats a tots els racons i rere el taulell principal, i tots fan *pop*, *pop* amb cada foto.

—Saps? —diu en Neel—, podríem fer servir aquestes fotos per fer una maqueta en 3D. —Em mira.— Vull dir una altra. La teva era bona.

—No, endavant —contesto. Sóc al taulell principal, fent una llista de verificació de tots els detalls que hem de retratar: les grans lletres dels aparadors i els marges merletats i desgastats pel pas del temps. Les campanetes i el suport de ferro cargolat que les manté a lloc.— La meva semblava sortida d'un joc de marcianets.

—La podem fer interactiva —hi torna en Neel—. Des d'una perspectiva personal, totalment fotorealista i explorable. Que es pugui triar l'hora del dia. Podem fer que les prestatgeries projectin ombres.

—No —rondina en Mat des de l'escala—. Aquestes maquetes en 3D són una merda. Vull fer una botiga en miniatura amb llibres en miniatura.

—I un Clay en miniatura? —pregunta en Neel.

—I tant, potser una figureta de LEGO —replica en Mat. S'enfila una mica més amunt a l'escala, i en Neel torna a empènye'l de nou per l'establiment. Els llums fan *pop*, *pop* i em deixen taques vermelles als ulls. En Neel va enumerant els avantatges de les maquetes en 3D mentre empeny l'escala de mà: són més detallades, més completes, pots fer-ne infinites còpies. En Mat remuga. *Pop*, *pop*.

Amb tot aquest enrenou, gairebé no sento la trucada.

Només és un pessigolleig a l'orella, però sí: en alguna banda de la botiga sona un telèfon. Tallo entre les prestatgeries, en una trajectòria paral·lela a la sèrie de fotos, amb els llums encara fent *pop*, *pop*, i faig cap a la petita rebotiga. El soroll surt de l'estudi d'en Penombra. Empenyo la porta amb el rètol «PRIVAT» i pujo els esglaons.

El *pop, pop* dels llums aquí se sent més esmorteït, i el *ring, ring* del telèfon (al costat del mòdem antic) és fort i insistent, produït per alguna rampoina mecànica, potentment escandalosa i passada de moda. Continua sonant, i se m'acut que la meva estratègia habitual pel que fa a trucades estranyes (esperar que deixin de sonar) potser no funcionarà, en aquest cas.

Ring, ring.

Darrerament el telèfon només porta males notícies. Tot són «la teva beca d'estudiant ha caducat» i «el teu oncle Chris és a l'hospital». Si es tracta d'alguna cosa divertida o emocionant, com ara una invitació a una festa o un projecte secret en marxa, arribarà via Internet.

Ring, ring.

D'acord, bé, potser és un veí inquisitiu que truca per demanar de què va tot aquest enrenou (tots aquests flaixos de llum). Potser és la North Face del Booty's que vol comprovar que tot va bé. Que maca! Agafo el telèfon i anuncio, amb complaença:

—Llibreria del Senyor Penombra, Oberta les 24 Hores.

—L'ha d'aturar —diu una veu, sense presentar-se ni més preàmbuls.

—Eeh... em penso que s'ha equivocat de número. —No és la North Face.

—És evident que no m'he equivocat de número. El conec. Vostè és el jove... el dependent.

Ara reconec la veu. La potència continguda. Les síl·labes marcades. És en Corvina.

—Com es diu? —demana.

—Em dic Clay. —Però llavors afegeixo:— Probablement vol parlar amb en Penombra directament. Hauria de tornar a trucar al matí...

—No —diu en Corvina com si res—. En Penombra no és qui va robar el nostre tresor més preuat. —Ho sap. És clar que ho sap. Però, com? Un altre dels seus corbs, m'imagino. Algú l'hi deu haver xerrat des d'aquí, des de San Francisco.

—Home, tècnicament no es tracta de cap robatori, no ho crec pas —contesto, abaixant la vista cap a les sabates, com si fos en aquesta habitació amb mi—, perquè, a veure, probablement és de domini públic... —se m'apaga la veu. Així no anem enlloc.

—Clay —diu en Corvina, melós i sinistre—, l'has d'aturar.

—Em sap greu, però no crec en la seva... religió —replico. Probablement no seria capaç de dir-l'hi a la cara. Aferro l'auricular corbat amb fermesa contra la galta.— Per tant, no crec que importi gaire, si escanegem un llibrot vell. O si no ho fem. No crec que tingui... daixò... cap mena de transcendència summa. Només ajudo el meu cap... el meu amic.

—Doncs fas exactament el contrari —diu en Corvina sense alterar-se.

No sé què contestar.

—Sé que no creus en allò que nosaltres creiem —insisteix—. És clar que no. Però no et cal tenir fe per adonar-te que l'Ajax Penombra és al fil de la navalla. —Fa una pausa per deixar-me assimilar el que acaba de dir.— El conec des de fa més temps que tu, Clay... molt més. Per tant, permet-me que te'n parli. Sempre ha estat un somiatruites, un gran optimista. Comprenc per què t'hi sents atret. Tots vosaltres, a Califòrnia... jo hi vivia. Sé com és tot això.

Exacte. El jove davant del pont Golden Gate. Em somriu des de la paret del davant, mostrant-me els polzes.

—Probablement et penses que sóc el típic director general fred de Nova York. Probablement et penses que sóc massa estricte. Però, Clay... de vegades la disciplina és la forma més autèntica d'amabilitat.

Empra molt el meu nom de pila. Sobretot ho solen fer els venedors, això.

—El meu amic Ajax Penombra ha intentat moltes coses a la vida... molts plans... i sempre han estat d'allò més recargolats. Sempre ha estat a punt de fer alguna gran descoberta... si més no, a parer seu. El conec des de fa cinquanta anys, Clay... cinquanta anys! I en tot aquest temps, saps quants dels seus projectes han reeixit?

No m'agrada on...

—Cap. Zero. Ha mantingut en marxa... amb prou feines... aquesta botiga on et trobes i no ha aconseguit res més digne d'esment en absolut. I aquest, el darrer i més ambiciós dels seus plans... tampoc no reeixirà. En el fons ja t'ho has dit a tu mateix. És una ximpleria, i fracassarà, i llavors què? Estic amoïnat per ell, Clay, de debò... com a vell amic que és.

Sé que ara mateix està emprant el poder mental d'un Jedi amb mi. Però es tracta d'un de molt bo.

—D'acord —dic—. Ja ho pesco. Sé que en Penombra és una mica estrany. Evidentment. Què figura que he de fer?

—Has de fer el que jo no puc fer. Jo esborraria la còpia que vas robar. Esborraria totes les còpies. Però estic massa lluny, de manera que m'has d'ajudar, i has d'ajudar el nostre amic.

Ara sembla que el tingui just al costat:

—Has d'aturar en Penombra, o aquest fracàs final el destruirà.

El telèfon torna a ser a la seva forquilla, encara que no sóc del tot conscient d'haver-lo penjat. La botiga està en silenci; ja no arriba cap *pop, pop* de la part del davant. Recorro lentament amb la vista l'estudi d'en Penombra, el desori de dècades de somnis digitals, i l'advertiment d'en Corvina comença a tenir sentit. Em ve al cap la mirada a la cara d'en Penombra mentre ens explicava el seu pla a Nova York, i encara té més sentit. Torno a contemplar la foto. De sobte no és en Corvina, l'amic dolent..., és en Penombra.

En Neel apareix al cim de les escales.

—En Mat necessita que l'ajudis —diu—. Has de sostenir un reflector o jo què sé.

—D'acord, és clar. —Respiro fondo, em trec la veu d'en Corvina del cap i segueixo en Neel de nou a la botiga de sota. Hem aixecat molta pols, i ara la llum pren formes brillants en l'aire, penetrant als espais entre les prestatgeries, enfocant partícules lleugeres com plomes (bocins microscòpics de paper, miques de pell d'en Penombra, meves), fent-les brillar.

—En Mat hi té força traça, oi? —comento, sotjant aquest efecte espectral.

En Neel assenteix.

—És un crac.

En Mat em lliura un tros gegant de cartolina blanca setinada i em demana que el sostingui fermament. Està agafant un primer pla del taulell de l'entrada, augmentant la resolució. La cartolina reflecteix la llum tan subtilment, que no noto el seu efecte sobre la fusta, però dono per fet que aporta una contribució crucial a la brillantor i uniformitat de la il·luminació.

En Mat comença a disparar fotos de nou, i ara la potent il·luminació proporciona una llum serena i puc sentir la càmera fent *clic*, *clic*. En Neel és darrere d'en Mat, aguantant un llum amb una mà i bevent el segon suc de col verda amb l'altra.

Mentre sostinc la cartolina, penso: a en Corvina tant li fa en Penombra. Tota aquesta història, en el fons, va de control, prova de convertir-me en el seu instrument. Agraeixo la distància geogràfica que hi ha entre tots dos; no suportaria escoltar aquella veu cara a cara. O, potser, cara a cara no es prendria la pena de convence'm. Potser es presentaria amb una banda de bates negres. Però no pot, perquè som a Califòrnia; el continent és la nostra protecció. En Corvina ha lligat caps massa tard i, per tant, la seva veu és l'únic que té.

En Mat encara s'atansa més, pel que sembla enfocant amb detall molecular el taulell principal, el lloc on he passat bona part de la meva vida d'un temps ençà. Per un instant, tinc un bonic retrat emmarcat: en Mat plegat en dos, suant, sostenint la càmera contra l'ull, i un Neel grandot, somrient, aguantant el llum amb fermesa, fent xarrups del suc de col verda. Els meus amics fent una cosa plegats. Això també demana tenir fe. No sabria dir què s'aconsegueix amb la cartolina, però confio en en Mat. Sé que quedarà fantàsticament bé.

En Corvina no ho ha entès. Els plans d'en Penombra no van fracassar perquè és un guillat sense remei. Si en Corvina tingués raó, significaria que ningú no hauria d'intentar fer mai res nou ni arriscar-se. Potser els plans d'en Penombra van fracassar perquè no el van ajudar prou. Potser no tenia cap Mat ni cap Neel, ni una Ashley o una Kat... fins ara.

En Corvina ha dit: «Has d'aturar en Penombra».

No, ben al contrari. L'ajudarem.

Arriba l'alba, i en fer-ho, sé que no he d'esperar en Penombra. Es dirigeix no pas a la botiga que té el seu nom, sinó a Google. En qüestió d'un parell d'hores, el projecte en què en Penombra i els seus germans i germanes han treballat durant dècades, o segles, donarà fruit. Probablement es menjarà un *bagel* en alguna banda per celebrar-ho.

Aquí, a la botiga, en Mat torna a guardar els llums al sarcòfag d'escuma grisa. En Neel fica la cartolina blanca plegada a la paperera. Jo enrotllo els cables de color taronja i endreço el taulell principal. Tot té el mateix aspecte de sempre; res no s'ha mogut de lloc. I, tanmateix, hi ha alguna cosa diferent. Ho hem fotografiat tot: les prestatgeries, el taulell, la porta, el terra. Hem fet fotos dels llibres, de tots, els de la part del davant i també els de la Llista-retro. No hem fotografiat les pàgines interiors, és clar (això seria un projecte a una altra escala). Si jugues a Super Mario a la Llibreria, navegant en un simulacre en 3D de la llibreria d'en Penombra, amb una llum d'un rosa groguenc entrant pels aparadors i un efecte de partícules de boira de fons, i decideixes que en realitat vols llegir un d'aquells llibres amb una textura tan meravellosa: quina llàstima. La maqueta d'en Neel podria reproduir el volum de la botiga, però mai la seva obscuritat.

—Esmorzem? —pregunta en Neel.

—Esmorzem! —accepta en Mat.

Així doncs, marxem. I punt. Apago els llums i tanco la porta de cop darrere meu. Les campanetes sonen alegrement. Mai no m'han donat una clau.

—Deixa'm veure les fotos —demana en Neel, agafant la seva càmera.

—Encara no, encara no —diu en Mat, ficant-se-la sota el braç—. Les he d'avaluar. Això només és el material en brut.

—Avaluar? Què vols dir, amb notes: 10, 9, 8?

—Avaluar el color... retocar el color. Manipular-les: han de quedar maques. —Aixeca una cella.— Hem pensava que treballaves amb estudis de cinema, Shah.

—T'ho ha dit ell? —En Neel es tomba per mirar-me amb els ulls com unes taronges:— L'hi has dit tu? Són do-cu-men-tals!

—T'hauries de passar per ILM la setmana vinent —replica en Mat amb calma—. T'ensenyaré unes quantes coses.

Ara tots dos s'han allunyat força per la vorera, a mig camí del cotxe d'en Neel, però jo encara sóc davant dels aparadors principals amb les enormes lletres daurades: «DEL SENYOR PENOMBRA», en una Gerritszoon preciosa. A dins tot és fosc. Premo la mà sobre el símbol de la fraternitat (dues mans obertes com un llibre) i, quan les aparto, hi deixo una empremta oliosa dels cinc dits.

Una arma de les grosses

FINALMENT HA ARRIBAT el moment de desxifrar un codi que s'ha fet esperar cinc-cents anys.

La Kat ha reservat l'amfiteatre de visualització de dades de Google amb les seves enormes pantalles. Ha traslladat les taules de l'envelat del dinar al davant de tot; sembla una mena de centre de control de missió, a l'estil pícnic.

El dia és preciós; hi ha un cel blau resplendent amb núvols blancs i prims, tot comes i arabescos. Els colibrís planen per investigar les pantalles i tot seguit s'allunyen en ziga-zagues sobre la gespa brillant. Se sent música al lluny; la banda de música de Google assaja un vals compost amb algoritmes.

Més avall, la secció de desxiframent de codis seleccionada per la Kat s'està instal·lant. Es treuen portàtils, cadascun folrat amb una col·lecció diferent d'adhesius i hologrames de colors, i els empleats de Google es connecten al corrent i a la fibra òptica, cargolant els dits.

L'Igor també hi és. Amb la seva perspicàcia a la llibreria s'ha guanyat una invitació especial: avui el deixen jugar amb la Caixa Gran. S'aboca sobre el portàtil, les seves mans esprimatxades són una taca borrosa, i dos treballadors de Google observen amb els ulls molt oberts per damunt de la seva espatlla.

La Kat va fent voltes, xerrant amb els empleats de Google un per un. Somriu i assenteix, i els dóna copets a l'esquena. Avui és un general, i aquests són les seves tropes.

En Tyndall, la Lapin, l'Imbert i en Fedorov també hi són, juntament amb la resta de novells de la contrada. Seuen al límit de l'amfiteatre, tots en una filera al llarg de l'última grada. N'arriben més. La Muriel de cabells platejats també, igual que en Greg, l'empleat de Google de la cua de cavall. Avui es troba entre la fraternitat.

La majoria de membres de la fraternitat estan a punt de superar la mitjana edat. N'hi ha que, com la Lapin, semblen força grans, i uns quants encara ho són més. Hi ha un home molt gran en cadira de rodes (ulls enclotats, cara molt pàl·lida i arrugada com paper fi), empès per un jove assistent amb un vestit elegant. L'home remuga una dèbil salutació a en Fedorov, que li dóna la mà.

I finalment hi ha en Penombra. Envoltat d'admiradors al límit de l'amfiteatre, explica el que està a punt de passar. Somriu i gesticula amb els braços, assenyalant els empleats de Google de les taules, la Kat i a mi.

No li he dit allò de la trucada d'en Corvina, i no penso ferho. El Primer Lector ja no importa. El que importa és la gent d'aquest amfiteatre i l'enigma d'aquestes pantalles.

—Vingui aquí, jove, acosti's —diu—. Li presentaré la Muriel com cal. —Somric i li dono la mà. És bonica. Té els cabells platejats, pràcticament blancs, però la pell llisa, amb unes microarrugues que se li insinuen al voltant dels ulls.— La Muriel té una granja de cabres —explica en Penombra—. Hi hauria de portar la seva... eeh... amiga, sap? —i indica la Kat amb el cap—, l'hauria de portar a veure-ho. La visita és meravellosa.

La Muriel somriu lleugerament.

—La primavera és la millor temporada —apunta—. És quan tenen les cabretes. —I adreçant-se a en Penombra, afegeix amb sorneguería:— Ets un bon ambaixador, Ajax, però tant de bo vinguessis més sovint. —Li fa l'ullet.

—Buf, la botiga em manté molt enfeinat —replica ell—, però ara, després d'això? —Fa un gest amb les mans i expressa amb la cara una petita corrugació de celles de: «Qui sap què pot passar».— Després d'això, qualsevol cosa és possible.

Espera un segon... què està passant aquí? No pot estar passant res.

Però en podria estar passant alguna.

—Molt bé, que calli tothom. Silenci! —crida la Kat des de la part davantera de l'amfiteatre. Alça la vista per adreçar-se a la munió d'erudits aplegada a les grades:— Bé, sóc la Kat Potente, la DP d'aquest projecte. M'alegro que siguin aquí, però hi ha algunes coses que haurien de saber. En primer lloc, poden usar la Wi-Fi, però la fibra òptica només és per als empleats de Google.

Miro la gentada reunida de la fraternitat. En Tyndall té un rellotge de butxaca enganxat als pantalons amb una llarga cadeneta i comprova l'hora. No crec que això representi cap problema.

La Kat abaixa la vista cap a la llista impresa de punts per verificar.

—En segon lloc, no es connectin a cap bloc, ni facin piulades ni pengin res del que vegin aquí.

L'Imbert calibra un astrolabi. De debò: cap problema.

—I en tercer lloc —somriu forçadament—, això no trigarà gaire estona; per tant, no es posin excessivament còmodes.

Ara passa a adreçar-se a les seves tropes:

—No sabem amb quina mena de codi ens enfrontem, encara —explica—. Primer ho hem d'esbrinar. Per tant, treballarem en paral·lel. Tenim dues-centes màquines virtuals a l'espera i a punt a la Caixa Gran, i el vostre codi s'introduirà al lloc que li correspongui automàticament si li poseu l'etiqueta «CÒDEX». Tothom preparat?

Tots els empleats de Google assenteixen. Una noia es posa unes ulleres fosques.

—Endavant.

Les pantalles cobren vida, un llampegueig de visualització de dades i exploració. El text del MANUZIO fa pampallugues i centelleja en forma de lletres quadrades gràcies al codi i la consola. Ja no és un llibre; és un buidatge de dades. Taules de dispersió i diagrames de barres es despleguen a les pantalles. A les ordres de la Kat, les màquines de Google digereixen les dades una vegada i una altra de nou-centes maneres diferents. Nou mil. Encara res.

Els treballadors de Google busquen un missatge (qualsevol) al text. Podria tractar-se d'un llibre sencer, podria tractar-se d'algunes frases, podria tractar-se d'una sola paraula. Ningú, ni tan sols el Llom Intacte, sap què esperar, ni com ho va xifrar Manuzio, i això ho converteix en un problema molt difícil. Afortunadament, als empleats de Google els encanten els problemes molt difícils.

Ara es tornen més creatius. Fan que creus, espirals i galàxies de colors ballin per les pantalles. Els gràfics adopten noves dimensions; primer, es transformen en cubs, piràmides i taques, després els surten llargs tentacles. La vista em falla mentre provo de seguir-los. Un lèxic llatí apareix en una pantalla; una llengua sencera analitzada en mil·lisegons. Es veuen models d'*n*-grames i diagrames de Vonnegut. Apareixen mapes amb seqüències de lletres que, vés a saber, s'han traduït en longituds i latituds, i que s'han marcat arreu del món, un fotimer de punts arreu de Sibèria i del sud del Pacífic.

Res.

Les pantalles pampalluguegen i centellegen mentre els treballadors de Google proven d'abordar-ho des de tots els angles. La fraternitat murmura. N'hi ha que encara somriuen; d'altres comencen a arrugar el front. Quan en una pantalla apareix un escaquer gegant amb una pila de lletres a cada casella, en Fedorov es tira els mocs amunt i mussita:

—Vem provar 'xò mateix el 1627.

¿És per aquest motiu que en Corvina creu que aquest projecte no tindrà èxit (perquè el Llom Intacte ho ha provat tot? O simplement perquè això és fer trampa?), perquè l'amic Manuzio mai no va tenir pantalles brillants ni màquines virtuals? Si les segueixes, aquestes dues línies de raonament conflueixen com un parany i et porten de dret a la Sala de Lectura, amb els seus guixos i les seves cadenes, i enlloc més. Encara no m'empasso que una d'aquestes pantalles hagi de revelar el secret de la immortalitat, però, carai!, vull que en Corvina estigui equivocat. Vull que Google desxifri aquest codi.

—D'acord —anuncia la Kat—, tenim vuit-centes màquines més. —Alça la veu, que s'estén per la gespa:— Profunditzem. Més iteracions. No afluixeu. —Passa d'una taula a una altra, consultant i animant. És una bona líder; ho veig a les cares dels empleats de Google. Em sembla que la Kat Potente ha trobat la seva vocació.

Observo com l'Igor es pica el cap contra el text. Primer tradueix cada línia de caràcters en una molècula i simula una reacció química; a la pantalla, la dilució es dissol en una mescla grisa. Tot seguit converteix les lletres en gent diminuta de 3D i la col·loca en una ciutat simulada. Volten xocant contra els edificis i formant embussos de gent al carrer fins que l'Igor ho destrueix tot amb un terratrèmol. Res. Cap missatge.

La Kat puja per la grada, aclucant els ulls davant del sol, protegint-se'ls amb la mà.

—Aquest codi es resisteix —admet—. I força, em sembla.

En Tyndall corre pel perímetre de l'amfiteatre i salta damunt de la Lapin, que xiscla i s'agemoleix. L'home agafa el braç de la Kat.

—Cal compensar la fase de la lluna a l'hora d'escriure! La compensació lunar és essencial!

Allargo la mà i separo la seva grapa tremolosa de la màniga de la Kat.

—Senyor Tyndall, no s'amoïni —dic. Ja hem vist un seguit de llunes de totes les formes desfilant per les pantalles.— Coneixen les seves tècniques. I si Google es caracteritza per alguna cosa, és per la seva exhaustivitat.

Mentre més avall les pantalles llampurnegen i es tornen borroses, un equip d'empleats de Google volta entre la fraternitat; joves amb portafolis i cares afables, fent preguntes com ara: quan va néixer? On viu? Quin és el seu nivell de colesterol?

Em pregunto qui són.

—Són de Google Forever —diu la Kat, una mica tímida—. Becaris. Vejam, és una bona oportunitat. Algunes d'aquestes persones són grans i encara gaudeixen de molt bona salut.

La Lapin descriu la seva feina a Pacific Bell a un empleat de Google que l'enfoca amb una videocàmera minúscula. En Tyndall escup dins d'un flascó de plàstic.

Una de les becàries s'acosta a en Penombra, però l'home li indica que se'n vagi sense badar boca. Té els ulls clavats a les pantalles de sota. Està completament absort, obre molt els ulls blaus, que li brillen com el cel de dalt. Sense que l'hi demanin, l'advertiment d'en Corvina em ressona dins del cap: «I aquest, el darrer i més ambiciós dels seus plans... tampoc no reeixirà».

Però ja no és el pla d'en Penombra. S'ha fet molt més gran. Guaiteu totes aquestes persones; guaiteu la Kat. Ha tornat a la part davantera de l'amfiteatre i tecleja frenèticament al mòbil. Se'l fica de nou a la butxaca i es quadra de cara al seu equip.

—Pareu un segon! —crida, bellugant els braços enlaire—. Pareu! —La ruleta de desxiframent de codis es deté lentament per aturar-se del tot. En una pantalla, les lletres del MANUZIO es belluguen en l'espai, rodant a diferents velocitats. En una altra, una mena de nus supercomplicat prova de desfer-se.— La DP ens fa un gran favor —anuncia la Kat—. Sigui el que sigui que estigueu executant, poseu-li l'etiqueta «CRÍTIC». Traslladarem aquest codi a tot el sistema d'aquí a deu segons.

Un moment... a tot el sistema? A tot el sistema... com aquell qui diu? La Caixa Gran?

La Kat somriu. És un oficial d'artilleria que acaba de posar les mans sobre una arma de les grosses. Ara alça la vista cap a la seva audiència (la fraternitat). Fa botzina amb les mans:

—Això només era l'escalfament!

Un compte enrere apareix a les pantalles. Un arc de Sant Martí gegant, numerat amb el 5 (vermell), el 4 (verd), el 3 (blau), el 2 (groc)...

I llavors, en un assolellat matí de divendres, durant tres segons, no pots fer cap cerca. No pots consultar el correu electrònic. No pots mirar vídeos. No pots obtenir adreces. Només durant tres segons, no funciona res, perquè cadascun dels ordinadors de Google d'arreu del món es consagra a aquesta tasca.

Cosa que els converteix en una arma de les grosses, realment grossa.

Les pantalles es queden en blanc, un blanc pur. No hi ha res per mostrar perquè ara mateix passen massa coses, més de les que es podrien presentar en un banc de quatre pantalles, o de quaranta, o de quatre mil. Cada transformació que es pot aplicar a aquest text es fa. Cada possible error s'analitza, cada valor propi s'avalua. Cada pregunta que es pugui plantejar en una seqüència de lletres es formula.

Al cap de tres segons, s'ha enllestit la indagació. L'amfiteatre està en silenci. La fraternitat conté la respiració; llevat del més vell de tots, l'home de la cadira de rodes, que deixa escapar una interminable ranera per la boca. A en Penombra li brillen els ulls, expectant.

—I doncs? Què hem obtingut? —demana la Kat.

Les pantalles resplendeixen i guarden la resposta.

—Nois? Què hem obtingut?

Silenci per part dels empleats de Google. Les pantalles resten en blanc. La Caixa Gran està buida. Després de tot això: res. A l'amfiteatre s'imposa el silenci. A l'altra banda de la gespa, un dels tambors de la banda de música deixa anar un *ratatatà*.

Trobo el rostre d'en Penombra entre la gent. Sembla completament estupefacte, encara observa les pantalles esperant que hi aparegui alguna cosa, la que sigui. Pots veure-li a la cara com se li acumulen tot de preguntes: «Què significa, això?», «Què han fet malament?», «Què he fet malament?».

Més avall, els empleats de Google mostren expressions sorrudes, xiuxiuejant entre si. L'Igor encara està abocat sobre el teclat, encara prova coses. Traces de colors apareixen i desapareixen a la seva pantalla.

La Kat enfila a poc a poc les grades. Sembla abatuda i desmoralitzada (pitjor que quan es pensava que l'havien deixat de banda per a la DP).

—Bé, m'imagino que estan equivocats —diu, assenyalant vagament la fraternitat—. No hi ha cap missatge aquí. Només soroll. Ho hem intentat tot.

—Dona, no tot,...

Alça la vista acaloradament.

—Sí, tot. Clay: hem analitzat l'equivalent de... posem... un milió d'anys d'esforç humà. Sense cap resultat. —Està enrojolada (enfadada o avergonyida, o totes dues coses).— Aquí no hi ha res.

Res.

Quines són les possibilitats? O que aquest codi és tan subtil, tan complex, que la força computacional més potent de la història mundial no el pot desxifrar... o que aquí no hi ha res en absolut, i la fraternitat ha estat perdent el temps des de fa cinc-cents anys.

Provo de buscar el rostre d'en Penombra novament. El busco per l'amfiteatre recorrent amb la vista amunt i avall l'aglomeració de la fraternitat. Veig en Tyndall, remugant per a si mateix; en Fedorov, assegut en un posat cavil·lós; la Rosemary Lapin, somrient vagament. I llavors el veig: una figura alta i esprimatxada que s'allunya pels parterres de gespa de Google, gairebé a tocar del bosquet d'arbres de l'altra banda, avançant amb celeritat, sense mirar enrere.

«I aquest, el darrer i més ambiciós dels seus plans... tampoc no reeixirà».

Arrenco a córrer rere seu, però no estic en forma; de tota manera, com és que és tan ràpid? Panteixo i esbufego per la gespa cap al punt on l'he vist per darrer cop. Quan hi arribo, no hi és. El caòtic campus de Google s'aixeca tot al meu voltant, l'arc de Sant Martí assenyala tots els camins alhora, i aquí les voreres s'allunyen en cinc direccions diferents. Ha desaparegut.

«És una ximpleria, i fracassarà, i llavors què?».

En Penombra ha desaparegut.

LA TORRE

M[illegible]

[illegible]

Parla de quan [illegible] doctor. [illegible]

[illegible]

L'[illegible] 1337 i el catàleg del [illegible]

[illegible] En tot cas, caldrà [illegible] de manera que [illegible] el portal, [illegible]

L'única manera de fer-ho és en temps real, per tant, [illegible]ment, he de seure i escoltar als dos primers volums sencers de

Petits trossos de metall

MATRÒPOLI HA ENVAÏT la sala d'estar. En Mat i l'Ashley s'han emportat el sofà i, per travessar la sala, has de seguir un estret pas entre les taules de jugar a cartes: el sinuós riu Mittel, arrodonit amb dos ponts. El barri comercial ha crescut, i noves torres s'han obert camí enllà del vell aeròdrom, gairebé tocant el cel. M'imagino que en Mat podria construir alguna cosa allà dalt, també. Aviat Matròpoli s'annexionarà el cel.

Passa de mitjanit i no puc dormir. Encara no he pogut recuperar el ritme circadiari, tot i que ha transcorregut una setmana des de la sessió de fotos en plena nit. Per tant, ara estic estirat a terra, ofegant-me a les profunditats del riu Mittel, recitant *Les cròniques de cançó de drac*.

L'edició en audiollibre que vaig comprar per a en Neel es va fabricar l'any 1987 i el catàleg del distribuïdor no especificava que encara venia en cintes de casset. Cintes de casset! O potser ho especificava i em va passar per alt amb l'emoció de la comanda. En tot cas, encara vull que en Neel tingui audiollibres, de manera que he comprat un *walkman* Sony per set dòlars a eBay i ara escolto les cintes amb el portàtil, tornant-les a gravar, portant-les una per una al gran tocadiscs digital del cel.

L'única manera de fer-ho és en temps real; per tant, bàsicament, he de seure i escoltar els dos primers volums sencers de nou. Però tampoc no està tan malament, perquè els audiollibres els llegeix en Clark Moffat en persona. No l'he sentit parlar mai, i em resulta inquietant, sabent el que ara sé d'ell. Té una bona veu, aspra però clara, i me la puc imaginar ressonant a la llibreria. Em puc imaginar la primera vegada que en Moffat va travessar la porta; el so de les campanetes, el cruixit dels taulons del terra.

En Penombra li devia preguntar: «Què busca en aquestes prestatgeries?».

En Moffat devia mirar al voltant, fent-se una idea del local (fixant-se en els tètrics racons de la Llista-retro, sens dubte) i llavors potser va contestar: «Home, què llegiria un bruixot?».

En Penombra hauria somrigut, en sentir això.

En Penombra.

S'ha esfumat, i la llibreria ha quedat abandonada. No tinc ni idea d'on buscar-lo.

En un rampell d'enginy, vaig comprovar el domini d'Internet Penombra.com i, efectivament: el té registrat. El va comprar a l'era primitiva d'Internet l'Ajax Penombra i el va renovar l'any 2007 per un optimista període de deu anys... però al registre només figura l'adreça de la botiga del carrer Broadway. Més indagacions a Google no van donar fruits. En Penombra només projecta una tènue ombra digital.

En un altre rampell d'enginy (una mica més fluix), vaig seguir la pista de la Muriel de cabells platejats i la seva granja de cabres, just al sud de San Francisco, en un conjunt de pastures boiroses que s'anomena Pescadero. Ella tampoc no n'ha sabut res, d'ell. «Ja ho ha fet abans», va explicar. «Desaparèixer. Però... normalment truca». El seu rostre sense arrugues va fer una petita corrugació de celles i els voltants dels ulls se li van enfosquir. Quan me'n vaig anar, em va donar una rodona de formatge fresc de cabra de la mida d'un palmell.

Així doncs, en un desesperat rampell final, he obert les pàgines escanejades del Penombra. Google no va poder desxifrar el manuzio, però aquests *codices vitae* moderns no estaven tan astutament xifrats i, a més (n'estava força segur), en realitat hi havia alguna cosa en aquest llibre esperant a ser desxifrada. He enviat a la Kat un missatge de text demanant-l'hi, i la seva resposta ha estat breu i definitiva: «No». Trenta segons més tard: «Rotundament no». Al cap de set més: «Aquest projecte està liquidat».

La Kat es va endur una tremenda decepció quan la Gran Descodificació va fracassar. Estava totalment convençuda que aquell text ens reservava alguna revelació profunda; havia desitjat que ens reservés alguna cosa així. Ara s'ha abocat en cos i ànima a la DP i, sobretot, m'ignora. Excepte, és clar, per dir: «Rotundament no».

Però, segons com, això ha estat el millor que podia passar. Les dues pàgines que s'obren a la pantalla del meu portàtil (amb atapeïts glifs Gerritszoon il·luminats durament pels flaixos de la càmera del GrumbleGear) encara em fan sentir estrany. L'esperança d'en Penombra era que el seu *codex vitae* no es llegís fins després de la seva mort. I, per tant, he decidit que no obriria el llibre de la vida d'un home simplement per buscar l'adreça on viu.

Finalment, amb l'enginy esgotat, he consultat en Tyndall, la Lapin i en Fedorov. Cap d'ells ha sabut res d'en Penombra, tampoc. Tots s'estaven preparant per anar a viure a la costa est, per refugiar-se al Llom Intacte de Nova York i unir-se a la trepa de les cadenes d'en Corvina que hi ha allà. Si voleu saber la meva opinió, tot plegat és inútil: vam agafar el *codex vitae* de Manuzio i el vam esprémer fins a l'última gota. En el millor dels casos, aquesta fraternitat està fundada en una falsa esperança, i en el pitjor, en una mentida. En Tyndall i els altres no han volgut afrontar-ho encara, però en algun moment ho hauran de fer.

Tot això pinta malament, és així i prou. I em sento fatal perquè, si ho repasses pas per pas, no pots evitar veure que tot plegat és culpa meva.

La ment em divaga. He trigat moltes nits a arribar fins tan lluny, però en Moffat finalment està enllestint el *Volum II*. Mai no havia escoltat un audiollibre fins ara i, ho he d'admetre, és una experiència completament diferent. Quan llegeixes un llibre, el relat, és clar, es desenvolupa dins del teu cap. Quan l'escoltes, sembla tenir lloc en un petit núvol al voltant del cap, com una gorra de punt grossa calada fins als ulls:

—El Corn Daurat de Griffo està exquisidament treballat —va dir Zenòdot, passant el dit per la corba del tresor de Telèmac—. I la màgia rau únicament en la seva factura. Ho entens? Aquí no hi ha bruixeria... cap que jo pugui percebre.

La veu de Zenòdot que fa en Moffat no és la que m'esperava. En comptes d'una veu ronca, profunda i teatral de mag, és apagada i freda. És la veu d'un assessor de mag mercantil.

Fernwen va obrir molt els ulls en sentir-ho. ¿No acabaven de plantar cara a uns aiguamolls terrorífics per reclamar aquest instrument encantat? I ara el Primer Mag afirmava que en realitat no tenia cap poder?

—La màgia no és l'únic poder d'aquest món —va afegir el vell bruixot en veu baixa, tornant el corn al seu reial propietari—. Griffo va fer un instrument tan perfecte que fins i tot els morts s'han d'aixecar per escoltar la seva crida. El va fer amb les seves mans, sense encanteris ni cançons de drac. Tant de bo jo sabés fer el mateix.

Mentre en Moffat llegeix, puc sentir el sinistre propòsit de la veu del Primer Mag. Salta a la vista el que s'acosta:

Fins i tot Aldrag el Pare-Serpent envejaria una cosa així.»

Un moment, què?

Fins ara, cada frase de la boca d'en Moffat ha estat una agradable repetició. La seva veu ha estat una agulla llaurant còmodament un profund solc al meu cervell. Però aquesta frase... no l'havia llegit mai, aquesta frase.

Aquesta frase és nova.

El meu dit pitja el botó de pausa del *walkman*, però no vull espatllar la gravació per a en Neel. En comptes d'això, me'n vaig ràpidament a la meva habitació i agafo el *Volum II* de la lleixa. Passo les pàgines fins al final, i sí, tinc raó: aquí no s'esmenta pas Aldrag el Pare-Serpent. Ell va ser el primer drac que va cantar, i va emprar el poder de la seva cançó de drac per forjar els primers nans amb roca fosa, però no és això el que importa... el que importa és que aquesta frase no figura al llibre.

Per tant, què més no figura al llibre? Què més és diferent? Per què en Moffat s'inventa coses?

Aquests audiollibres es van fer l'any 1987, just després que s'hagués publicat el *Volum III*. Per consegüent, també va ser just després que en Clark Moffat s'emboliqués amb el Llom Intacte. La meva intuïció d'aranya es desperta: tot això amaga alguna relació.

Però només se m'acudeixen tres persones al món que podrien tenir pistes sobre el propòsit d'en Moffat. La primera és el senyor fosc del Llom Intacte, però no tinc gens de ganes de posar-me en contacte amb en Corvina ni amb cap dels seus sequaços de la Festina Lente Company, ni de la superfície ni de sota terra. A més, encara em fa por que la meva adreça IP pugui figurar en alguna de les seves llistes de pirates.

La segona és el meu antic patró, i em moro de ganes de posar-m'hi en contacte, però no sé com. Estirat aquí a terra, escoltant el frec sord de la cinta buida, m'adono d'un detall molt trist: aquest home eixut, d'ulls blaus, m'ha trastocat l'existència... i l'únic que sé d'ell és el que posa a l'aparador de la seva botiga.

Queda la tercera possibilitat. L'Edgar Deckle tècnicament

forma part de la quadrilla d'en Corvina, però té alguns punts al seu favor:

1. És un coconspirador declarat.
2. Vigila la porta de la Sala de Lectura, amb la qual cosa deu ser molt amunt en aquesta fraternitat i, per tant, deu tenir accés a molts secrets.
3. Va conèixer en Moffat. I el més important de tot:
4. Surt a la guia telefònica. De Brooklyn.

Sembla escaientment seriós i de l'estil del Llom Intacte enviar-li una carta. És una cosa que no he fet des de fa més d'una dècada. L'última carta que vaig escriure amb tinta i paper va ser un escrit d'allò més sentimental a una pseudonòvia de llarga distància durant la setmana de festa després de les colònies de ciències. Jo tenia tretze anys. La Leslie Murdoch no va contestar mai.

Per a aquesta nova epístola, trio paper perdurable gruixut. Compro un bolígraf de punta fina. Redacto amb cura el missatge, explicant en primer lloc tot el que ha succeït a les brillants pantalles de Google i preguntant tot seguit a l'Edgar Deckle el que ell sap, si és que en sap res, sobre les edicions en audiollibre d'en Clark Moffat. Arrugo sis fulls de paper perdurable gruixut en el procés perquè m'equivoco contínuament amb l'ortografia o perquè ajunto massa les paraules. La meva lletra no ha deixat mai de ser horrible.

Finalment, fico la carta en una bústia d'un blau brillant i espero el millor.

Al cap de tres dies apareix un correu electrònic. És de l'Edgar Deckle. Proposa que parlem per videoconferència.

Bé, d'acord.

Passa de migdia, un diumenge, quan clico la icona de la càmera verda. El canal cobra vida i veig en Deckle, abaixant la vista cap al seu ordinador, amb el nas rodó presentat lleument en escorç. Seu en una petita habitació, mig atapeïda de coses, amb les parets grogues; em penso que hi ha un llum de sostre en alguna banda damunt seu. Rere la seva tofa de cabells, puc veure olles de coure per cuinar penjant de ganxos i la porta d'una nevera negra brillant, guarnida amb tot d'alegres imants i dibuixos indistints.

—Em va agradar la teva carta —comenta en Deckle, somrient, mostrant el paper perdurable plegat en tres parts.

—Bé, sí. Ja m'ho imaginava. Tant se val.

—Ja estava al corrent del que va passar a Califòrnia —diu—. Les notícies arriben veloçment al Llom Intacte. Va ser una revolució. —M'esperava que estaria enfadat per tot plegat, però somriu.— En Corvina es va sulfurar una mica. La gent es va emprenyar força.

—No es preocupi, va fer tot el que va poder per aturar-ho.

—Ah, no... no. Es van emprenyar perquè no ho haguéssim intentat ja pel nostre compte. «Aquests oportunistes de Google no havien de gaudir pas de tota la diversió», deien.

Això em fa somriure. Potser l'autoritat d'en Corvina no és tan absoluta com sembla.

—Però encara hi persisteixen, vostès? —pregunto.

—Encara que els potents ordinadors de Google no van trobar res? —replica en Deckle—. I tant. Au, va. Vejam, tinc ordinador, jo. —Clava un copet amb el dit sobre la coberta del portàtil i fa que la càmera trontolli.— No són pas màgics. Senzillament, són tan competents com els seus programadors, oi?

Sí, però aquells eren uns programadors d'allò més competents.

—Si vols que et digui la veritat —prossegueix en Deckle—, hem perdut gent. Uns quants dels més joves, lligalls, que tot just començaven. Però no passa res. No és res si es compara amb...

Hi ha una mica d'enrenou rere en Deckle, i una cara petita apareix per damunt de la seva espatlla, estirant-se per veure la pantalla. És una nena, i quedo parat en comprovar que és una Deckle en menut. Té els cabells rossos com el sol, llargs i embullats, i té el seu nas. Deu tenir uns sis anys.

—Qui és, aquest? —demana, assenyalant la pantalla. Així doncs, l'Edgar Deckle aposta doble: immortalitat a través del llibre i immortalitat a través de la sang. I els altres? Tenen fills?

—Aquest és el meu amic Clay —diu en Deckle, envoltant-la per la cintura—. Coneix l'oncle Ajax. També viu a San Francisco.

—M'agrada, San Francisco! —exclama la nena—. M'agraden les balenes!

En Deckle atansa el cap a la seva filla i li xiuxiueja teatralment:

—Quin soroll fan les balenes, cuca?

La nena s'allibera del seu braç, es posa de puntetes i fa una mena de *muu-mèu* mentre executa una lenta pirueta. És la seva idea de balena. Ric, i ella mira a la pantalla amb ulls brillants, gaudint de l'atenció. Torna a fer el cant de balena, aquesta vegada fent giragonses i lliscant pel terra de la cuina. El *muu-mèu* s'apaga a la cambra del costat.

En Deckle somriu i observa com se'n va.

—Bé, anant al gra —diu, tombant-se cap a mi—, no: no et puc ajudar. Vaig veure en Clark Moffat a la botiga, però després de resoldre el Trencaclosques del Fundador... en cosa de tres mesos... va anar directament a la Sala de Lectura. No el vaig tornar a veure mai més i, definitivament, no sé res del seu audiollibre. Francament, no suporto els audiollibres.

Però un audiollibre és com una gorra de punt grossa calada fins als...

—Ja saps amb qui hauries de parlar, oi?

És clar que sí:

—En Penombra.

En Deckle afirma amb el cap.

—Ell té la clau del *codex vitae* d'en Moffat... Ho sabies? Van ser molt amics, com a mínim durant un temps, allà.

—Però no el trobo enlloc —dic desanimadament—. És com un fantasma. —Llavors m'adono que parlo amb el novell preferit d'aquest home.— Un moment... sap on viu?

—Sí —respon en Deckle. Mira directament a la càmera.— Però no t'ho penso dir.

La consternació se'm deu reflectir clarament a la cara, perquè en Deckle de seguida enlaira les mans i diu:

—No, mira, farem un tracte. Vaig trencar totes les regles amb el llibre... i és un llibre molt antic... i et vaig donar la clau de la Sala de Lectura quan la vas necessitar, oi? Ara vull que facis una cosa per mi. A canvi, et diré de bona gana on trobar el nostre amic, el senyor Ajax Penombra.

Aquest tipus de tripijoc no és el que m'esperava de l'afable i somrient Edgar Deckle.

—Recordes els tipus Gerritszoon que et vaig ensenyar a la impremta del soterrani?

—Sí, és clar. —A la copisteria subterrània.— El que en quedava.

—Exacte. Em penso que et vaig dir el següent: van robar els originals. Va ser fa cent anys, just després que arribéssim als Estats Units. El Llom Intacte va embogir de ràbia. Va contractar un equip de detectius, va subornar la policia, va atrapar el lladre.

—Qui era?

—Un dels nostres... un enquadernat. Es deia Glencoe, li havien cremat el seu llibre.

—Per què?

—L'havien enxampat tenint relacions sexuals a la biblioteca —explica en Deckle amb tota naturalitat. Llavors aixeca un dit i diu, a sota veu:— Que, per cert, encara està mal vist, però actualment no et cremarien, per això.

Així doncs, el Llom Intacte fa progressos... de mica en mica.

—De tota manera, va pispar una pila de *codices vitae* i unes quantes culleres i forquilles de plata... Aleshores teníem un menjador molt elegant. I va agafar uns punxons dels tipus Gerritszoon. Alguns sostenen que per venjança, però em sembla que més aviat va ser desesperació. El domini del llatí no et dóna per a gaire, a la ciutat de Nova York.

—Ha dit que el van enxampar.

—Sí. No va poder trobar ningú que li comprés els llibres, de manera que els vam aconseguir recuperar. Les culleres havien desaparegut. I els punxons Gerritszoon... també havien desaparegut. I han restat desapareguts des d'aleshores.

—Una història estranya. I doncs?

—Vull que els trobis.

Hum:

—De debò?

En Deckle somriu.

—Sí, de debò. Sé que podrien ser al fons d'un contenidor o vés a saber on. Però també és possible —li centellegen els ulls— que s'amaguin a la vista de tothom.

Petits trossos de metall, perduts fa un centenar d'anys. Probablement seria més fàcil buscar en Penombra porta per porta.

—Em penso que te'n pots sortir —diu en Deckle—. Sembles un paio amb recursos.

Una vegada més:

—De debò?

—Escriu-me un parell de paraules quan els trobis. *Festina lente.* —Somriu i el canal es torna negre.

D'acord, ara estic empipat. M'esperava que en Deckle m'ajudaria. I, en canvi, em posa deures. Uns deures impossibles.

Ara bé: «Sembla un paio amb recursos». Això no m'ho havien dit mai. Penso en aquesta expressió. De recursos: de molts recursos. I quan penso en recursos, penso en en Neel. Però potser en Deckle té raó. Tot el que he fet fins ara, ho he aconseguit demanant favors. Conec gent amb habilitats especials, i sé com combinar les seves habilitats.

I ara que hi caic, tinc el recurs perfecte per a això.

Per trobar una cosa antiga i enigmàtica, una cosa estranya i important, acudeixo a l'Oliver Grone.

Quan en Penombra va desaparèixer i la botiga va tancar, l'Oliver va saltar tan ràpidament a una nova feina, que vaig sospitar que la devia tenir amagada a la butxaca del darrere des de feia temps. La feina és a Pygmalion, una de les independents per convenciment, una llibreria que no està per a ximpleries, fundada per alumnes del Moviment per la Llibertat d'Expressió al carrer Engels de Berkeley. Així doncs, ara l'Oliver i jo seiem plegats a la petita cafeteria de Pygmalion, encaixats rere la desmanegada secció de POLÍTICA ALIMENTÀRIA. Les cames de l'Oliver són massa llargues per a la ridícula tauleta, de manera que les estira a fora per un costat. Jo faig mossegadetes a un *scone* de gerds i brots de soia.

L'Oliver sembla content de treballar aquí. Pygmalion és enorme, gairebé una illa de cases sencera farcida de llibres i està extraordinàriament ben organitzada. Al sostre, uns quadrats de colors cridaners marquen les seccions, i unes franges que hi fan joc recorren el terra amb intricats laberints com una placa de circuit imprès amb els colors de l'arc de Sant Martí. Quan he arribat, l'Oliver duia un braçat de pesats volums a les prestatgeries d'ANTROPOLOGIA. Potser la seva constitució robusta no és de defensa, al capdavall; potser és de bibliotecari.

—En què consisteix, això del punxó? —pregunta l'Oliver. El seu coneixement d'objectes estranys no és tan profund després del segle XII, però em subestima.

Explico que el sistema de tipus mòbils es basa en diminuts

caràcters de metall que es poden ficar en rengleres per formar pàgines. Durant centenars d'anys, els caràcters es van fer individualment, cadascun encaixat a mà. Per encaixar els caràcters calia un motlle original, tallat en metall dur. Aquest motlle s'anomenava punxó, i hi havia un punxó per a cada lletra.

L'Oliver guarda silenci una estona i els seus ulls mostren una mirada distant. De sobte diu:

—Bé. T'ho hauria de dir. En realitat, hi ha dos tipus d'objectes al món. Això quedarà una mica místic, però... hi ha coses que tenen aura. I d'altres, no.

Vaja, jo em fio de l'aura.

—Estem parlant d'un dels tresors clau d'una secta amb segles d'antiguitat, en aquest cas.

Assenteix.

—Això està bé. Els objectes quotidians... els objectes de la llar? Han desaparegut. —Fa petar els dits: *clec.*— Tenim molta sort quan trobem, per exemple, un bol d'amanida formidable. Però els objectes religiosos...? No et creuries quantes urnes cerimonials es troben pertot arreu. Ningú no vol ser el paio encarregat de llençar-la.

—Per tant, si tinc sort, ningú no va voler ser el paio encarregat de llençar els Gerritszoon, tampoc.

—Sí, i si algú els va robar, això és un bon senyal. Que el robin és una de les millors coses que li pot passar a un objecte. Les coses robades tornen a posar-se en circulació. Queden desenterrades. —Llavors es mossega fort els llavis.— Però no et facis gaires il·lusions.

Massa tard, Oliver. M'empasso l'últim bocí de *scone* i pregunto:

—Per tant, si tens aura, on et porta això?

—Si aquests punxons són en alguna banda —contesta l'Oliver—, hi ha un lloc on els trobaràs. Necessites una cadira a la Taula d'Accés.

Primer de primària

La Tabitha Trudeau és la millor amiga de l'Oliver dels temps a Berkeley. És baixeta i robusta, amb cabells castanys enrinxolats i unes celles enormes i intimidadores rere unes ulleres negres de cul de got. Ara és directora adjunta del museu més estrany de tota Bay Area, un petit local d'Emeryville amb el nom de Museu de Califòrnia sobre les Arts de Punt i Ciències del Brodat.

L'Oliver ens ha presentat mitjançant un correu electrònic i ha explicat a la Tabitha que tinc una missió especial que ell veu amb molt bons ulls. També m'ha donat el consell tàctic que una donació no faria cap mal. Malauradament, una donació raonable constituiria almenys el vint per cent de la meva fortuna mundana, però encara tinc un patrocinador, de manera que contesto a la Tabitha i li dic que podria tenir mil dòlars per aportar (cortesia de la Fundació Neel Shah per a les Dones de les Arts), si ella em pogués ajudar.

Quan quedo amb ella al museu (simplement el Cal de Punt per a la gent del sector), sento una afinitat immediata, perquè el Cal de Punt és gairebé tan estrany com la Llibreria Penombra. Només es tracta d'una sala enorme, una escola reconvertida, ara folrada de brillants vitrines i instal·lacions interactives a mida de la menudalla. Dins d'una enorme galleda, vora la porta, hi ha tot d'agulles de punt com si fos un arsenal: grosses, fines, algunes fetes de plàstic brillant, d'altres fetes de fusta tallada amb formes antropomòrfiques. La sala fa una olor de llana que et tira enrere.

—Quantes visites teniu? —pregunto, examinant una de les agulles de fusta. És com un pal de tòtem molt prim.

—Ah, moltes —respon, col·locant-se bé les ulleres—. La major part estudiants. Ara mateix ve de camí un autocar, de manera que val més que vagis per feina.

Seu al taulell principal del museu, on un petit rètol anuncia «ENTRADA LLIURE AMB DONACIÓ DE FIL». Busco el xec d'en Neel dins la butxaca i l'alliso sobre el taulell. La Tabitha l'agafa amb un somriure.

—N'has fet servir algun d'aquests abans? —diu, clicant una tecla d'un terminal d'ordinador blau. Emet un alegre xiulet.

—Mai —contesto—. Ni tan sols sabia que existia res semblant fins fa un parell de dies.

La Tabitha alça la vista i segueixo la seva mirada: un autocar escolar tomba la cantonada per entrar al reduït aparcament del museu.

—Bé —replica—, tot és començar. Ja ho esbrinaràs tu solet. Limita't a... no ho sé... no regalar les nostres coses a un altre museu.

Assenteixo i m'esmunyo rere el taulell, intercanviant el lloc amb ella. La Tabitha recorre el museu recol·locant cadires i netejant taules de plàstic amb tovallons antisèptics. Pel que fa a mi: la Taula d'Accés està a punt.

La Taula d'Accés, pel que m'ha explicat l'Oliver, és una base de dades enorme que rastreja tots els objectes de tots els museus, de tot arreu. Funciona des d'aproximadament mitjan segle XX. Aleshores anava amb targetes perforades que es distribuïen, copiaven i guardaven en catàlegs. En un món on els objectes sempre estan en moviment (del tercer subterrani d'un museu a la sala d'exhibició i a un altre museu —que pot ser a Boston o a Bèlgica) es converteix en una necessitat.

Tots els museus del món fan servir la Taula d'Accés, des del museu d'història més humil fins a la col·lecció nacional més opulenta, i cada museu té un monitor idèntic. És el terminal d'antiguitats Bloomberg. Quan es troba o es compra un objecte, rep una nova entrada en aquesta matriu museològica. Si es ven o queda reduït a cendres, l'entrada es dóna de baixa. Però, mentre quedi un retall de llenç o una esberla de pedra en qualsevol col·lecció d'arreu del món, encara figura als llibres.

La Taula d'Accés ajuda a descobrir falsificacions: cada museu compta amb un terminal per observar si les noves entrades contenen similituds sospitoses amb objectes que ja figuren a la seva col·lecció. Quan la Taula d'Accés dispara l'alarma, significa que en alguna banda algú ha comès una estafa.

Si els punxons Gerritszoon són en algun museu del món, figuraran a la llista de la Taula d'Accés. L'únic que em cal és un minut al terminal. Però, siguem clars, un conservador de qualsevol museu de veritat es consternaria davant d'aquesta petició. Aquests terminals constitueixen el saber secret d'aquesta secta en concret. Per tant, l'Oliver va proposar que hi accedíssim a través d'una porta del darrere: un museu petit amb una encarregada comprensiva vers la nostra causa.

La cadira rere el taulell principal cruix sota el meu pes. M'esperava que la Taula d'Accés seria una mica més sofisticada, però, fet i fet, sembla una altra relíquia més del museu. Consisteix en un monitor d'un blau brillant, i no precisament dels més nous; els píxels pampalluguegen a través del gruixut vidre. Les noves adquisicions d'arreu del món es despleguen a un costat de la pantalla. Hi ha plats de ceràmica mediterranis, espases samurai japoneses i estatuetes mogols de la fertilitat (unes estatuetes mogol força pujades de to, tot malucs, completament yakshinis) i més coses, moltes més, com ara cronòmetres vells, mosquets atrotinats i fins i tot llibres, bonics llibres antics relligats en blau, amb enormes creus daurades a les cobertes.

Com és que els conservadors no es passen tot el dia mirant això?

Els alumnes de primer de primària entren al Cal de Punt, cridant i xisclant. Dos nens agafen agulles de fer mitja de la galleda de la porta d'entrada i es posen a batre's en duel, fent sorolls de sabre acompanyats d'esquitxos de saliva. La Tabitha els condueix a les instal·lacions interactives i comença el seu discurs. Hi ha un pòster a la paret, rere seu, que diu «EL TRICOT ÉS MACOT».

De nou a la Taula d'Accés, a l'altre costat del terminal, hi ha gràfics, òbviament elaborats per la Tabitha. Mostren les indagacions a la Taula d'Accés en diferents camps d'interès, camps com ara TÈXTIL, CALIFÒRNIA i SENSE SUBVENCIONS. El TÈXTIL és un pic d'activitat; CALIFÒRNIA té un pendent clarament en alça; SENSE SUBVENCIONS és una línia completament plana.

D'acord. On és el quadre de cerca?

On és la Tabitha, ha aparegut el fil de fer mitja. Els alumnes de primer de primària furguen en grans contenidors de plàstic buscant els seus colors preferits. Una nena cau i xiscla, i les seves dues amigues es posen a punxar-la amb les agulles.

No hi ha quadre de cerca.

Premo tecles a l'atzar fins que s'il·lumina la paraula DIRECTORI a dalt de tot de la pantalla. (Ha estat F5, la que ho ha fet.) Ara una taxonomia prolixament detallada es desplega davant meu. Algú, vés a saber des d'on, ho ha classificat tot de tot arreu:

METALL, FUSTA, CERÀMICA

SEGLE XV, SEGLE XVI, SEGLE XVII

POLÍTIC, RELIGIÓS, CERIMONIAL

Però, un moment... quina diferència hi ha entre RELIGIÓS i CERIMONIAL? Noto que se m'enfonsa l'estómac. Em poso a explorar METALL, però només hi ha monedes, braçalets i hams. Cap espasa... em penso que estan catalogades a ARMES. Potser a GUERRA. Potser a COSES PUNXEGUDES.

La Tabitha s'inclina sobre un dels alumnes de primer per ajudar-lo a creuar dues agulles de fer mitja i fer la primera llaçada. El nen té el front arrugat, completament concentrat (he vist aquesta mateixa mirada a la Sala de Lectura), i llavors li surt bé, forma la llaçada i fa un ample somriure sufocat.

La Tabitha mira cap a mi.

—Ja ho has trobat?

Nego amb el cap. No, encara no ho he trobat. No surt al SEGLE XV. Bé, potser figura al SEGLE XV, però totes les altres coses que hi ha al SEGLE XV, també; aquest és el problema. Encara estic encallat buscant una agulla en un paller. Probablement un paller antic de la dinastia Song que els mogols van cremar juntament amb tota la resta.

M'amorro cap endavant, amb la cara entre les mans, contemplant el terminal blau, que em mostra una foto d'unes monedes verdes deformes, recuperades d'un antic galió espanyol. He dilapidat els mil dòlars d'en Neel? Què figura que he de fer amb aquest trasto? Per què Google encara no ha indexat museus?

Una alumna de primer de primària, molt pèl-roja, ve corrent al taulell principal, rient i escanyant-se amb un embull de fil verd. Hum... bonica bufanda? Somriu i es posa a saltar.

—Ei, hola —dic—. Deixa'm fer-te una pregunta. —Riu per sota el nas i assenteix.— Com trobaries una agulla en un paller?

L'alumna de primer s'atura, pensativa, tibant-se el fil verd que duu al voltant del coll. Hi rumia molt. Els petits engranatges giren i giren; retorça els dits, reflexionant. Que mona. Per fi alça la vista i diu amb gravetat:

—Demanaria a la palla que la busqués.

Llavors deixa anar un xisclet de sirena i s'allunya saltant sobre un peu.

Un antic gong de dinastia Song em ressona dins el cap. Sí, és clar. Aquesta nena és un geni! Ric per a mi mateix i pitjo la tecla d'escapada fins que surto de l'horrorosa taxonomia del terminal. En comptes d'això, trio l'ordre que diu, simplement, ACCÉS.

És així de senzill. És clar, és clar. L'alumna de primer de primària té tota la raó. És fàcil trobar una agulla en un paller! «Demana a la palla que la busqui!».

El formulari d'accés és llarg i complicat, però el repasso ràpidament:

CREADOR: Griffo Gerritszoon
ANY: 1500 (aprox.)
DESCRIPCIÓ: Tipus de metall. Punxons Gerritszoon. Tota la fosa.
PROCEDÈNCIA: Perduts cap a l'any 1900. Recuperats a través d'una donació anònima.

Deixo buits la resta dels camps i pico la tecla de retorn per comunicar aquest nou objecte, completament inventat, a la Taula d'Accés. Si ho he entès bé, ara s'està desplegant en tots els altres terminals, igual que en aquest, de tots els museus del món. Els conservadors ho estan comprovant, verificant aquesta informació (i en són milers).

Transcorre un minut. Un altre. Un alumne de primer desvagat, amb una mata de cabells foscos, s'acosta furtivament al taulell, es posa de puntetes i s'hi aboca amb posat conspirador.

—Tens algun joc? —xiuxiueja, assenyalant el terminal.

Nego tristament amb el cap. Em sap greu, nano, però potser...

La Taula d'Accés fa *uuu, uuuu.* És un soroll creixent i agut, com una sirena antiincendis: *uuu, uuuu.* El vailet desvagat fa un bot, i tots els alumnes de primer de primària es tomben cap a mi. La Tabitha també, amb una de les seves enormes celles aixecada.

—Va tot bé per aquí?

Assenteixo, massa emocionat per parlar. Un missatge amb grans lletres vermelles pampallugueja exacerbadament al peu de la pantalla:

ACCÉS DENEGAT

Visca!

L'OBJECTE EXISTEIX

Visca, visca, visca!

SI US PLAU, POSEU-VOS EN CONTACTE: DIPÒSIT A LLARG TERMINI CONSOLIDAT UNIVERSALMENT SL

La Taula d'Accés sona (un moment, pot sonar?). Examino el costat del terminal i hi veig un telèfon d'un blau brillant penjat. És la línia permanent d'emergències del museu? «Auxili, la tomba del rei Tutankamon és buida!». Torna a sonar.

—Ei, tio, què estàs fent? —crida la Tabitha des de l'altra banda de la sala.

Li indico animadament amb gestos que tot va bé, llavors despenjo l'auricular, aferrant-lo amb força, i xiuxiuejo:

—Hola. El Cal de Punt.

—Truco des del Dipòsit A Llarg Termini Consolidat Universalment —anuncia la veu de l'altre extrem de la línia. És una dona i parla amb una lleugera veu de nas.— Posi'm amb accessos, em voldria fer el favor?

Miro al fons de la sala: la Tabitha està traient un parell d'alumnes de primer de dins d'un cistell de fil verd i groc. La nena està una mica vermella de cara, com si s'estigués asfixiant. Dic al telèfon:

—Amb accessos? Sóc jo, senyora.

—Ah, que amable! Bé, escolti, maco, algú li vol aixecar la camisa —diu—. Daixò... vejam... l'objecte cerimonial que ha comunicat ja consta al nostre arxiu, aquí. Des de fa anys. Sempre cal comprovar-ho abans, rei.

Amb prou feines em puc contenir per no posar-me a saltar i ballar rere el taulell. M'assereno i dic al telèfon:

—Ostres, gràcies per la informació! Faré fora aquest paio. No hi ha per on agafar-lo, diu que és d'una societat secreta, que fa segles que el tenen... ja sap, el de sempre.

La dona sospira comprensivament.

—Sempre hem de sentir el mateix, rei.

—Escolti —dic a la lleugera—, com es diu?

—Cheryl, maco. Em sap molt de greu per tot plegat. No li fa cap gràcia a ningú rebre una trucada del Dipòsit Consolidat.

—No és cert! Agraeixo la teva diligència, Cheryl. —Faig el meu paper:— Però és que nosaltres som molt petits. De fet, mai no havia sentit parlar del Dipòsit Consolidat...

—Rei, ho dius de debò? Som el servei de dipòsit extern més gran i avançat, a la disposició del sector del lleure relacionat amb la història, d'aquesta banda del Mississipí —explica tot d'un seguit—. Aquí, a Nevada. Has estat mai a Las Vegas?

—Doncs no...

—L'indret més sec de tots els Estats Units, rei.

Perfecte per a tauletes de pedra. Entesos, ja ho tinc. Li engego un rotllo:

—Escolta, Cheryl, potser em pots ajudar. Aquí, al Cal de

Punt, acabem de rebre un formulari d'una donació enorme de... eeh.. la Fundació Neel Shah...

—Sona prou bé.

—A veure, és gran per als nostres estàndards, amb la qual cosa tampoc no és que sigui tan enorme. Però estem organitzant una nova exposició i... vosaltres teniu els punxons Gerritszoon autèntics, oi?

—No sé què són, rei, però aquí diu que els tenim.

—Llavors ens agradaria demanar-los en préstec.

Obtinc els detalls per mitjà de la Cheryl, li dono les gràcies i m'acomiado, i torno l'auricular blau al seu lloc. Una bola de fil verd arriba descrivint un arc en l'aire i aterra al taulell principal, tot seguit rodola i em cau a la falda, desenrotllant-se. Alço els ulls i torna a ser la pèl-roja de primer de primària, aguantant-se sobre un peu i ensenyant-me la llengua.

La canalla de primària trapelleja i s'empenta en sortir de camí a l'aparcament. La Tabitha tanca la porta principal amb clau i torna coixejant al taulell. Té una petita esgarrinxada vermella a la galta.

Començo a cabdellar el fil verd.

—Una classe difícil?

—Són ràpids amb les agulles —replica, sospirant—. I tu, què?

He apuntat el nom del servei de dipòsit i la seva adreça de Nevada en una llibreta del Cal de Punt. La giro per ensenyar-l'hi.

—Sí, no em sorprèn —diu—. Probablement el noranta per cent de tot el que surt en aquesta pantalla figura al dipòsit. Sabies que la Biblioteca del Congrés guarda la majoria dels llibres fora de la capital? Tenen com... mil quilòmetres de prestatgeries. Tot magatzems.

—Uf. —Odio com ha sonat això.— I de què serveix, si no les veu mai ningú?

—La feina d'un museu és conservar coses per a la posteritat —contesta la Tabitha tirant els mocs amunt—. Tenim una unitat d'emmagatzematge, amb control de temperatura, plena de jerseis de Nadal.

És clar. Sabeu?, començo a pensar que tot el món és un edredó de retalls de petites sectes estrafolàries, totes amb els seus espais secrets, els seus arxius, les seves normes.

Tornant amb el tren a San Francisco, escric tres missatges breus amb el mòbil.

Un és per a en Deckle, i diu: «He esbrinat alguna cosa».

L'altre és per a en Neel, i diu: «Em pots deixar el cotxe?».

L'últim és per a la Kat, i simplement diu: «Hola».

La tempesta

El sipòsit a llarg termini Consolidat Universalment és una construcció grisa, allargada i baixa que es veu al costat de l'autopista, just als afores d'Enterprise, a l'estat de Nevada. Quan entro a l'extens aparcament, puc notar que aquesta massa enorme m'afeixuga l'esperit. És una aberració industrial a la qual s'ha donat forma i estructura, però almenys porta la promesa de tresors al seu interior. L'Applebee que hi ha cinc quilòmetres més endavant per l'autopista també és depriment, però allà saps exactament què t'espera a dins.

Per entrar al Dipòsit Consolidat, passo per dos arcs detectors de metalls i una màquina de raigs X, i en acabat, m'escorcolla un guarda jurat que es diu Barry. Em confisquen la bossa, la caçadora, la cartera i el moneder. En Barry comprova si duc navalles, escalpels, estils, alenes, tisores, pinzells i bastonets amb les puntes de cotó. Em revisa la llargada de les ungles i després m'obliga a posar-me guants de làtex rosa. Finalment, m'enfunda en una granota Tyvek amb els canells elàstics i botines incorporades per a les sabates. Quan accedeixo a l'ambient sec i immaculat de la instal·lació d'emmagatzematge, sóc un home que han tornat perfectament inofensiu: no puc estripar, esgarrapar, esborrar, desgastar ni reaccionar amb cap substància física de l'univers conegut. M'imagino que encara podria llepar alguna cosa. Em sorprèn que en Barry no m'hagi tancat la boca amb cinta adhesiva.

La Cheryl em ve a rebre a un passadís estret, il·luminat durament amb uns fluorescents del sostre, davant d'una porta amb les paraules ADQUISICIÓ/CESSIÓ pintades amb plantilla en grans lletres negres. Sembla que vulguin dir NUCLI DEL REACTOR.

—Benvingut a Nevada, rei! —Saluda amb la mà i fa un ample somriure que fa que se li apugin les galtes.— És un gust veure una cara nova per aquí.

La Cheryl és una dona de mitjana edat amb cabells negres molt arrissats. Duu una rebeca verda amb un dibuix en ziga-zaga i texans de «coll alt» rentats a la pedra (per a ella, res de granotes Tyvek). La placa identificativa del Dipòsit Consolidat li penja d'un cordó al voltant del coll, i a la foto sembla deu anys més jove.

—Bé, rei. Aquí tens el formulari de préstecs entre museus. —Em lliura un full arrugat de paper verd clar.— I això és el comprovant. —Un altre paper, aquest groc.— I hauràs de signar això. —Aquest és rosa. La Cheryl inspira fondo. Arruga el front i diu:— Ara escolta, rei. La vostra institució no té acreditació d'àmbit nacional; per tant, no et puc fer la recollida i el lliurament. Va contra les normes.

—La recollida i el lliurament?

—Em sap greu. —Em dóna un iPad prehistòric protegit per una funda de goma.— Però aquí tens un plànol. Ara tenim aquests bonics iPads. —Somriu.

L'iPad mostra un petit vestíbul (el toca amb el dit... «Veus? Som aquí») que dóna a un rectangle gegantí que està buit.

—I això és la instal·lació, cap allà. —Enlaira el braç, que fa esquellotar tot de braçalets, per assenyalar el passadís en direcció a unes grans portes dobles.

Un dels formularis (el groc) em diu que els punxons Gerritszoon són al prestatge ZULU-2591.

—I doncs, per on cau, això?

—Sincerament, rei, és difícil de dir —respon la Cheryl—. Però ho trobaràs.

Les instal·lacions del servei del Dipòsit Consolidat són el lloc més sorprenent que he vist mai. Tingueu present que fa poc treballava en una llibreria vertical i que darrerament fins i tot he visitat una biblioteca secreta subterrània. I recordeu també que vaig veure la Capella Sixtina quan era petit i, com a part de les colònies de ciències, vaig anar d'excursió a un accelerador de partícules. Aquest magatzem els supera a tots.

El sostre queda molt amunt, amb una volta com d'hangar d'avions. El terra és un laberint de prestatgeries de metall carregades de capses, pots, safates i cistelles. Prou senzill, tot plegat. Però les prestatgeries... les prestatgeries es mouen totes.

Per un moment em sento marejat, perquè se m'ennuvola la vista. Tota la instal·lació es belluga com un cubell ple de cucs; amb aquella mateixa bellugadissa encavalcada i difícil de seguir. Totes les prestatgeries estan muntades sobre gruixudes rodes de goma, i saben com emprar-les! Es desplacen a cops bruscos i controlats, i llavors engeguen una suau corredissa pels solcs del terra. M'aturo i espero educadament que passin; s'agrupen i formen llargues cues. Resulta sorprenent. Talment com sortit de «L'aprenent de Bruixot».

Així doncs, el plànol de l'iPad està en blanc, perquè la instal·lació està en contínua reordenació a temps real.

El lloc és a les fosques, sense llums al sostre, però cada prestatgeria té un petit llum taronja muntat a dalt que fa pampallugues i rota. Aquesta il·luminació projecta estranyes ombres en rotació mentre les prestatgeries executen complexos desplaçaments. L'ambient és sec... molt sec. Em llepo els llavis.

Una lleixa que conté una renglera d'altes llances i piques em passa pel costat a tota velocitat. Tot seguit fa un brusc gir (les llances trontollen) i veig que es dirigeix a les amples portes de la paret del fons. Allà, una freda llum blava inunda la foscor, i un equip amb granotes Tyvek treu les capses de les prestatgeries, les comprova als portafolis i se les emporta fora de la vista. Les prestatgeries es posen en fila com col·legials, fent enrenou i bullícia; llavors, quan els de l'equipament blanc han acabat, toquen el dos per tornar a endinsar-se de nou al laberint.

Aquí, a les instal·lacions d'emmagatzematge externes més avançades, al servei del sector del lleure relacionat amb la història, d'aquesta banda del Mississipí, no cal que vagis a buscar els objectes. Els objectes et vénen a buscar a tu.

L'iPad em fa pampallugues, ara mostra un punt blau, amb l'etiqueta ZULU-2591, prop del centre de la nau. D'acord, això ja ajuda. Deu ser un identificador del transportador. O un encanteri màgic.

Hi ha una gruixuda línia groga pintada a terra davant meu. La creuo amb la punta d'un peu i totes les prestatgeries del voltant es mouen i reculen. Molt bé. Saben que sóc aquí.

Per tant, m'endinso a poc a poc en el caos. Algunes prestatgeries no afluixen el pas, sinó que modifiquen la trajectòria per avançar just davant meu o just darrere. Camino xino-xano, fent passos lents deliberadament. Mentre es desplacen al meu voltant, les prestatgeries formen una desfilada de meravelles. Veig enormes urnes de vidre blau o daurat, lligades amb corretges i protegides amb escuma; voluminosos cilindres de vidre plens de formaldehid marró que contenen tentacles ondulants pràcticament indistingibles; fragments de vidre, sobresortint d'una roca negra i aspra, que provoquen un fulgor verd en la foscor. Una prestatgeria conté una única pintura a l'oli de dos metres d'alçària: un retrat d'un príncep mercader de rostre sorrut i bigoti fi. Els ulls semblen seguir-me mentre el quadre agafa un revolt per desaparèixer.

Em pregunto si la ciutat en miniatura d'en Mat (bé, ara d'en

Mat i l'Ashley) acabarà en prestatges com aquests algun dia. La subjectaran col·locant-la de costat? O la desmuntaran amb cura per guardar tots els edificis separadament, embolicant-los tots i cadascun amb gasa? Les prestatgeries voltaran cadascuna per la seva banda? Matròpoli es disgregarà per la instal·lació com un grapat d'il·lusions? Hi ha tanta gent que somia aportar alguna cosa a un museu... és això el que tenen al cap?

El perímetre exterior de la instal·lació és com una autopista; deu ser per on circulen tots els objectes més demanats. Però, mentre segueixo l'iPad i tiro cap al centre de la nau, les coses s'alenteixen. Ara veig rengleres de màscares de vímet, jocs de te empaquetats amb cacauets d'escuma, gruixuts plafons de metall recoberts de percebes secs. També veig una turbina d'avió i un vestit de tres peces. Aquí, les coses cada vegada són més estrafolàries.

No tot són prestatgeries, tampoc. Hi ha cúpules mòbils; enormes caixes metàl·liques col·locades en contenidors. Algunes avancen lentament; d'altres resten al seu lloc. Totes tenen panys complicats i càmeres negres que brillen dalt de tot. Una té un rètol que avisa de perill biològic, pintat a la part davantera; la rodejo fent una àmplia marrada.

De sobte se sent un esbufec hidràulic i una de les cúpules es posa en moviment. Salta cap endavant amb uns llums taronja fent pampallugues. M'aparto del seu camí, i s'arrossega pel lloc on era jo. Totes les prestatgeries es mouen i li obren pas a mesura que la cúpula inicia el seu trajecte, a poc a poc, cap a les amples portes.

Se m'acut que, si acabés esclafat aquí, no em trobaria ningú durant un temps.

Es produeix un apunt de moviment. La part del meu cervell que es dedica a la detecció d'altres éssers humans (i especialment de malfactors, assassins i enemics ninges) s'il·lumina com un d'aquests llums taronja. Hi ha una persona que s'acosta en la foscor. Mode hàmster: activat. Algú corre cap a mi, aproximant-se veloçment, i sembla en Corvina. Em giro de cara a ell, estenc les mans davant meu i crido:

—Ah!

Torna a ser aquell quadre (el príncep mercader del bigotí). Torna per donar una altra ullada. Que em segueix? No... és clar que no. El cor em va a cent. Calma, Borrut McPelut.

Al centre exacte de la instal·lació, no es mou res. Es fa difícil veure-hi; les prestatgeries tenen els llums apagats, potser per estalviar energia o potser per pura desesperació. Tot està tranquil... com l'ull de la tempesta. Les franges de llum del transitat perímetre s'entrelluquen aquí i allà, il·luminant breument capses marrons abonyegades, piles de diaris, lloses de pedra. Consulto l'iPad i trobo el punt blau pampalluguejant. Calculo que està a prop; per tant, em poso a comprovar els prestatges.

Tots tenen una espessa capa de pols. Lleixa rere lleixa, les netejo i examino les etiquetes. Amb allargats dígits negres sobre un fons groc brillant, diuen: BRAVO-3877, GAMMA-6173. Les continuo inspeccionant fent servir el mòbil com a llanterna: TANGO-5179. ULTRA-4549. I més endavant: ZULU-2591.

M'esperava una caixa feixuga, un cofre finament treballat per a la gran creació de Gerritszoon. En comptes d'això, trobo una capsa de cartró amb les tapes plegades. A dins, cada punxó està embolicat en la seva bosseta de plàstic amb una goma elàstica per tancar-la. Semblen peces d'un cotxe antic.

Però aleshores n'agafo una (la *X*, com pesa), i m'envaeix una agradable sensació de triomf. No em puc creure que tingui això a la mà. No em puc creure que els hagi trobat. Em sento com Telèmac Mestís amb el Corn Daurat de Griffo. Em sento com l'heroi.

No mira ningú. Enlairo la *X* com si fos una espasa mítica. M'imagino un llamp caient a través del sostre. M'imagino la legió fosca de la Reina Serpent emmudida de sobte. Faig un soroll sobrecarregat d'energia:

—*Floixxx!*

Llavors agafo la capsa amb els dos braços, la trec de la lleixa i torno a la tempesta amb pas vacil·lant.

Les cròniques de cançó de drac.
Volum III

De nou al despatx de la Cheryl, omplo la paperassa i espero pacientment que actualitzi la Taula d'Accés. El terminal del seu escriptori és com el del Cal de Punt: plàstic blau, vidre gruixut, telèfon incorporat. Al costat, té un calendari d'una pàgina per dia amb fotografies de gats disfressats com personatges famosos. Avui toca un Juli Cèsar blanc i pelut.

Em pregunto si la Cheryl s'adona de la importància històrica del contingut d'aquesta capsa de cartró.

—Ai, rei —etziba, fent un gest amb la mà—, tot el que tenim aquí és un tresor per a algú! —S'aboca molt sobre del terminal per verificar per segon cop la seva feina.

Ah. Bé. Què més s'amaga a l'ull de la tempesta, esperant que la persona adient vingui a buscar-ho?

—Vols deixar-ho a terra, rei? —pregunta la Cheryl, indicant amb el mentó la capsa que tinc als braços—. Sembla que pesa.

Faig que no amb el cap. No, no vull deixar-ho anar. Em fa por que es pugui volatilitzar. Encara em sembla impossible que tingui als braços els punxons. Fa cinc-cents anys, un home que es deia Griffo Gerritszoon va tallar aquestes formes (exactament aquestes). Han transcorregut segles, i milions de persones, potser milers de milions, han vist les impressions que han fet, tot i que la majoria no se n'adonés. Ara les agafo com si es tractés d'un nadó. Un nadó d'allò més feixuc.

La Cheryl pitja una tecla i la impressora que hi ha vora el seu terminal comença a remorejar.

—Gairebé estem, rei.

Com a objectes de profund valor estètic, els punxons no semblen gran cosa. Tan sols són varetes primes d'un aliatge fosc, tosques i plenes de rascades, i només a l'extrem resulten boniques, els glifs sobresurten del metall com cims en la boira.

De sobte em passa pel cap preguntar:

—Qui és el propietari?

—Ui, ningú —respon la Cheryl—. Ningú, ja. Si fossin d'algú, ara hi estaries parlant, i no pas amb mi!

—Aleshores... què hi fan, aquí?

—Ostres, nosaltres som com un orfenat per a un munt de coses! —explica—. Vejam. —Es redreça les ulleres i grata la roda del ratolí.— Els va enviar aquí el Museu Flint d'Indústria Moderna, però naturalment va fer fallida l'any 88. Un lloc ben maco. I un conservador ben macot, en Dick Saunders.

—I ho va deixar tot aquí?

—Home, va venir, va triar uns quants cotxes antics i se'ls va emportar amb un camió de plataforma, però la resta simplement la va traspassar a la col·lecció del Dipòsit Consolidat.

Potser el Dipòsit Consolidat hauria de fer una exposició pròpia: Objectes Anònims d'Època.

—Provem de subhastar coses —diu la Cheryl—, però algunes... —Fa un arronsament d'espatlles.— Com he dit, tot és un tresor per a algú. Però moltes vegades no pots trobar aquest algú.

Això és depriment. Si aquests objectes, tan importants per a la història de la impremta, la tipografia i la comunicació humana, es perdessin en una unitat d'emmagatzematge gegantina... què hi podríem fer, nosaltres?

—Molt bé, senyor Jannon —diu la Cheryl amb una formalitat burleta—, ja ho té tot. —Fica la còpia impresa a la capsa i em dóna uns copets al braç.— És un préstec de tres mesos, i el pots allargar a un any. Preparat per treure't aquests calçotets llargs?

Torno a San Francisco amb els punxons al seient de l'acompanyant del cotxe híbrid d'en Neel. Omplen l'interior del vehicle amb una densa olor de metall trempat que em provoca picor al nas. Em pregunto si els hauria de rentar en aigua bullent o alguna cosa per l'estil. Em pregunto si l'olor impregnarà els seients.

Es tracta d'un trajecte a casa llarg. Durant una estona observo el consum d'energia al tauler d'instruments del Toyota i provo de millorar l'eficiència del consum del trajecte d'anada. Però aviat es torna avorrit, de manera que connecto el *walkman* i em poso a escoltar la versió d'audiollibre de *Les cròniques de cançó de drac. Volum III*, llegida per en Clark Moffat en persona.

Relaxo les espatlles, agafo el volant per les deu i les dues, i em deixo submergir en aquesta sensació estranya. Estic envoltat de germans del Llom Intacte separats pels segles: en Moffat a l'estèreo, Gerritszoon al seient de l'acompanyant. El desert de Nevada s'estén al llarg de quilòmetres, i dalt de la torre de la reina Serpent, les coses es tornen d'allò més estranyes.

Recordo que aquesta sèrie comença amb un drac cantaire perdut al mar que crida dofins i balenes perquè l'ajudin. El rescata un vaixell que passava per allà i que resulta que també transporta un nan savi. El nan es fa amic del drac i l'atén fins que es posa bo, més tard li torna a salvar la vida quan el capità del vaixell s'acosta en plena nit per tallar-li el coll al drac i prendre-li l'or de la gola, i tot això passa en les primeres cinc pàgines... Per tant, ja m'enteneu, que aquest relat es torni encara més estrany no sorprèn gaire.

Però, naturalment, ara conec el motiu: el tercer i últim volum de *Les cròniques de cançó de drac* va fer un doble servei com a *codex vitae* d'en Moffat.

Tota l'acció d'aquesta part té lloc a la torre de la reina Serpent, que resulta que és pràcticament tot un món en si mateixa. La torre arriba fins als estels, i cada pis té un conjunt de regles pròpies, el seu trencaclosques per resoldre. Els primers dos volums contenen aventures i batalles, i, per descomptat, traïcions. En aquest, tot són enigmes, enigmes i més enigmes.

Comença amb el simpàtic fantasma que apareix per alliberar Fernwen el nan i Telèmac Mestís de la masmorra de la reina Serpent, i que els ajuda en l'ascensió. En Moffat descriu el fantasma a través dels altaveus del Toyota:

> Era alt, format per un fulgor d'un blau clar, un ésser de braços i cames llargs, i l'apunt d'un somriure, i a sobre de tot, uns ulls encara d'un blau més intens que el cos.

Espera un segon.

> —Què busqueu en aquest lloc? —va preguntar senzillament l'ombra.

Potinejo amb els dits per rebobinar la cinta. Primer em passo de llarg la frase i he d'avançar la cinta, tot seguit me la torno a passar de llarg i he de rebobinar, i llavors el Toyota trontolla en creuar les franges rugoses. Giro el volant i torno a posar el cotxe recte a l'autopista, i finalment premo la tecla de reproducció:

> ... ulls encara d'un blau més intens que el cos.
>
> —Què busqueu en aquest lloc? —va preguntar senzillament l'ombra.

Un altre cop:

... blau més intens que el cos.

—Què busqueu en aquest lloc?

És inconfusible: en Moffat fa la veu d'en Penombra, aquí. Aquesta part del llibre no és nova; recordo el simpàtic fantasma blau de la masmorra de la meva primera lectura. Però, naturalment, aleshores no tenia cap manera de saber que en Moffat codificaria un excèntric llibreter de San Francisco en la seva fantasia èpica. I de la mateixa manera, quan vaig travessar la porta de la Llibreria Oberta les 24 Hores, no tenia cap manera de saber que ja havia topat amb el senyor Penombra diverses vegades.

L'Ajax Penombra és l'espectre d'ulls blaus de la masmorra de la torre de la reina Serpent. N'estic completament segur. I en escoltar la veu d'en Moffat, el sincer afecte que desprèn, mentre acaba aquesta escena...

Les mans menudes de Fernwen es van cremar amb l'escala de mà. El ferro estava glaçat, i semblava que cada esglaó el mossegava, posaven tota la seva maldat per tornar a precipitar-lo a les fosques profunditats de la masmorra. Telèmac era molt més amunt, impulsant-se ja a través de l'obertura. Fernwen va mirar avall. L'ombra era allà, plantada a l'altra banda de la porta secreta. Somreia amb una llampada de llum espectral blava i, bellugant els llargs braços, cridava:

—Puja, noi! Puja!

I això va fer.

... increïble. En Penombra ja ha aconseguit un punt d'immortalitat. Ho sap?

Torno a accelerar a velocitat de creuer, fent que no amb el cap i somrient per a mi mateix. El relat també s'accelera. Ara la veu aspra d'en Moffat porta els herois d'un pis a l'altre, solucionant endevinalles i reclutant aliats pel camí: un lladre, un llop, una cadira que parla. Ara, per primera vegada, ho entenc: els pisos són una metàfora de les tècniques de desxiframent de codis del Llom Intacte. En Moffat empra la torre per explicar el relat del seu camí a través de la fraternitat.

També resulta obvi quan saps què escoltar.

Just al final, després d'un llarg i estrany gir del relat, els herois arriben al cim de la torre, el punt des del qual la reina Serpent contempla el món i trama el seu domini. Ella és allà, esperant-los, i està acompanyada de la seva legió fosca. Les seves túniques negres ara semblen més eloqüents.

Mentre Telèmac Mestís dirigeix la seva banda d'aliats al combat final, Fernwen, el nan savi, fa una descoberta important. Enmig d'aquell maremàgnum, s'esquitlla rere el telescopi màgic de la reina Serpent i fita a través seu. Des d'aquest mirador, impossiblement elevat, pot veure una cosa esbalaïdora. Les muntanyes que divideixen el Continent Occidental formen lletres. Són, s'adona Fernwen, un missatge, i no només un missatge, sinó el missatge promès llarg temps enrere per Aldrag el Pare-Serpent en persona, i quan Fernwen pronuncia les paraules en veu alta...

Hòstia puta.

Quan finalment torno a creuar el pont per entrar a San Francisco, la veu d'en Clark Moffat dels capítols finals té una nova entonació; em sembla que la casset es podria haver deformat després de rebobinar-la i reproduir-la, rebobinar-la i reproduir-la una vegada i una l'altra. També em noto el cervell una mica entumit. Sosté una nova teoria que va començar com una llavor però que ara creix amb rapidesa, tota basada en el que acabo d'escoltar.

Moffat: eres genial. Vas veure una cosa que ningú més no va saber veure mai en tota la història del Llom Intacte. Vas passar ràpidament per les diverses categories, et vas convertir en un enquadernat, potser simplement per tenir accés a la Sala de Lectura... i llavors vas relligar els secrets en un llibre propi. Els vas amagar a la vista de tothom.

He hagut d'escoltar-los per caure-hi.

És tard, passa de mitjanit. Aparco el cotxe d'en Neel en doble fila al davant de l'apartament i premo l'enorme botó que activa els llums d'emergència. Surto, agafo la capsa de cartró del seient de l'acompanyant i enfilo els esglaons d'entrada. La clau esgarrapa el pany; a les fosques, no el trobo, tinc les mans ocupades i estic tremolós.

—Mat! —Corro escales amunt i crido cap a la seva habitació:— Mat! Tens un microscopi?

Se senten murmuris, una veu apagada (la de l'Ashley), i en Mat apareix al cim de les escales, només en calçotets curts, l'estampat dels quals és una reproducció a tot color d'un quadre de Salvador Dalí. Mostra una lupa gegant. És enorme; sembla un detectiu de dibuixos animats.

—Té, té —diu a mitja veu, baixant a corre-cuita per donar-me-la—. És tot el que tinc. Benvingut de nou, Jannon. Que no et caigui. —I tot seguit torna a pujar les escales i tanca la porta amb un suau *clec*.

Porto els Gerritszoon originals a la cuina i encenc tots els llums. Em sento excitat, però en el bon sentit. Amb compte, trec un dels punxons de la bossa (la *X* novament). La trec de la bossa de plàstic, la netejo amb un drap i la sostinc sota la llum del fluorescent dels fogons. Tot seguit, agafo la lupa d'en Mat i l'examino.

Les muntanyes són un missatge d'Aldrag el Pare-Serpent.

El pelegrí

HA PASSAT UNA SETMANA, i ho tinc tot, en més d'un sentit. He enviat un correu electrònic a l'Edgar Deckle i li he dit que valia més que vingués a Califòrnia si volia els punxons. Li he dit que valia més que vingués a Pygmalion dijous a la nit.

He convidat tothom: els amics, la fraternitat, tota la gent que ha ajudat en algun moment. L'Oliver Grone ha convençut el seu encarregat perquè em deixés fer servir la part del fons de la botiga, on tenen instal·lat l'equip d'audiovisuals per a lectures de llibres i recitals de poesia. L'Ashley ha fet al forn galetes de civada per a vegans, quatre safates. En Mat ha col·locat les cadires.

Ara la Tabitha Trudeau seu a la primera fila. La presento a en Neel Shah (el seu nou benefactor), i ell de seguida proposa una exposició del Cal de Punt que tindrà, com a tema, la forma com es veuen les tetes sota els jerseis.

—És molt clar —explica—. La més sexi de tota la roba. És cert. Dirigim un grup de recerca. —La Tabitha arruga el front i se li ajunten les celles. En Neel prossegueix:— L'exposició podria tenir escenes de pel·lícules clàssiques projectant-se contínuament, i podríem investigar quins jerseis duien i penjar-los...

La Rosemary Lapin seu a la segona fila, i al costat té en Tyndall, en Fedorov, l'Imbert, la Muriel i altres... si fa no fa, la mateixa gent que va venir a Google un matí resplendent no fa gaire. En Fedorov encreua els braços i mostra una expressió d'escepticisme, com si digués: «Ja he passat per això mateix abans». Però no passa res. No penso decebre'l.

També hi ha dos germans dels lligalls arribats del Japó: un parell de joves amb tallada de cabells de bol amb texans ajustats de color lila. Van sentir un rumor mitjançant la xarxa del Llom Intacte i van decidir que valdria la pena venir a San Francisco en un vol d'última hora. (Ho han encertat.) L'Igor seu amb ells, xerrant tranquil·lament en japonès.

Hi ha un portàtil instal·lat a la primera fila perquè la Cheryl, del Dipòsit Consolidat, ho pugui presenciar. Somriu alegrement per videoconferència; els seus arrissats cabells negres ocupen tota la pantalla. També he convidat en Grumble a afegir-s'hi, però aquesta nit és en un avió (amb destinació a Hong Kong, diu).

S'obre la foscor a través de la porta principal de la llibreria: l'Edgar Deckle ha arribat i ve acompanyat d'un seguici de bates negres de Nova York. En realitat, no duen bata negra, aquí no, però la manera de vestir els marca com a forasters estrambòtics: vestits, corbates, una faldilla de color carbó. Van desfilant per la porta, una dotzena... i llavors, apareix en Corvina. El seu vestit és gris i brillant. Encara és un paio imponent, però aquí sembla empetitit. Sense tota la pompa i el teló de fons de roca, simplement és un vell... Els seus ulls foscos centellegen i em troben. D'acord, potser no tan empetitit.

Els clients de Pygmalion es tomben per mirar, amb les celles enarcades, quan els bates negres creuen la botiga. En Deckle mostra un petit somriure. En Corvina és tot ell solemnitat i esquerperia.

—Si de debò tens els punxons Gerritszoon —diu amb rotunditat—, ens els emportarem.

Jo redreço l'esquena i enlairo una mica la barbeta. Ja no som a la Sala de Lectura.

—Els tinc —contesto—, però això només és el principi. Segui. —Au, home.— Si us plau.

Repassa ràpidament amb la vista la gentada que xerra tranquil·lament i arruga el front, però llavors indica als bates negres que seguin. Tots troben cadira a l'última fila, un cèrcol fosc al fons de la reunió. Rere seu, hi ha en Corvina, dret.

Agafo en Deckle pel colze quan passa pel costat:

—Vindrà?

—L'hi he dit —respon, assentint—. Però ja ho sabia. Les notícies s'esbomben ràpidament al Llom Intacte.

La Kat també hi és, asseguda a primera fila, molt cap al costat, parlant en veu baixa amb en Mat i l'Ashley. Torna a dur l'americana de pota de gall. Em fixo en la bufanda verda que duu al coll, i s'ha tallat els cabells des que la vaig veure per última vegada; ara els porta just per sota de les orelles.

Ja no sortim. No hi ha hagut cap declaració formal, però és una veritat objectiva, igual que el pes atòmic del carboni o el preu de les accions de Google. Però això no m'ha impedit que la burxés i que li arranqués la promesa de venir. Ella, més que ningú, ha de veure això.

La gent es remou al seient i les galetes de civada per a vegetarians estrictes gairebé s'han acabat, però he d'esperar. La Lapin s'aboca cap endavant i em pregunta:

—Se'n va a Nova York? A treballar a la biblioteca, potser?

—Hum, no, segur que no —dic amb rotunditat—. No m'interessa.

Arruga el front i pica de mans.

—Figura que jo hi he d'anar, però no crec que vulgui. —Alça la vista cap a mi. Sembla desconcertada.— Trobo a faltar la llibreria. I trobo a faltar...

L'Ajax Penombra.

S'esmuny per la porta de Pygmalion com un fantasma errant, amb el gec de mariner completament cordat, el coll aixecat per damunt de la fina bufanda grisa que duu posada. Busca per la sala i, quan veu la gentada al fons, ple de membres de la fraternitat (bates negres i tot), obre molt els ulls.

Corro cap a ell.

—Senyor Penombra! Ha vingut!

Em gira l'esquena a mitges i es duu una mà ossuda al coll. No em vol mirar. Té els ulls blaus clavats a terra.

—Jove, em sap greu —diu a sota veu—. No hauria d'haver desaparegut tan... buf. Simplement va ser... —Deixa escapar un sospir entre dents.— Estava avergonyit.

—Senyor Penombra, si us plau. No s'hi amoïni.

—Estava segur que funcionaria —diu—, però no va ser així. I vostè era allà, i els seus amics, i tots els meus deixebles. Em vaig sentir com un vell ximplet.

Pobre Penombra. Me l'imagino amagat en alguna banda, aclaparat per la culpa d'haver engrescat la fraternitat a un fracàs als jardins de gespa de Google. Sospesant la seva fe i preguntant-se què passaria a partir d'aleshores. Havia apostat fort (més fort que mai) i havia perdut. Però no havia apostat tot sol.

—Vingui, senyor Penombra. —Retrocedeixo cap a la meva paradeta i li demano amb gestos que s'acosti.— Vingui a seure. Tots som uns ximples... tots llevat d'un. Vingui a veure-ho.

Tot està a punt. Hi ha una exposició esperant per començar al meu portàtil. M'adono que en realitat la gran revelació hauria de tenir lloc en un saló ple de fum, amb el detectiu mantenint captivada la nerviosa audiència mitjançant tan sols la seva veu i el seu poder de deducció. Jo... jo prefereixo les llibreries, i les diapositives.

Així doncs, encenc el projector i ocupo el meu lloc, la llum blanca em crema els ulls. Enllaço les mans a l'esquena, quadro les espatlles i miro de reüll la concurrència. Llavors clico el comandament remot i començo:

DIAPOSITIVA 1

Si haguéssiu de deixar un últim missatge, com ho faríeu? El gravaríeu en pedra? L'estamparíeu en or?

Faríeu un missatge tan potent que la gent no podria resistir-se a transmetre'l? Construiríeu una religió sobre la seva base, potser per atreure-hi l'esperit de la gent? Formaríeu, potser, una societat secreta?

O faríeu el que va fer Gerritszoon?

DIAPOSITIVA 2

Griffo Gerritszoon va néixer al si de la família d'un conreador d'ordi del nord d'Alemanya a la meitat del segle xv. Gerritszoon pare no era ric, però gràcies a la seva bona reputació i pietat ben fonamentada va poder col·locar el seu fill com a aprenent de l'orfebre de la contrada. Això representava un gran salt, al segle xv; mentre no la cagués, el jove Gerritszoon tindria el futur assegurat, si fa no fa.

La va cagar.

Era un nano religiós, i el comerç d'orfebre el desviava del bon camí. Es passava tot el dia fonent quincalla per fer-ne de nova; i era conscient que les seves obres correrien la mateixa sort. Tot allò en què creia l'hi deia: «Això no és important. No hi ha or a la ciutat de Déu».

Així doncs, va fer com li deien i va aprendre l'ofici (també hi tenia molta traça); però, quan va fer els setze anys, va dir adéu-siau i va abandonar l'orfebre. També va marxar d'Alemanya, de fet. I va fer un pelegrinatge.

DIAPOSITIVA 3

Això ho sé perquè Aldo Manuzio ho sabia i ho va escriure. Ho va recollir al seu *codex vitae* (que he desxifrat).

(Se senten esbufecs entre els congregats. En Corvina encara és dret al fons i fa una cara sorruda, amb la boca en una tensa ganyota i el bigoti fosc corbat cap avall al voltant. Els altres rostres es mostren inexpressius, a l'expectativa. Miro la Kat. Fa una mirada seriosa, com si li preocupés que se m'hagin pogut fregir els circuits del cervell.)

Permeteu-me que aclareixi el següent: no hi ha fórmula secreta, en aquest llibre. Ni cap encanteri màgic. Si realment existeix un secret per a la immortalitat, no hi és pas, aquí.

(En Corvina pren la seva decisió. Fa mitja volta i s'allunya empipadament pel passadís d'HISTÒRIA i AUTOAJUDA cap a la porta de la botiga. Passa pel costat d'en Penombra, que és dret a una banda, repenjant-se contra una prestatgeria baixa. Observa en Corvina passar per davant seu i seguidament es tomba cap a mi, fa botzina amb les mans sobre la boca i crida: «Endavant, jove!».)

DIAPOSITIVA 4

De debò, el *codex vitae* de Manuzio només és el que afirma ser: un llibre sobre la seva vida. I, com a obra historiogràfica, és un tresor. No obstant això, és la part sobre Gerritszoon on em vull centrar.

Vaig fer servir Google per traduir-ho del llatí; per tant, doneu-me la culpa a mi si alguns detalls són erronis.

El jove Gerritszoon va voltar per Terra Santa treballant el metall i guanyant una mica de diners aquí i allà. Manuzio explica que va conèixer místics (cabalistes, gnòstics i sufís indistintament), mentre intentava esbrinar què fer amb la seva vida. També va sentir rumors, a través de la xarxa d'orfebres, sobre les coses tan interessants que tenien lloc a Venècia.

Això és un mapa del viatge de Gerritszoon, reconstruït tan bonament bé com he pogut. Va errar pel Mediterrani: baixant fins a Constantinoble, Jerusalem, travessant Egipte i tornant novament a Grècia i després a Itàlia.

A Venècia va ser on va conèixer Aldo Manuzio.

DIAPOSITIVA 5

I va ser a la impremta de Manuzio on Gerritszoon va trobar el seu lloc al món. La impressió requeria totes les seves aptituds com a metal·lista, però les orientava a noves finalitats. La impressió no consistia en quincalla i braçalets; consistia en paraules i idees. A més, allò era bàsicament l'Internet de l'actualitat; era apassionant.

I com passa amb Internet avui dia, al segle XV imprimir comportava tota mena de problemes, constantment: com conservar la tinta? Com combinar els metalls? Com modelar els tipus? Les respostes canviaven cada sis mesos. A cada gran ciutat d'Europa hi havia una dotzena d'impremtes que provaven d'esbrinar-ho els primers. A Venècia, la impremta més important era la d'Aldo Manuzio, i va ser allà on Gerritszoon va anar a treballar.

Manuzio va reconèixer el seu talent de seguida. També afirma que va reconèixer el seu esperit; va veure que Gerritszoon era un investigador, a més a més. Així doncs, el va contractar, i van treballar plegats durant anys. I es van fer molt amics. No hi havia ningú en qui Manuzio confiés més que en Gerritszoon, i no hi havia ningú que Gerritszoon respectés més que Manuzio.

DIAPOSITIVA 6

Així doncs, al cap d'unes quantes dècades, després d'inventar una nova indústria i d'imprimir centenars de volums que encara considerem... no ho sé... els llibres més preciosos que s'han fet mai, aquests dos individus s'estaven fent vells. Van decidir col·laborar en un gran projecte final, un projecte que recollís tot allò que havien viscut, tot allò que havien après, i el van preparar per a la posteritat.

Manuzio va escriure el seu *codex vitae* i hi va procurar ser franc: va explicar com funcionaven en realitat les coses a Venècia. Va explicar els tèrbols tractes que havia fet per assegurar-se la llicència exclusiva per imprimir els clàssics; va explicar com tots els seus rivals havien intentat fer que tanqués; va explicar com havia fet tancar ell alguns altres, a canvi. I precisament perquè va ser tan franc, i perquè si el llibre es feia públic immediatament perjudicaria el negoci que volia traspassar al seu fill, el va voler xifrar. Però, com?

Al mateix temps, Gerritszoon estava tallant una nova tipografia, la millor de la història: un nou disseny agosarat que mantindria la impremta de Manuzio quan ell ja no hi fos. Va ser un èxit, perquè són les formes que ara duen el seu nom. Però durant el procés va fer una cosa inesperada.

Aldo Manuzio va morir l'any 1515, deixant unes memòries d'allò més reveladores. En aquest punt, segons la tradició del Llom Intacte, Manuzio va confiar a Gerritszoon la clau de la seva història codificada. Però un detall es va perdre en la traducció al llarg de cinc-cents anys.

Gerritszoon no va obtenir pas la clau.

Gerritszoon és la clau.

DIAPOSITIVA 7

Aquí teniu una fotografia d'un dels punxons Gerritszoon: la *X*.

Aquí es veu de més a prop.

I encara de més a prop.

Aquí es veu a través de la lupa del meu amic Mat. Veieu les minúscules osques a les vores de la lletra? Semblen les dents d'un engranatge, oi?... O les dents d'una clau.

(Se sent un fort esbufec ressonant. És en Tyndall. Sempre puc comptar-hi perquè s'emocioni.)

Aquestes diminutes osques no són errors i no són fortuïtes. Hi ha osques com aquestes a tots els punxons, i a tots els motlles fets amb els punxons, i a cada peça de tipus Gerritszoon que s'hagi fet mai. Bé, vaig haver d'anar a Nevada per esbrinar-ho; vaig haver d'escoltar la veu d'en Clark Moffat en una cinta per entendre-ho realment. Però, si hagués sabut què buscava, hauria pogut obrir el portàtil, teclejar part del text en tipus Gerritszoon i ampliar-lo al tres mil per cent. Les osques també surten en la versió d'ordinador. Allà sota, a la seva biblioteca, el Llom Intacte no permet pas l'ús d'ordinadors... però a dalt, la Festina Lente Company va contractar uns digitalitzadors molt diligents.

Això és el codi, això mateix. Aquestes osques minúscules.

En els cinc-cents anys d'història de la fraternitat, a ningú no se li va acudir examinar-les atentament. Tampoc a cap dels desxifradors de codis de Google. Estudiàvem un text digitalitzat amb una tipografia completament diferent. Estudiàvem la seqüència, i no la forma.

El codi és complicat i senzill alhora. Complicat perquè una *F* en caixa alta és diferent d'una *f* en caixa baixa. Complicat perquè el relligat *ff* no són dues *f* en caixa baixa... és un punxó completament diferent. La Gerritszoon té un fotimer de glifs alternatius (tres *P*, dues *C*, una *Q* veritablement èpica) i tots signifiquen una cosa diferent. Per desxifrar aquest codi, cal pensar tipogràficament.

Però una vegada ho has fet, és senzill, perquè l'únic que et cal fer és comptar les osques, cosa que vaig fer: amb cura, fent servir una lupa, a la taula de la cuina, sense que calguessin centres de dades. És el tipus de codi que aprens als còmics: un nombre es correspon amb una lletra. És una substitució simple, i la pots emprar per descodificar el *codex vitae* de Manuzio en un tres i no res.

DIAPOSITIVA 8

També pots fer una altra cosa. Quan poses els punxons en ordre (el mateix ordre que empraven en una caixa d'impremta del segle xv), obtens un altre missatge. És un missatge personal de Gerritszoon. Les seves últimes paraules per al món han restat amagades a la vista de tothom durant cinc-cents anys.

No es tracta de res misteriós, ni místic. Simplement és un missatge d'un home que va viure fa molt de temps. Tot i això, aquí teniu la part misteriosa: mireu al voltant.

(Tothom ho fa. La Lapin allarga el coll. Sembla amoïnada.)

Veu els rètols de les prestatgeries (on diu HISTÒRIA, ANTROPOLOGIA i NOVEL·LA ROSA PARANORMAL D'ADOLESCENTS). Jo m'hi he fixat abans: tots aquests rètols estan fets amb Gerritszoon.

L'iPhone ve carregat amb la Gerritszoon. Cada nou document de Microsoft Word té per defecte la Gerritszoon. *The Guardian* fa els titulars amb la Gerritszoon: igual que *Le Monde* i l'*Hindustan Times*. L'*Encyclopædia Britannica* se solia escriure amb la Gerritszoon; la Viquipèdia tot just la va canviar el mes passat. Penseu en els treballs de final de trimestre, el *curriculum vitae*, els síl·labus. Penseu en els resums, les ofertes de feina, les cartes de dimissió. Els contractes i els plets. Els missatges de condol.

Ens envolta pertot arreu. Veieu la Gerritszoon cada dia. Ha estat present tot aquest temps, mirant-nos a la cara durant cinc-cents anys. A tot arreu... les novel·les, els diaris, els nous documents... Aquest missatge secret ha estat a la cresta de l'onada amb tota mena de suports, amagat al colofó.

Gerritszoon ho va intuir: la clau de la immortalitat.

(En Tyndall salta de la cadira cridant: «Però què és?». S'estira els cabells. «Quin és el missatge?».)

Bé, està en llatí. La traducció de Google és matussera. Tingueu present que Aldo Manuzio va néixer amb un nom diferent: era Teobaldo, i els seus amics li deien així.

Per tant, aquí ho teniu. Aquí teniu el missatge de Gerritszoon per a l'eternitat.

DIAPOSITIVA 9

«Gràcies, Teobaldo
ets el meu millor amic
aquesta ha estat la clau de tot».

Fraternitat

L'ESPECTACLE HA ACABAT i la concurrència es dispersa. En Tyndall i la Lapin fan cua per prendre un cafè a la petita cafeteria de Pygmalion. En Neel encara atabala la Tabitha sobre la bellesa transcendent de les tetes sota els jerseis. En Mat i l'Ashley xerren animadament amb l'Igor i el duo de japonesos, tots caminant a poc a poc cap a la porta.

La Kat seu tota sola, mossegant l'última galeta de civada per a vegetarians estrictes. Fa cara de cansada. Em pregunto què pensa de les paraules immortals de Gerritszoon.

—Em sap greu —diu, fent que no amb el cap—. No és prou bo. —Abaixa funestament els ulls.— Tenia molt de talent i, tanmateix, és mort.

—Tothom mor...

—I tu t'hi conformes? Ens va deixar una nota, Clay. Ens va deixar una nota! —Ho crida, i una engruna de galeta li surt disparada dels llavis. L'Oliver Grone mira des de les prestatgeries d'ANTROPOLOGIA amb les celles aixecades. La Kat abaixa la mirada cap a les sabates. I diu en veu baixa:— No en diguis pas immortalitat, d'això.

—Però, i si aquesta és la millor part d'ell? —replico. Improviso aquesta teoria sobre la marxa:— I si, ja m'entens... i si relacionar-se amb Griffo Gerritszoon no va ser sempre tan genial? I si era un paio estrany i somiatruites? I si la millor part d'ell van ser les formes que va poder fer amb metall? Aquesta part d'ell sí que és immortal. Tan immortal com ho pot ser qualsevol altra cosa.

Remena el cap, sospira i s'arramba cap a mi una mica, ficant-se a la boca els últims bocins de la galeta. He trobat el saber antic, l'SA, que buscàvem, però a ella no li fa el pes el que diu. La Kat Potente continuarà cercant.

Al cap d'un moment, retrocedeix, agafa una profunda alenada i s'incorpora.

—Gràcies per haver-me convidat —diu—. Ja ens veurem. —S'enfunda l'americana, s'acomiada amb la mà i enfila cap a la porta.

Ara em crida en Penombra.

—És extraordinari! —exclama, i torna a ser ell, amb els ulls centellejants i l'ample somriure—. Tot aquest temps hem seguit el joc a Gerritszoon. Jove, teníem les seves lletres a l'aparador de la botiga!

—En Clark Moffat ho va esbrinar —li recordo—. No tinc ni idea de com, però ho va fer. I llavors m'imagino que simplement... va decidir seguir el joc. Mantenir l'enigma. —Fins que algú trobés tot el que s'amagava als seus llibres.

En Penombra assenteix.

—En Clark era un geni. Sempre anava a la seva, deixant-se dur per la seva intuïció. —Calla, decanta el cap i somriu.— Li hauria caigut bé.

—I doncs, no està decebut?

En Penombra obre molt els ulls.

—Decebut? Impossible. No és el que m'esperava, però què m'esperava? Què ens esperàvem tots nosaltres? Li diré que no m'esperava saber la veritat abans de morir. És un regal fora mida, i estic agraït a Griffo Gerritszoon, i a vostè, jove.

Ara s'acosta en Deckle. Està radiant, gairebé fa salts d'alegria.

—Te n'has sortit! —diu, picant-me a les espatlles—. Els has

trobat! Sabia que ho podies fer... ho sabia... però no m'imaginava pas que tot plegat aniria tan lluny. —Rere seu, tots els bates negres xerren entre si. Semblen entusiasmats. En Deckle mira al voltant.— Els puc tocar?

—Són tots seus —li dic. Trec de sota d'una cadira de la primera fila la capsa de cartró amb els punxons Gerritszoon.— Els haurà de comprar oficialment al Dipòsit Consolidat, però tinc els formularis i no crec...

En Deckle enlaira una mà.

—Cap problema. Confia en mi... cap problema. —Un dels bates negres de Nova York s'acosta i tota la resta el segueix. S'aboquen al damunt de la capsa, fent *oooh* i *aaah* com si contingués un nadó.

—De manera que va ser vostè qui el va posar sobre aquesta pista, Edgar? —diu en Penombra, arquejant una cella.

—Vaig pensar, senyor —diu en Deckle—, que tenia a la meva disposició un talent poc comú. —Una pausa, un somriure i tot seguit:— Vostè ja sap com triar els dependents escaients. —En Penombra fa un esbufec i somriu forçadament en sentir això. Llavors en Deckle afegeix:— Això és un triomf. Farem tipus nous, farem noves reimpressions de llibres vells. En Corvina no s'hi podrà oposar.

La cara d'en Penombra s'entenebreix amb l'esment del Primer Lector... el seu vell amic.

—Què me'n diu, d'ell? —demano—. Semblava... eeh... semblava contrariat.

El rostre d'en Penombra es posa seriós.

—L'ha d'anar a buscar, Edgar. Tot i que és vell, en Marcus té poca experiència amb les decepcions. Perquè, encara que pugui semblar fort, és feble. Estic amoïnat per ell, Edgar. De debò.

En Deckle assenteix.

—En tindrem cura. Hem d'estudiar què fer a partir d'ara.

—Bé —dic—. Tinc una cosa per on poden començar. —M'ajupo i trec una segona capsa de cartró de sota de les cadires. Aquesta està com nova i té una tapa de plàstic en perfecte estat amb una gran *X* al damunt. Arrenco la cinta adhesiva i l'obro; l'interior de la capsa és ple de llibres: piles de llibres de butxaca ben embolicats. Faig un forat al plàstic i en trec un. És de color blau i a la coberta diu MANUZIO en grans lletres majúscules.— Això és per a vostès —explico, lliurant-lo a en Deckle—. Un centenar d'exemplars del llibre descodificat. L'original en llatí vaig pensar que el voldrien traduir vostès mateixos.

En Penombra deixa anar una riallada i em diu:

—I ara també fa d'editor, jove?

—Impressions per encàrrec, senyor Penombra —replico—. A dos bitllets cadascun.

En Deckle i els seus bates negres s'emporten els seus tresors (una capsa vella i una de nova) a la furgoneta de lloguer que tenen a fora. L'encarregat de cabells grisos de Pygmalion observa prudentment des de la cafeteria mentre surten de la llibreria cantant una alegre nadala en grec.

En Penombra llueix una mirada contemplativa a la cara.

—L'únic que lamento —comenta— és que en Marcus cremarà sens dubte el meu *codex vitae*. Com el del Fundador, era una mena d'història, i m'entristeix veure com es perd.

Ara aconsegueixo sorprendre'l una segona vegada.

—Quan vaig baixar a aquella biblioteca —explico—, vaig escanejar una altra cosa, a més del MANUZIO. —Busco dins la butxaca, trec un llapis de memòria USB i l'hi poso als llargs dits.— No és tan bonic com l'autèntic, però hi són totes les paraules.

En Penombra l'enlaira ben amunt. El plàstic brilla a la llum de la llibreria, i un somriure a mitges li balla als llavis.

—Jove —diu panteixant—, vostè amaga moltes sorpreses. —Llavors enarca una cella.— I podria imprimir això amb dos dòlars?

—Per descomptat.

En Penombra m'envolta les espatlles amb un braç prim, s'atansa i diu discretament:

—Aquesta ciutat nostra... m'ha costat massa temps adonar-me'n, però som a la Venècia d'aquest món. La Venècia. —Obre molt els ulls, els tanca i remena el cap.— Igual que el Fundador en persona.

No estic segur d'on vol anar a parlar.

—El que finalment he acabat comprenent —explica en Penombra— és que hem de pensar com Manuzio. En Fedorov té diners, i també el seu amic, jove... aquell tan divertit. —Ara tots dos mirem a l'altra banda de la botiga.— I doncs, què me'n diu, si busquem un patrocinador o dos... i comencem de nou?

No m'ho puc creure.

—Ho he d'admetre —diu en Penombra, fent que no amb el cap—, estic impressionat amb Griffo Gerritszoon. La seva fita és inimitable. Però ara em queda algun temps, jove —em fa l'ullet—, i encara hi ha tants misteris per resoldre. S'hi apunta?

Senyor Penombra. No ho sap prou.

Epíleg

PER TANT, què passarà a partir d'ara?

En Neel Shah, amo de la masmorra, se'n sortirà en la seva intenció de vendre la seva empresa a Google. La Kat ho proposarà a la DP, i ho tiraran endavant. Compraran Anatomix, la rebatejaran com a Google Body i llançaran una nova versió del programa que es podrà descarregar gratuïtament. Les tetes encara seran el millor de tot.

Després, en Neel per fi serà ric fora mida i es dedicarà de ple al patrocini. Primer, la Fundació Neel Shah per a les Dones de les Arts rebrà una subvenció, una seu i una directora executiva: la Tabitha Trudeau. Omplirà l'edifici del parc de bombers amb dibuixos, pintures, creacions tèxtils i tapissos, tot obres de dones artistes, tot rescatat del Dipòsit Consolidat, i llavors començarà a concedir beques. De les grosses.

Després, en Neel traurà en Mat Mittelbrand d'ILM i, plegats, engegaran una productora que treballarà amb píxels, polígons, ganivets i cola d'enganxar. En Neel comprarà els drets cinematogràfics de *Les cròniques de cançó de drac*. Després de la compra d'Anatomix, tornarà a contractar immediatament l'Igor de Google i el posarà com a cap de programació dels Estudis Mestís. Planejarà una trilogia en 3D. En Mat en serà el director.

La Kat pujarà dins l'organigrama de la DP. Primer portarà a

Google les memòries descodificades d'Aldo Manuzio, que es convertiran en la pedra angular d'un nou projecte de Llibres Perduts. *The New York Times* en parlarà al seu bloc. Després, la compra d'Anatomix i l'èxit de Google Body encara li donaran més empenta. La seva foto sortirà a la revista *Wired*, una mitja pàgina setinada, dreta sota les enormes pantalles de visualització de dades, amb les mans als malucs, amb l'americana oberta sobre la samarreta BAM! d'un vermell llampant.

Aleshores m'adonaré que no ha deixat de posar-se-la mai.

L'Oliver Grone acabarà el doctorat d'arqueologia. Trobarà feina de seguida, i no en un museu, sinó a l'empresa que gestiona la Taula d'Accés. Li assignaran la tasca de recatalogar tots els objectes de marbre de manufactura anterior al 200 aC, i es trobarà en el cel.

Jo demanaré a la Kat per sortir i ella acceptarà. Anirem a veure Moon Suicide representada en directe i, en comptes de parlar de caps congelats, simplement ballarem. Descobriré que la Kat balla fatal. A les escales del seu apartament, em besarà una vegada, un suau petó als llavis, i tot seguit desapareixerà portal endins. Jo tornaré a casa caminant i li enviaré un missatge de text pel camí. El missatge consistirà en un únic valor, un valor que he deduït pel meu compte després de barallar-me molt amb un llibre de text de geometria: «40.000 quilòmetres».

Es produirà una fractura a la base de l'organització del Llom Intacte. De nou a Nova York, el Primer Lector amenaçarà amb la condemna i la decepció per a qualsevol més que gosi desobeir. I per fer-se respectar, efectivament, cremarà el *codex vitae* d'en Penombra... cosa que comportarà un gravíssim error de càlcul. Els bates negres quedaran consternats i finalment ho sotmetran a votació. Tots els enquadernats es reuniran al seu túmul folrat de llibres i aixecaran la mà un per un, i en Corvina serà destituït del càrrec. Continuarà sent director general de la Festina Lente

Company (on els beneficis no paren d'augmentar), però allà a sota hi haurà un nou Primer Lector.

Serà l'Edgar Deckle.

En Maurice Tyndall viatjarà a Nova York per començar a redactar el seu *codex vitae* i sol·licitarà substituir en Deckle com a vigilant de la Sala de Lectura. Aquella seu tindrà una mica més de vida.

Tot i que el seu receptacle es destruirà, el contingut del *codex vitae* d'en Penombra estarà fora de perill, i jo li oferiré la meva ajuda per publicar-lo.

Ell es farà el ronsa:

—Potser algun dia, però encara no. Deixem que continuï sent un secret, de moment. Al cap i a la fi, jove —afuarà els seus ulls blaus i li brillaran amb malícia—, potser el sorprendrà el que hi trobarà.

Junts, en Penombra i jo fundarem una nova fraternitat (de fet, una petita companyia). Parlarem amb en Neel perquè hi inverteixi part dels guanys obtinguts amb Google, i resultarà que en Fedorov té milions en accions d'HP, de manera que ell també hi contribuirà amb una part.

En Penombra i jo seurem a xerrar moltes vegades sobre quina mena d'empresa ens escauria més. Una altra llibreria? No. Una mena d'editorial? No. En Penombra admetrà que és més feliç fent de guia i assessor, que no pas d'erudit o desxifrador de codis. Jo admetré que només volia una excusa per ajuntar tota la gent que més m'estimo en una mateixa sala. Així doncs, formarem una consultoria: un grup d'operacions especials per a empreses que es moguin entre el sector del llibre i la tecnologia, provant de resoldre els misteris que s'amaguen a les ombres de les prestatgeries digitals. La Kat ens proporcionarà el primer contracte: el disseny del sistema de *marginalia* per al prototipus de lector de llibres electrònics de Google, que és prim i lleuger, amb una funda que no és de plàstic, sinó de roba, com la coberta d'un llibre de tapa dura.

Després d'això, ens n'haurem de sortir tots sols, i en Penombra serà un professional de cap a peus alhora de fer reunions. Es posarà un vestit de xeviot fosc i es netejarà les ulleres per entrar amb pas insegur a les sales de reunions d'Apple i Amazon, mirant al voltant de la taula i dient tranquil·lament:

—Què busquen en aquest contracte? —Els seus ulls blaus, el seu somrís còmplice i (francament) la seva avançada edat els deixaran parats, fascinats i completament desarmats.

Tindrem unes petites oficines al tòrrid carrer Valencia, encaixades entre un restaurant de *tacos* i un taller mecànic de motocicletes, i moblades amb grans taules de fusta d'un mercat de vell i llargues prestatgeries verdes d'IKEA. Les prestatgeries estaran farcides dels títols preferits d'en Penombra, tots rescatats de la botiga: primeres edicions de Borges i Hammett, edicions d'Asimov i Heinlein amb portada d'aerosol, cinc biografies diferents de Richard Feynman. Cada poques setmanes, traurem els llibres amb carretons a l'aire lliure i muntarem una paradeta a la vorera, anunciada a Twitter a l'últim moment.

Només hi serem en Penombra i jo, en aquells grans escriptoris. La Rosemary Lapin s'hi afegirà com a dependenta número u. Li ensenyaré a programar en Ruby i ens construirà la pàgina web. Després fitxarem en Jad, de Google, i també contractaré en Grumble.

Anomenarem l'empresa Penombra, simplement Penombra, i el logotip, dissenyat per mi, serà (per descomptat) en Gerritszoon.

Però, i la Llibreria del Senyor Penombra, Oberta les 24 Hores? Durant tres mesos, restarà buida amb un rètol d'«ES LLOGA» als aparadors, perquè ningú no sabrà què fer amb aquell espai tan estret i alt. Llavors, per fi, a algú se li acudirà com aprofitar-lo.

L'Ashley Adams es presentarà a la petita oficina de la Credit Union de Telegraph Hill vestida de color crema i carbó, portant una carta de recomanació de part de la clienta més antiga de la institució financera. Descriurà el seu projecte amb l'elegància i l'aplom d'una professional de les relacions públiques.

Serà la seva última gestió com a professional de les relacions públiques.

L'Ashley desmuntarà les prestatgeries, polirà el terra de fusta, posarà una nova il·luminació i transformarà la llibreria en un gimnàs d'escalada. La rebotiga es convertirà en un vestuari; a les prestatgeries baixes de l'entrada instal·larà una renglera d'iMacs on els escaladors es podran connectar a Internet (encara via *bootynet*). On abans hi havia el taulell principal, hi haurà un brillant taulell blanc on la North Face (també coneguda com a Daphne) aconseguirà una nova feina fent batuts de col verda i boles de risotto. Les parets de l'entrada seran de coloraines: murals llampants pintats per en Mat, tots basats en detalls ampliats de la llibreria. Si sabeu què buscar, els veureu: una sèrie de lletres, una renglera de lloms, una resplendent campana arrodonida.

On antigament s'elevava la Llista-retro, en Mat dirigirà un equip de joves artistes en la construcció d'una descomunal paret d'escalada. Serà un camp bigarrat en verds i grisos, esquitxat de vius llums LED daurats i línies ramificades de color blau, i les preses per als escaladors seran prominents cims blancs. En Mat, aquesta vegada, no es limitarà a construir una ciutat, sinó un continent sencer, una civilització inclinada de costat. I allà, si sabeu què buscar (si sabeu com traçar línies entre les preses), també podreu veure un rostre fitant des de la paret.

Jo me'n faré soci i començaré a escalar de nou.

I a l'últim, escriuré tot el que ha passat. En part, ho copiaré del llibre de registre, recuperaré més correus electrònics i missatges de text vells, i reconstruiré la resta de memòria. Faré que en Penombra ho revisi i després trobaré un editor i sortirà a la venda a tots els llocs on es poden trobar llibres avui dia: la gran Barnes & Noble, l'excel·lent Pygmalion, la tranquil·la botigueta encabida dins del Kindle.

Tindreu aquest llibre a les mans i coneixereu amb mi totes les coses que he après:

Que no hi ha immortalitat que no es construeixi sobre l'amistat i la feina feta amb cura. Que tots els secrets del món que val la pena conèixer s'amaguen a la vista de tothom. Que es triguen quaranta-un segons a pujar una escala de mà de tres pisos d'alçària. Que no és fàcil imaginar l'any 3012, però que això no significa que no ho hagis d'intentar. Que ara tenim noves capacitats (estranys poders als quals encara ens estem acostumant). Que les muntanyes són un missatge d'Aldrag el Pare-Serpent. Que la teva vida ha de ser una ciutat oberta, amb tota mena de vies d'accés.

Més tard, el llibre s'esvairà, de la mateixa manera que tots els llibres s'esvaeixen dins el vostre cap. Però espero que recordeu el següent: un home camina apressadament per un carrer solitari i mal il·luminat. Acuitant el pas i panteixant fort, immers en cavillacions i angoixes. Unes campanetes sobre una porta que es posen a sonar. Un dependent, una escala de mà i una càlida llum daurada, i llavors: el llibre providencial just al moment providencial.